« Le jour où je me suis
pris pour Stendhal »

Groupe Eyrolles
61, bd Saint-Germain
75240 Paris cedex 05

www.editions-eyrolles.com

Avec la collaboration de Cécile Potel

© Groupe Eyrolles, 2012
ISBN : 978-2-212-55384-0

Histoires de vie

Philippe Cado

« Le jour où je me suis pris pour Stendhal »

EYROLLES

Préface
d'Amina Ayouch Boda

Nous sommes plus ou moins bien confortablement installés dans notre « je », avec la certitude qu'en tout cas il nous représente, voire nous résume. Il nous serait impensable de quitter ce « je » autrement que pour des rêves qui, eux aussi restent bien à leur place.

Philippe Cado a vu voler en éclats cette illusion universelle, authentiquement humaine et en ce sens vitale, d'un « je » unique et inamovible. Chacun de ces éclats, certes éblouissant, exalté et magnifique, a emporté loin des autres une partie de lui.

D'un « je » à l'autre, Philippe Cado a dû voyager, se trouvant propulsé au cœur d'une « folle démesure » qui va troubler son identité, au point où celle de « schizophrène », diagnostic porté, lui a un jour semblé plus confortable à adopter pour résister à celle de génie qui le menaçait.

D'une telle expérience, on ressort avec l'accablant privilège d'un savoir nouveau : la place d'où l'on parle n'est pas stable. Désormais, on n'a plus l'assurance d'une continuité de soi, la certitude que notre place, si détestable puisse-t-elle être quelquefois, est immuable.

On en sort aussi, hélas trop souvent, sans mots pour en rendre compte, sans possibilité d'élaborer un récit organisé qui mettrait

V

à la portée des autres cet exil forcé dans un espace délirant et chaotique. La traversée laisse coi, elle demeure la plupart du temps ensevelie ou, dans le meilleur des cas, se confie par bribes dans le secret d'un cabinet thérapeutique.

Philippe Cado a fait cette traversée, il en est revenu et il nous raconte, de l'intérieur, cette chose que l'on appelle folie et à laquelle nous sommes incapables d'avoir accès autrement. Il s'agit bien, pour le lecteur, d'une traversée des frontières vers d'autres formes de réalités, psychiques s'entend.

Si Philippe Cado en est sorti pour habiter un « je d'écriture », cela ne le charge-t-il pas d'une responsabilité, celle de rendre possible une rencontre en jetant un pont vers les autres, vers ceux que la folie effraie ? En écrivant, Philippe Cado assume donc aussi cette responsabilité, permettant au lecteur de se représenter un état psychotique autrement qu'à travers d'horrifiants faits divers ou de folkloriques images cinématographiques et littéraires. Saluons avec reconnaissance un tel effort ! Il rend audible une expérience ineffable, située dans une altérité si radicale qu'elle nous demeure hermétique. Notre responsabilité à nous est de l'entendre. Car chacun de nous a pu croiser Philippe Cado lors de ce voyage où, perdu, il a failli mourir tant il est allé loin, tant il était seul.

À la lecture de ce texte, nous voici à nouveau sollicités. Si la peur de *l'étrange* nous donnait une excuse pour ne rien voir, ne rien entendre, ne rien faire, appuyons-nous maintenant sur ce récit. Grâce à lui approchons-nous... suffisamment pour corriger les images caricaturales, inquiétantes, stigmatisantes de la schizophrénie, suffisamment pour que plus aucune personne en position d'aider ne puisse dire : « *Ici, c'est la limite de notre secteur d'intervention ! Pour rentrer chez vous, vous suivez cette direction !* » C'est ce qu'ont dit des policiers qui avaient pris Philippe Cado, délirant, dans leur voiture, avant de se séparer de lui car ils avaient atteint géographiquement la limite de leur secteur d'intervention.

Chez vous... Qui ? Où ? Quoi ?

Il ne s'agit d'accuser personne, mais d'espérer que ce livre et les témoignages de ce genre pourront contribuer à élargir les limites des « secteurs d'intervention » de potentiels aidants.

Il y a eu un point de départ géographique à ce voyage : une salle de classe. Quant à son point de départ subjectif, on peut dire que c'est l'amour, un amour très singulier, dont le moteur est « la folle ardeur des héros stendhaliens ». C'est dans cet espace littéraire que le délire a largement puisé, échappant à la réalité, mais il a également puisé à d'autres espaces – théâtre, mythologie, chant, images et intuitions intérieures, hallucinations – au point de mettre l'auteur dans une situation de surendettement : « ... quand un fait venait me contredire, j'inventais autre chose qui l'intégrait à un scénario déjà délirant. Jamais à bout de ressources, j'étais dans la situation désespérée d'un emprunteur contraint d'emprunter à chaque fois davantage pour rembourser ses dettes ».

Heureusement, ces emprunts démesurés n'ont pas empêché Philippe Cado de demeurer capable d'observations, ce qui a probablement, en partie, permis qu'il puisse nous en parler.

Mais Philippe Cado n'en reste pas là. Loin du délire et de ses effets spectaculaires, il entreprend aussi d'explorer d'une manière infiniment nuancée l'autre versant de lui-même et de sa maladie, plus ténu et plus sombre. Outre le « marasme », il dégage, avec une précision d'orfèvre, les recoins d'un espace intérieur complexe et enfoui jusqu'à nous le faire sentir, proche, et tellement éloigné, certes représentable et pourtant inaccessible, au cœur d'une subjectivité toute singulière. Contre la « mort psychique » et la « transformation en créature hospitalière », nous assistons à une lutte au quotidien, qui consiste notamment à se « remplir d'objets esthétiques ». C'est là que le lecteur se trouvera au cœur d'un paradoxe. Car cet homme dont l'exploit réussit, comme on le verra rarement, à mettre à notre portée une expérience psychotique d'une manière aussi juste, nous avoue : « J'ai du mal à parler de moi ». Pour y parvenir, il a dû parfois s'appuyer sur des remarques extérieures dont il dit en même temps qu'elles s'interposent entre ce qu'il est et sa compréhension de ce qu'il est.

Rester prof envers et contre tout, tenir sa classe, transmettre un savoir, et si possible un amour du savoir, d'une manière originale et qui mobilise les élèves, tel était son défi alors que les vents violents de l'exaltation mégalomaniaque commençaient déjà de l'emporter. Ce souci d'ordre professionnel le préoccupait profondément, la responsabilité de ce qui s'est produit face à ses élèves ne l'a pas quitté, l'obsédant plusieurs années après cette bouffée délirante. N'est-ce pas là, d'ailleurs, l'un des desseins premiers de cet écrit : le besoin de rendre des comptes, de justifier, d'expliquer... De se faire pardonner ? Les

© Groupe Eyrolles

VIII

élèves de cette classe me semblent en effet les premiers et plus légitimes destinataires de ce récit. Ils sont au cœur du désir lancinant de Philippe Cado, celui d'affirmer que si le prof a basculé, c'est à son corps défendant.

Avec le prof, nous sommes devant un deuxième témoignage, qui nous invite à des incursions intéressantes dans le domaine de la pédagogie et du fonctionnement de l'IUFM, à des réflexions sur les méthodes d'enseignement mais aussi de formation et d'accompagnement des jeunes enseignants, surtout au début de leur carrière. Déjà là, Philippe le prof, était seul.

Le sera-t-il moins quand vous le lirez ? De quelle solitude s'agit-il ? Ce récit laisse entrevoir une solitude irréductible qui, au-delà de la solitude ontologique qui nous concerne tous, est de celles qui ne se regardent pas en face, ne permettent certes pas d'être avec l'autre, mais, parfois, avec soi non plus.

D'autres élèves sont concernés par ce récit de professeur et lui en serons, j'en suis sûre, reconnaissants : les étudiants de psychiatrie, de psychologie clinique, et de psychopathologie. Ces étudiants font bien sûr des stages lors desquels ils rencontrent des personnes qu'ils ont à écouter, et dont ils doivent apprendre à recueillir ce qui est vulgairement appelé le matériel clinique. Mais ce récit apporte quelque chose de plus. La littérature manque de témoignages d'une telle facture, qui ne s'adressent pas exclusivement au soignant, qui ne sont pas sollicités lors d'entretiens cliniques, et qui se déroulent hors du cadre thérapeutique. Cet écrit est susceptible de libérer aussi le regard des psychistes sur les hommes et les femmes qu'ils écoutent…

IX

Aucun récit ne pourra jamais bien entendu faire le tour de la schizophrénie. Prenez celui-ci comme un pas vers vous, un accompagnement dans un épisode subjectif singulier, une sensibilisation, une rencontre miraculeuse tant elle est rare, qui vous rapprochera beaucoup, mais ne vous fera pas toucher le « vif » du sujet. Celui-ci restera dans « l'ombilic des limbes » pour reprendre la belle formule d'Antonin Artaud. C'est heureux pour Philippe Cado, c'est heureux pour l'unité et la continuité de votre « je ».

Amina Ayouch Boda
Psychologue à l'hôpital Saint Antoine, Paris
Consultante internationale

« *Je n'aurai pas honte de me rendre justice,*
je fus constamment gai. »

Stendhal, *Vie de Henry Brulard*
(Ch. 45 « Le Saint-Bernard »)

« Le jour où je me suis pris pour Stendhal »

« *Qui parle quand je dis "je" ?* » La réponse à ce classique sujet de dissertation qui m'a toujours effrayé pourrait s'appuyer en partie sur le témoignage qui va suivre. J'y raconte une bouffée délirante survenue en mai 1992. Elle résultait de difficultés rencontrées avec des élèves que j'avais en charge alors que j'étais professeur certifié stagiaire de français dans une classe de seconde. À un « je » insécurisé a ainsi succédé en quelques jours un autre « je », mégalomane. Le sentiment d'une ruine intérieure faisait place, par réaction ou « décompensation[1] », à la certitude d'être un génie. Je me suis pris à la fin pour l'élu destiné à sauver l'humanité. C'est au centre de ce « je » pris d'une folle démesure que je me place. Ou plutôt au bord. J'ai tenté de rendre compte après coup de ce que j'avais éprouvé quelques mois auparavant. Mes souvenirs étaient intacts. Dans un troisième temps un « je » d'écriture a donc cherché à prendre sur lui ce temps subi où j'avais été le jouet de mon imagination.

La psychiatre et le personnel soignant du pavillon où j'étais assez confortablement installé n'étaient guère favorables à cette idée d'écrire mon délire. Ils auraient préféré que j'oublie et passe à autre chose. J'ai tenu bon, tout comme j'ai réussi à les convaincre que l'apprentissage de la dactylographie – activité qui était proposée à titre d'ergothérapie – relevait plus d'une pratique manuelle que d'un exercice intellectuel. À la sortie de cet hôpital, j'avais toutes les raisons pour acheter mon premier ordinateur et mettre au propre un paquet de feuilles volantes dont l'écriture était à peine lisible.

---

1. Rupture de l'équilibre psychique, qui déclenche des troubles préexistants.

Rares sont les personnes à qui j'ai montré ce premier texte[1] durant les années qui ont suivi sa rédaction. Le sujet demeurait trop sensible. Le tapuscrit dormirait encore dans la mémoire de mon ordinateur si d'autres bouffées délirantes ne m'avaient permis, en 2007, d'écrire un autre texte dans lequel j'analyse plus en profondeur la structure de mes délires. Dès lors j'avais acquis une distance suffisante avec ma maladie pour libérer ce premier écrit, dont de larges extraits furent lus en public le 23 mars 2010 dans le cadre d'une soirée d'information sur la schizophrénie[2].

Mon témoignage présente l'originalité de décrire le déroulement d'une bouffée délirante depuis ses prémices, une simple exaltation d'esprit que je saurais maintenant reconnaître, jusqu'à mon hospitalisation. Ce journal d'un prof fou s'étend sur une semaine. Par rapport au désordre de mon esprit, ce « je » d'écriture, simple rapporteur d'une réalité qui le dépasse, paraît donc bien ordonné. Il était pourtant le seul à pouvoir rendre compte précisément d'un « je » pris de folie, faussement souverain, mais qui n'en était pas moins capable d'observations.

Dimanche 4 avril 2010

---

1. Texte présenté en première partie de cet ouvrage.
2. Aujourd'hui même, un fait divers tragique dans le métro parisien fait que tout schizophrène devient potentiellement un « pousseur ». Je rends compte d'un délire plus ludique et inspiré, qui est celui que j'ai rencontré le plus souvent dans les hôpitaux que j'ai fréquentés.

Quel beau scandale !

Charge au temps d'effacer les traces du beau scandale. La dispersion est le destin de toutes les classes. Celle dont j'ai eu la charge cette année-là, en tant que professeur stagiaire de lettres modernes, a pour une fois respecté la règle. Mais j'y serai quand même allé, en HP, à Clermont. Je peux donc supposer que tout aura été dit sur mon compte, quand je suis le seul à n'avoir pu parler. Avec les élèves de mon unique classe de seconde, les plus concernés, les principaux témoins, je n'en aurai plus l'occasion. Je le regrette. Mais seul l'écrit pouvait me permettre d'analyser ce simple fait divers, dont je suis et l'auteur et la principale victime.

« *Clermont* », dans l'Oise, ce nom propre s'emploie parfois comme figure de rhétorique, par le lien de contiguïté établi avec son hôpital psychiatrique. Le prof est (a été) à Clermont. Cette métonymie détourne sinistrement le sens du complément de lieu. Fou le prof ! Lorsque je me penche sur ces événements, je ne peux d'ailleurs m'empêcher de constater que tout avait été dit dès le début de l'année. C'est un élève, Thomas, qui, à la suite de quelque vanne de l'un de ses camarades, avait évoqué le nom de Clermont. Quoique étranger à cette ville de Noyon dans laquelle j'enseignais, j'avais capté l'allusion. La structure de la phrase ne m'était en effet pas inconnue. Chez moi, dans le Morbihan, pour qualifier ces établissements dits spécialisés, on dit « *Saint-Avé* », avec toujours la même peur. J'ai fréquenté ces hôpitaux. J'avais connu celui de Saint-Avé quatre années plus tôt. J'aurais donc dû deviner que, comme dans un roman bien ficelé, cette locution à complément interchangeable signifiant « être fou » anticipait la fin de la relation avec mes élèves de la seconde 3, dont j'étais le professeur de français. Parfois je pense qu'ils ont eu la joie cynique d'en achever un, mais des amis profs me disent que j'exagère. D'après eux, ce serait plutôt le contraire.

Madame M., qui durant une année s'est vu occuper la double place de professeur de latin (la leur) et de tutrice (la mienne), a donc fini, au grand soulagement de nos élèves, j'imagine, par me remplacer durant les quelques semaines qui restaient avant les grandes vacances. Je dois avouer que j'ai laissé passer là l'occasion de les revoir et de discuter avec eux de mon coup de folie. Durant l'ultime entretien que j'ai eu avec elle en effet, madame M. m'a proposé de venir m'expliquer devant ma classe. Je regrette aujourd'hui cette occasion manquée, mais j'étais trop diminué par les médicaments et je me sentais trop humilié par ce qui m'était arrivé pour oser me présenter devant mes élèves. J'ai seulement trouvé la force de rédiger leurs bulletins et d'assister au dernier conseil de classe. Rien ne m'y obligeait, mais je tenais à prouver que l'on pouvait ressortir de Clermont.

Sur moi pèse dorénavant le jugement de tous : il n'était pas fait pour être prof et des problèmes personnels l'auront amené à délirer. Je voudrais quand même m'expliquer. La répugnance des élèves devant le phénomène de la folie démontre qu'il est toujours besoin d'en appeler à plus de raison. J'aimerais leur montrer comment j'ai vécu mon délire. J'aurais certes préféré éviter cette épreuve, mais je garde aussi la nostalgie de cet état modifié de ma conscience. « *Oubliez la classe, pensez à autre chose !* » me conseillait madame M. Tous voudraient que ça se cache. Et moi, je voudrais que l'on sache que ces quelques journées qui m'ont coûté très cher, socialement parlant, comptent parmi les plus merveilleuses de ma vie. Quelques élèves trouveront sans doute que j'ai fait là mes meilleurs cours. Mon seul regret est d'avoir impliqué certains d'entre eux dans ce débordement imaginaire. Je pense en particulier à une élève, Angélique.

Ce délire est lié à la classe, à cette classe. Loin de moi l'idée d'accuser les élèves de quoi que ce soit. Le bordel, ce perpétuel bavardage qui m'a tant fait souffrir, j'en reste responsable. Mais si cette responsabilité m'a tant pesé, c'est que ces mêmes élèves, madame M. et l'institution exerçaient une terrible pression. J'avais le désir de bien faire, mais j'étais partagé entre les exigences contradictoires de l'IUFM (Institut universitaire de formation des maîtres) dont c'était la première année d'existence, et celles de madame M., viscéralement opposée aux discours pédagogiques. Sans compter celles d'une future inspection. Madame M. m'a déclaré un jour que, lorsque l'inspecteur venait la visiter, elle lui servait un cours de fac pour lui faire plaisir. Ses élèves lui disaient ensuite n'y avoir rien compris et elle leur refaisait son cours tel qu'elle en avait l'habitude. À ma façon, je témoigne du métier d'enseignant et de la crise qui le traverse devant tant de diverses demandes. Un prof a craqué.

J'ai craqué. Je n'oublie pas mes propres contradictions d'homme et d'enseignant. J'avais fondé mon cours sur un éclaircissement des idéaux romantiques que je juge toujours à l'œuvre dans les productions culturelles de notre époque. Je pensais à travers le romantisme rejoindre les élèves. Mais la façon dont je l'ai fait m'a progressivement coupé peu à peu de la majorité d'entre eux et, pour finir, de la réalité : « *Monsieur ! Vous vous prenez pour Stendhal ! ?* »

Quel beau scandale !

Mercredi 13 mai 1992

Madame M. m'avait prédit au début de l'année que je ne tiendrais pas ma classe jusqu'à Pâques. J'espérais quand même cantonner ces élèves jusqu'au mois de juin dans les limites d'un simple bavardage. Cette tension diffuse que je tentais périodiquement d'apaiser avant d'abdiquer devant la difficulté n'éclatait pas. Surtout faire comme si de rien n'était. Mes collègues et les autorités fermaient les yeux ou, du moins, ne m'adressaient directement aucun reproche et je pouvais devant eux jouer sans trop y croire la comédie d'être prof. J'aurais pu tenir jusqu'au bout ce mauvais rôle, si, dans la matinée du dernier lundi avant les vacances de Pâques, deux de mes élèves n'en étaient venus aux mains. Au beau milieu de mon cours, comme ça, sans que rien ne le laissât prévoir. La fatale prédiction de madame M. se réalisait. Je n'étais pour rien dans ce bref mais violent échange de coups de poing, mais je le prenais sur moi. Un prof doit tenir ses élèves. J'avais failli ouvertement à cette loi. Cet écart ne pouvait se régler comme une simple question de bavardage. Madame M. me l'a signifié par la suite d'ailleurs, un tel acte était « *inimaginable* ». Dans la logique du système que j'avais fini par intégrer, il me fallait expier, avouer à toute la communauté du lycée que je ne tenais pas ma classe. Autrement dit, je ne pouvais faire moins que de renvoyer les coupables devant le CE (conseiller d'éducation), accompagnés comme il se doit par leur déléguée de classe.

Le bordel, cet épouvantail agité par les profs et les élèves, et qui me terrorisait, j'aurais pu en faire la théorie, car, en tant que professeur stagiaire, je suivais aussi des cours à l'IUFM. De l'autre côté de la barrière, nos formateurs avaient à faire face avec nous aux mêmes difficultés que nous avec nos élèves. Je ne crois pas qu'un seul s'en soit sorti de manière pleinement satisfaisante. À cet égard, l'IUFM devenait un excellent terrain d'observation pour étudier la façon dont un cours échappe à celui qui le dirige.

Je me souviens de la dernière journée de formation à laquelle j'ai assisté, la plus significative pour moi. Nul ne se faisait plus d'illusion sur la nouvelle institution, et je contemplais tout cela, euphorique, avec l'impression d'une extraordinaire lucidité, alors que mon année de stage était sur le point d'être invalidée. Ce commencement d'une perte de contact avec la réalité ne suffit pas à réduire toutes mes observations à néant, car à tout moment, j'ai pu observer ce qui se passait autour de moi à partir de cet état morbide qui modifiait de fond en comble ma personnalité.

Le formateur voulait en venir à cette idée que l'apprentissage suppose une participation active de celui qui apprend et n'est en aucun cas la réception passive d'un savoir. Pour cela il nous proposait de faire un schéma et une définition de l'acte d'apprendre, espérant, j'en étais certain, nous voir tomber dans une contradiction. Fort d'une récente relecture de Rabelais, auteur que j'espérais étudier avec ma classe, je remuais à cet instant précis l'idée quelque peu scatologique de dessiner Gargantua assis sur son trône en train de digérer le savoir

10

biblique que lui ingurgite son précepteur. Mais je n'ai pas franchi ce jour-là les limites de l'admissible. Je me contentais d'observer mes voisins. La plupart, comme moi, ne faisaient rien ou échouaient dès la définition, comme Asunción, excellente prof d'espagnol sur le terrain, mais qui, sur le papier, ne ramenait l'apprentissage d'une langue étrangère qu'à des difficultés de mémoire, sans aucune réflexion quant à la manière de la soulager. Elle fut d'ailleurs d'accord avec moi pour dire que ce qu'elle avait écrit ne reflétait nullement ce qu'elle faisait dans sa classe. Tout le monde bavardait sans plus se préoccuper des consignes. Devant ce fiasco le formateur reprit bientôt la parole. La matière première qu'il comptait exploiter était maigre et de mauvaise qualité. Aussi fut-il rapidement contraint de retomber dans l'intenable situation du cours magistral. Rien à dire sur son discours : « *Savoir apprendre c'est faire. Faire apprendre, c'est faire faire.* » Mais nous l'avions entendu cent fois, et nous ne savions pas très bien qu'en faire.

J'attendais la réaction d'Annie, autre collègue d'espagnol, que j'avais surnommée intérieurement et affectueusement notre vache landaise en référence à la fois à sa région d'origine et à son caractère bouillonnant. Elle ne savait pas se taire, bâillait indiscrètement lorsque le cours devenait trop ennuyeux, puis protestait. Cela n'a pas manqué ce jour-là. Comme d'habitude, elle est passée à l'attaque, bientôt suivie, comme à la parade, par quelques autres étudiants : « *D'accord, mais qu'est-ce qu'on fait de cela avec nos élèves ?!* » Les premiers jours d'un vrai beau temps semblaient renforcer la conviction d'acteurs déjà bien rodés. La séance s'est terminée comme beaucoup d'autres par

11

un débat sur les IUFM, au cours duquel, comme ses prédécesseurs, le formateur s'est justifié piteusement en arguant du fait qu'on ne lui accordait pas assez de temps pour traiter la question des méthodes pédagogiques.

Au cours de cette matinée, comme à mon habitude, je m'étais tenu à l'écart de ces mouvements de protestation. Mais, dans l'après-midi, l'état d'excitation qui allait m'emporter continuant à se développer, je devins très sensible à l'énervement général. Je plaisantais avec mes collègues, mais les difficultés que j'avais rencontrées avec ma classe faisaient que j'attachais à mes propos beaucoup plus d'importance qu'ils ne pouvaient le soupçonner. J'adhérais totalement à mes réflexions ainsi qu'à l'humeur du moment. Mes premières idées délirantes datent du soir même et je retrouve dans mon journal cette phrase sans ambiguïté : « *Les IUFM doivent s'écrouler dans un immense éclat de rire.* » Ce vaste programme tenait aussi beaucoup à Rabelais. Je projetais d'écrire un pamphlet durant une bouffe qui devait nous réunir quelques jours plus tard. Annie aurait été notre génie et nous lui aurions exprimé en bloc toutes nos réactions pour qu'elle les transforme en phrases cinglantes. Ce pamphlet publié dans les journaux devait être d'une tout autre efficacité que les grèves qu'avait organisées Ivan, un ami, au cours du second semestre dans un autre IUFM. Il n'aurait pas eu moins d'impact que le manifeste surréaliste de Breton ! Cela dit, cet énervement participait plus du rêve éveillé que du délire proprement dit. J'étais encore capable d'une certaine mesure comme en témoigne la suite de ce même passage de mon journal où je parle des formateurs : « *Tous parlent d'outils, mais ne nous les mettent surtout pas en main. Il faut nous mettre en état de nous les approprier. »*

Si toutes ces idées sur la pédagogie se bousculaient en moi ce jour-là, c'est aussi parce que j'étais en train de modifier entièrement ma propre manière d'enseigner. Après avoir profité des vacances de Pâques pour réfléchir aux nouvelles perspectives ouvertes par la visite d'une formatrice de l'IUFM, je commençais enfin à me soucier de faire participer davantage mes élèves à leur apprentissage. Lors de sa seconde visite, la formatrice avait constaté que je m'étais approprié les conseils méthodologiques qu'elle m'avait donnés et, le samedi 9 mai, au CDI dans une classe séparée en demi-groupes certes, j'avais donné mon plus beau cours de l'année. Enfin je recommençais à parler aux élèves sans énervement de part et d'autre grâce au support d'une fiche pédagogique bien préparée.

Lundi 11 mai 1992

D'autres stages que j'ai faits en tant que formateur n'ont fait que me renforcer dans ma conviction. Si je dois un jour enseigner de nouveau dans un établissement scolaire, je m'appuierai sur mes derniers cours. Mais à cette époque de l'année, le succès de ceux-ci ne signifiait plus rien. Je ne pouvais plus gagner mon pari qui était de renverser une situation bien compromise quant à mon avenir dans l'enseignement. Je n'ignorais pas non plus que le rapport de madame M., qui, elle, subjuguait ses classes (aux deux sens de ce mot, lui avais-je fait remarquer une fois à son grand ravissement), soulignait ma totale inaptitude pour le métier de professeur. Pour préparer ma défense, je m'appuyais sur ce que je viens de dire. Ma tutrice ne m'avait proposé qu'une seule façon d'enseigner, le modèle du cours magistral, et cette façon qui ne me convenait pas du tout ne répondait pas non plus à ce qu'on essayait de nous inculquer dans les IUFM. Pour me rattraper en partie restait la soutenance d'un mémoire de stage consacré à l'étude d'une œuvre intégrale en seconde, *Germinal*, que ma classe venait d'étudier. Pas de temps à perdre pour la préparer, d'autant que je comptais déposer aussi à l'IUFM un contre-rapport insistant sur la position ambiguë d'une tutrice enseignant le latin aux mêmes élèves que son stagiaire. Quant à mon mémoire, j'en étais assez satisfait. Je ne cachais pas mes échecs, même si je les atténuais ainsi que l'exige la loi du genre. Mais ils étaient analysés avec suffisamment de profondeur et apparaissaient comme autant de leçons pour l'avenir. Mes cours n'avaient pas été très bons depuis le début de l'année, mais l'intervention tardive d'une formatrice de l'IUFM avait porté ses fruits. Ma manière d'enseigner était maintenant plus efficace. J'avais changé de méthode.

La soutenance s'est déroulée le lundi 11 mai. Contrairement à mon habitude, je me suis montré très à l'aise devant les membres du jury et j'ai pu habilement défendre mes thèses. Ils ont même vu dans mon mémoire la démarche d'un péda-gogue ! À noter cependant ce fait qui aurait dû m'alerter. Le mémoire reproduisait trois exercices d'élèves dont un d'Angé-lique. Comme son nom fut alors évoqué, j'ai répliqué d'un ton désinvolte : « *Angélique est une bonne élève !* » J'y mettais de l'humour, et le jury l'a pris comme tel, mais je m'aperçois combien j'aurais dû m'inquiéter, car au moment même où je prononçais cette phrase ont ressurgi en moi l'image, la tonalité de la voix et une phrase d'un ancien professeur de philosophie à qui je présentais le projet d'un mémoire : « *Aristote est un bon auteur !* » Dans ma réponse, à partir d'un modèle grammatical, je m'appropriais, sans l'avoir cherché, le style d'une personne autrefois respectée. Ce sentiment d'une imitation instinctive d'une personne étrangère réapparaîtra. Elle annonçait l'embal-lement proche de mon imagination.

Cette même semaine où je ne voyais pas mes élèves avant le vendredi 15, monsieur G., mon tuteur de stage en collège, m'a remis son rapport. Il était plutôt positif. J'avais toujours eu beau-coup de plaisir à discuter avec cet enseignant qui se destinait à la

16

recherche. Mais en ce qui concerne la pédagogie, il professait un mépris semblable à celui de madame M. Il poussait les choses si loin qu'il prétendait ne jamais rapporter chez lui du travail scolaire et qu'il lui arrivait même de fumer ostensiblement dans les couloirs. Je l'ai vu préparer une leçon dans l'espace d'une récréation, « *l'avantage du collège* », et se planter quelquefois sur certains points… Mais il savait se récupérer avec talent. Il vouvoyait aussi ses élèves, ce qui est assez rare au collège, et toute la classe appréciait cette façon de faire qui s'accordait avec son style brillant. Avec moins de rigueur, il avait la même façon d'enseigner que celle de madame M., celle des bons profs. Comme je lui demandais en le quittant s'il me voyait exercer ce métier, il m'a répondu avec cette phrase sibylline qu'il existait deux types d'enseignants, les hystériques et les obsessionnels. Puis il a ajouté que, selon lui, les hystériques faisaient de meilleurs cours. J'avais compris ce qu'il voulait me signifier par cette opposition sommaire. Il se présentait comme un hystérique et me considérait comme un obsessionnel. Quant à moi, à partir de cet instant, je me suis mis à rêver d'une revanche des obsessionnels. Ma nouvelle méthode m'en offrait le modèle théorique. Cette idée était d'autant plus obsédante que je savais combien cette revanche était impossible. Malgré mes efforts désespérés de ces derniers jours, le rapport de madame M., la pièce la plus importante du dossier, l'emporterait. Vis-à-vis de cet échec, je ressentais un sentiment de honte.

Madame M. n'avait notamment pas apprécié que je distribue cet article « *trop intello* » aux élèves.

La biographie à la française de Michel Crouzet - Stendhal le tagger

Qu'est-ce que faisait Stendhal le 14 juillet 1789 ? Il émerveille le grand-père Gagnon en écrivant son nom sur les plâtres des cloisons. Son grand-père lui dit : « Comme un Romain sur un arc de triomphe. » Puis ce furent les bretelles, les ceintures, l'intérieur des pantoufles, les marges des livres. Ou encore à Pompéi, dans le temple d'Isis. Qu'est-ce qu'un graffiti ? Une inscription griffonnée à la main sur un mur. Qu'est-ce qu'un tag ? Un graffiti qui invente son écriture pour mieux sceller sa conjuration sur les monuments du pouvoir et imposer la marque d'un nouveau nom inaltérable. Michel Crouzet a ajouté à l'œuvre de Stendhal un roman : la biographie qui aurait fait plaisir au principe de plaisir. Ce livre est magnifique. Et si c'est le meilleur de Crouzet, ce n'est pas le moins bon de Stendhal. C'est le contraire d'une biographie à l'américaine comme font les rats. Il ne s'agit pas de ronger et ruiner un souvenir, dans l'exactitude que la haine seule sait nourrir et dans la sagacité dont recherche à faire preuve l'inspecteur qui se venge de sa condition. Il s'agit de revisiter une vie dans l'exaltation pour s'unir à la pensée de celui qu'on admire. La thèse de Crouzet est simple : Stendhal n'a pas « vécu » sa vie, il l'a « voulue » comme celle d'un héros qui livre une bataille contre la mélancolie et la mort. L'imagination élargit le réel comme le bonheur le soulève, comme la passion le précipite, comme la haine l'accélère. La vie de Stendhal racontée par Crouzet, c'est le « Roland furieux » suivi à la lettre, c'est le paradis de Dante en marche, c'est la joie du Causa sui *de Spinoza en acte.*

Michel Crouzet montre à quel point la Vie de Henry Brulard *est loin de l'autobiographie ; comment j'ai mordu le sein d'Héra, comment j'ai étranglé les serpents dans mon berceau avec mes*

18

poings nus, comment j'ai tué avec un tabouret mon maître de musique, comment j'ai coupé les nez des habitants d'Orchomène et les ai enfilés sur une corde.

Qui est Stendhal ? C'est d'abord un enfant qui dit tout le temps non avec une tête énorme et beaucoup de joues. Il mord qui demande à l'embrasser. À 5 ans, le 7 juin 1788, il est à la fenêtre avec son grand-père et ils applaudissent en voyant couler le premier sang de la Révolution. Il ouvre son premier livre, c'est l'Arioste ; le « Roland furieux » fut sa première et définitive lecture. Lorsque son père lui annonce, la figure défaite, la décapitation de Louis XVI, il est ivre de joie. Death of father. Il écrira plus tard qu'il n'a jamais eu le cœur comblé par une jouissance aussi pure que celle du 28 janvier, au point qu'il avait fermé les yeux de bonheur. Il se met à réciter la liste des tyrannicides. Il est amoureux fou de Charlotte Corday. Dans l'Arioste, Charlemagne avait promis Angélique au guerrier le plus brave. Un petit Grenoblois orphelin dit dans sa langue secrète : « Je serai le guerrier le plus brave. Je prête serment que je tuerai tout ce qui est triste et qui rapproche de l'enfance. Il faut sortir de l'enfer de l'esclavage. » Le 3 novembre 1799, il monte dans la diligence pour Paris. Son père l'embrasse avec des larmes aux paupières, l'adolescent hausse les épaules et détourne la tête. À l'étape de Nemours il apprend le coup d'État : enfin un jeune homme de la bande, un zoulou, est premier consul.

Le projet de Ludovico Ariosto, c'était la France devenue Italie, l'intrigue prestissimo, les héros qui couvrent les rochers, les grottes, les vitres, les arbres de leurs chiffres, la passion énergique et merveilleuse. Toute sa vie, Stendhal s'est référé à l'anneau d'Angélique. Chaque fois qu'on lui arrache ses vêtements et qu'elle est sur le point d'être *violée, elle l'ôte de son doigt, le met dans sa bouche et disparaît plus promptement que l'éclair. Tous les héros, sexe dressé, étreignent l'air tandis qu'invisible elle rit en les voyant mendier, mange des poulets qu'elle vole dans les fermes, dort dans le lit des autres, se met nue dans les ruisseaux, s'empare des chevaux et fonce. Crouzet à chaque page administre les preuves de sa thèse : c'est la vie elle-même de Stendhal qui est soumise à un conte imaginaire où il tient le rôle fabuleux. Quand il découvre l'Italie dans l'armée de Napoléon, il entre dans le jardin d'Armide. Il a 17 ans, un habit vert, des revers écarlates, un casque doré. Il est comme l'Arioste devenu lui-même capitaine du duc Hercule terrassant les bandes qui hantaient les forêts des Apennins. Le 27 mars 1811 il conseille à sa sœur d'inscrire au diamant sur une vitre de Thuellin : « Nous ne sommes pas de la même espèce que ces animaux. » De même, quand la folie furieuse l'entraîne vers Métilde, le 2 janvier 1829, il achète des lunettes vertes en se persuadant qu'elles vont le rendre aussi invisible qu'Angélique. Le 3, il débarque à Volterra muni de ses lunettes : Métilde le reconnaît quand même, le repousse. Il lui dit qu'il est là par hasard. Elle lui demande : « Qu'est-ce que c'est que ces lunettes vertes ? » et l'injurie. Il trottine tout embêté au bas de la ville dans les grands bosquets de chèvrefeuille qui embaument.*

Toute famille est un tombeau qui cherche à reproduire ses morts. La pensée de Stendhal est celle d'Œdipe le tyrannicide. Tout est binaire : tyran contre tyrannicide, père contre fils, noir contre rouge, vieux contre juvénile. D'un côté l'ordre, la religion, l'État, le style acadé-mique, Grenoble, les Beyle, les honneurs, être dupe, pleurnicher, Rousseau, la peur. Du côté du fils : Brutus, la Révolution, les gribouillages dans les marges des livres, Milan, les Gagnon, les coups de folie, n'être la dupe de personne et de rien, être gai, Shakespeare, la vie vitalisée.

De là le style tag. Il n'est pas question d'écrire bien, c'est-à-dire comme un père, comme un procureur, comme un vendu. Dans la famille le moi est toujours un égaré, un affolé dont on exige la sujétion volontaire. Le tagger est un Roland qui pourfend les graffitis des bandes rivales. Qu'est-ce qui rendit Orlando furioso *? À l'instant où, dans une prairie, il s'approche d'une rivière pour y faire boire son cheval, Roland voit par hasard l'écorce des arbres couverte des chiffres et des lettres entrelacées d'Angélique et du pâle Médor. Il regarde les rochers : couvert de la marque. Il entre dans la grotte : toute la voûte empreinte de leurs noms à la craie, à la pointe du couteau et au charbon de bois. Il pénètre dans la chaumière : les portes, les fenêtres, répètent sans cesse leurs signatures. Alors Roland devient fou, se met tout nu, sort Durandal : arbres, grottes, rochers, cloisons, il fracasse tous les tags qui les ornent, arrache la tête des paysans, etc. On n'est plus à Ferrare en 1516. On n'est plus à Milan en 1811. On est à Los Angeles ou à Paris en 1990.*

Quelle est la théorie du tag selon Stendhal ? Le tagger se méfie comme de la peste du langage convenu et de son inscription conventionnelle : c'est encore un tyran imposé au langage self. *Il faut mettre au point une langue de tyrannicide, où le langage établi soit écorché et s'approche le plus possible de la cryptographie, de la signature anarchique, du mot de passe qui fait entrer dans l'insubordonnable, dans l'exclusivité farouche entre soi et soi. Toute sa vie Stendhal fut un Roland furieux. Il fut un enfant à l'étude, la tête penchée, la lèvre protruse, absorbé par la tâche d'un essai de signature, d'un barbouillage, d'un cryptogramme, d'un rébus, d'une anagramme,*

21

d'un sabir, suroccupant les marges et les versos des pages de petits dessins. Il y a deux lignées du roman moderne : Flaubert contre Stendhal, c'est-à-dire Cervantès contre l'Arioste. Celui qui casse le roman de chevalerie contre celui qui le porte aux nues. La déconstruction pleine de ressentiment face à la renaissance des contes et de tout ce qui privilégie l'imaginaire. Le lento, *la méfiance, la mélancolie contre le* prestissimo, *la foi et la chasse au bonheur. C'est la moribonderie contre la furibonderie.*

Je commence seulement à m'expliquer la violence de l'emportement de Flaubert contre Stendhal. Il haïssait l'homme, il exécrait son style. Il l'appelait en pinçant les lèvres : « Monsieur Beyle. » En avril 1880 Zola confia au « Voltaire » que tous les amis y compris lui-même, les Goncourt et Tourgueniev, en étaient venus à éviter de prononcer le nom de Stendhal devant Flaubert. Pour Sainte-Beuve, pour Mérimée, pour Ampère, pour Custine, pour Ingres, pour Constant, Stendhal était un essayiste et un bel esprit mais ils n'évoquaient qu'avec beaucoup d'embarras le fait qu'il eût écrit des romans. Les arguments de la presse à la sortie des livres de Stendhal étaient constants : le style passait pour vieillot, subtil, quintessencié, fourmé, prétentieux ; et la conception qu'il se faisait du roman paraissait réactionnaire, XVIIIe siècle, sèche, cynique, voltairienne. Un critique le traita même de « versaillais ». George Sand était scandalisée par tant de cynisme. Victor Hugo a jugé l'homme : « Un homme d'esprit qui était idiot », et a porté ce jugement sur Le Rouge et le Noir *: « Cette chose informe rédigée en patois. »*

Il est vrai que ce n'est pas séduire que veut le tag : c'est blesser. C'est laisser une trace. Plaire, ce serait s'intégrer. Toutes les préfaces qu'a rédigées Stendhal s'ingénient à éveiller l'hostilité du lecteur.

L'animosité et la malveillance avec lesquelles ce qu'il écrivait était accueilli l'emplissaient d'enthousiasme comme s'il ne cherchait qu'une chose au monde : un certificat de non-ressemblance. Stendhal traversa le XVIe siècle comme un Monsieur Perricho ou un Monsieur Prudhomme. Il se ruina en redingotes olive et en culottes de casimir noisette. Il s'empiffra de café et de punch, souffrit d'hémorroïdes, considéra la musique comme le seul amour dont la durée fût sans usure. Il n'a jamais écrit pour son temps mais pour un tribunal de modèles intérieurs (Que penserait Cimarosa ? Que penserait l'Arioste ?).

On peut faire mieux que des lunettes vertes pour être vu sans être vu. Cela s'appelle prendre un pseudonyme. Voltaire a eu 160 pseudonymes. Crouzet, à ce jour, a répertorié 347 pseudonymes de Marie-Henry Beyle. Il ne s'est appelé Beyle que sur sa tombe – et en mentant sur son prénom et sur le lieu de sa naissance. Le nom secret de Beyle, c'est Werther. C'est l'ennemi absolu. C'est la tristesse. Un homme a caché son chagrin à force de joie et supplanté sa laideur à force d'esprit.

Il vieillit mal et déprimé. Un derrière d'éléphant, un ventre devenu une poire, un toupet postiche et teint. Il dut se faire sur mesure un fauteuil par un maître ébéniste qui coûta 150 francs. Parfois il retournait le fauteuil et sculptait au couteau autour des clous de cuivre « SFCDT » (se foutre carrément de tout). On dit qu'Alexandre lui-même, dans Babylone, fut saisi de la frayeur de la mort à en perdre le souffle.

En 1831 il avait formé trois souhaits : « Être réimprimé en 1900, avoir 6 000 francs de rente, tenir le secret de bander à jour fixe trois fois par an. » Le 10 avril 1840, il finit le dernier livre qu'il ait

23

achevé, Les Privilèges. *C'est l'adieu à l'Arioste : « Vingt fois par an le privilégié pourra se changer en l'être qu'il voudra. En serrant une bague à son doigt il rendra la femme qu'il désire amoureuse. Il jouera parfaitement au whist. Quatre fois par an il pourra se changer en l'animal qu'il voudra. Il pourra tuer dix êtres humains par an. Tous les jours à 2 heures du matin le privilégié trouvera dans sa poche un napoléon d'or. Un drapeau indiquera au privilégié les statues cachées sous terre... »*

Les Privilèges *sont du 10 avril 1840. Le 28 septembre, il compose l'état définitif de la pierre tombale : « Arrigo Beyle Milanese, Visse, Scrisse, Amo. » Cette signature est du « faux devenu vrai » disposé comme une carte à jouer. C'est l'ultime tag. Un gros homme tombe rue des Capucines dans l'imaginaire pur.*

Pascal Quignard
Stendhal, ou Monsieur Moi-même, *par Michel Crouzet.*

Je savais bien que mes élèves ne pouvaient comprendre des expressions telles que « *principe de plaisir* » ou « *causa sui* ». L'important était pour moi qu'ils prennent connaissance des principaux événements de la vie de Stendhal dans un texte qui leur résistât un peu, et qui, de ce fait, pouvait susciter des réactions de leur part. Et tel fut bien le cas. J'avais vu une de mes élèves colorier le dessin humoristique[1] qui accompagnait l'article, une autre avait trouvé bien méchant le petit Henry qui mordait ceux qui voulaient l'embrasser. Un autre avait réagi à la mention « *sexe dressé* » sans qu'il en soit autrement

---

1. Voir l'article en annexe.

choqué, tandis qu'une de ses camarades, peu modeste, avait trouvé l'article « *pas difficile du tout* ». Je crois que ce résumé d'une biographie de Stendhal écrit dans un style alerte avait conquis la classe de seconde 3 autant que moi. Stendhal le tagger avait intéressé mes élèves. Je les avais intéressés.

Je repenserai à cet article car, à compter de la fin de ma soutenance, tout s'est passé comme si j'avais voulu effacer magiquement la somme de malentendus entre mes élèves et moi. Je voulais retrouver l'esprit de mes premiers cours. S'est alors progressivement ancrée en moi la très ferme conviction de devoir refermer un cercle ou de boucler la boucle. Je devenais moi-même « *Stendhal le tagger* » pour brûler de la folle ardeur des héros stendhaliens. Vivre comme un héros de roman, il n'y a sans doute pas d'expérience plus intéressante pour un professeur de français. Jusqu'à mon arrivée à l'hôpital, je ne me serai jamais tant amusé. Le fil de cette histoire est assez simple. Une fois l'irrémédiable commis, j'étais dans l'impossibilité de voir en face une vérité trop cruelle pour moi. Aussi, quand un fait venait me contredire, j'inventais autre chose qui l'intégrait à un scénario déjà délirant. Jamais à bout de ressources, j'étais dans la situation désespérée d'un emprunteur contraint d'emprunter chaque fois davantage pour rembourser ses dettes.

Jeudi 14 mai 1992
(dans la soirée)

Ce qui n'était encore qu'un état d'euphorie, le mercredi soir, après ma journée passée à l'IUFM, a évolué rapidement vers des idées délirantes. Elles sont apparues lors de la soirée du jeudi que je passais comme d'habitude avec des amis d'une petite troupe de théâtre amateur. Pour la première fois, notre vieux professeur avait réclamé un volontaire pour s'occuper de la mise en scène. Comme je ne jouais pas dans cette partie de la pièce, j'ai sauté sur l'occasion avec la conviction de pouvoir réaliser une œuvre grandiose. Le tableau représentait un bordel avec ses prostituées juste avant l'arrivée des clients. Immédiatement, je me suis placé face aux acteurs avec le sentiment d'une extraordinaire lucidité et la volonté de répondre aux attentes du maître, dont je sentais derrière moi l'ombre dominer toute la scène. Je voulais faire au moins aussi bien que lui. Je mélangeais aussi le travail du metteur en scène avec cette idée du brillant enseignant orateur puisant ses sources dans la tradition rhétorique, que toute une partie de moi, je le confesse, aurait rêvé d'être, tandis qu'une autre la rejetait. J'ai donc cru bien faire en m'occupant uniquement de ressentir les réactions des comédiens. Certes, je me mettais aussi à l'écoute de leur personnage, mais j'étais principalement occupé à sentir le petit groupe en face de moi comme devait le faire madame M. dans sa classe. C'est donc peu dire que j'étais entièrement à ma tâche.

Je me sentais complètement à mon aise dans cette position d'un démiurge façonnant les êtres. Mesurant mes gestes comme ceux d'un chef d'orchestre, j'avais la bizarre impression de recevoir des ondes de mes partenaires et de les renvoyer sur scène. Je me suis fait aussi sculpteur. Je modelais une statue vivante à l'aide de ma voix et de mes mains. J'étais devenu captif de cette idée de génie omniscient et omnipotent – dont je suis en temps normal très critique. Elle n'allait plus me quitter. J'en ai tellement fait durant quelques minutes qu'un ami qui regardait s'est mis à maugréer : « *Ça suffit comme ça !* » Je l'ai entendu comme s'il se trouvait très loin. J'avais moi-même l'impression de jouer un rôle et j'ai continué jusqu'au bout sur le même registre. Le verdict m'a été donné par notre professeur. Je m'étais trop concentré sur le jeu des acteurs (il ne savait pas en effet à quel point je l'avais fait) et n'avais pas suffisamment prêté attention à leur place sur la scène ainsi qu'à la disposition des objets. J'acquiesçai tout en arguant du fait que je découvrais le tableau et n'avais pu préparer ce travail. Personne n'a remarqué mon agitation intérieure.

Avant de clore cette séance, notre professeur nous a lu la scène suivante qu'il avait écrite durant la semaine. Comme toujours, il était parti d'une improvisation que nous avions effectuée quelques cours auparavant. C'était ma préférée qui sortait, celle dans laquelle je jouais l'entrée d'un philosophe swedenborgien, complètement barré, dans un salon littéraire du XIXe siècle. J'adore interpréter ce genre de personnage

28

égocentrique, extraverti et souverainement dédaigneux de toutes les règles d'agir en société. Dans la vie réelle je suis beaucoup plus terne et ce soir-là je conservais encore mon apparence habituelle. J'ai parlé normalement, reconnaissant que notre directeur, auteur et metteur en scène avait parfaitement su exploiter les ressources comiques d'un tel personnage. La lecture fut en effet un succès. Nous étions tous écroulés de rire et je me délectais à l'avance à l'idée de faire concurrence au père Ubu, autre personnage égocentrique s'il en est. « *Il est génial, ton texte !* » m'a déclaré une amie en se tournant vers moi. Je lui ai répondu en souriant que c'était celui de notre professeur. Ce dernier m'a arrêté et m'a déclaré tout sourire lui aussi : « *J'espère bien que tu le joueras, notre texte !* » Les êtres ce soir-là semblaient en complète harmonie.

Mais je ne jouerai pas mon texte. Je ne le jouerai pas, parce qu'entre-temps j'aurai façonné, fantasmé, un personnage du même type que je jouerai devant ma classe de seconde 3. Je discutais de manière détendue avec mes amis du théâtre, mais en écoutant mon professeur, mes sens étaient toujours aux aguets. J'intériorisais tout ce qu'il disait. Tout ce que j'avais fait et pensé relevait encore de la simple exaltation. Ses paroles ont été l'occasion pour moi d'échafauder ma première idée délirante. Alors que notre professeur avait, selon toute vraisemblance, puisé ses informations sur Swedenborg dans une encyclopédie ou une préface de *Séraphitâ*, je me suis imaginé qu'il s'était mis en contact avec mes deux tuteurs de stage. Eux seuls, plus au courant des méthodes de recherches universitaires, avaient pu lui fournir des renseignements sur l'œuvre du philosophe illuministe. Notre professeur de théâtre cherchait à reproduire en grandeur réelle le roman de Balzac. Le démon de l'analogie avait commencé à s'emparer de moi[1]. La grandeur de ma tâche me comblait. J'étais heureux d'être secrètement guidé par ces trois personnes si différentes, mon professeur et ses deux assistants, un homme et une femme. La réflexion du maître avait porté ses fruits. C'était maintenant à moi de dépasser l'opposition entre la matière et l'esprit. Je voulais réaliser la synthèse. Me détournant de l'absolu swedenborgien, je tracerais des cercles dans la matière. Dans la voiture de mes amis qui me ramenaient chez moi, je n'ai pas parlé de toutes ces idées qui m'agitaient. Rien dans mon aspect ne permettait de deviner que j'avais franchi le pas qui me conduisait inéluctablement vers l'hospitalisation.

---

1. Voir la partie 2, « Un traitement adapté », pour une description plus précise de ce symptôme.

Vendredi 15 mai 1992

Personne, jusqu'à ce vendredi matin dix heures, n'avait donc rien remarqué de la folie qui s'était emparée de moi. J'en réservais la primeur à mes élèves. Lorsque je reviens sur ces événements pour y chercher un peu de raison, je me dis qu'il est heureux que je me sois inspiré de Rabelais et de Stendhal ou que j'aie le délire ludique comme d'autres ont le vin gai. Les choses auraient pu sinon passer de la comédie à la tragédie. Si tout s'est accompli sans drame, dans une sorte de farce, c'est aussi parce que, même au milieu de mes idées délirantes, j'ai toujours conservé le désir de faire cours. En ce début de matinée encore, je pensais instaurer une nouvelle manière de dialoguer avec mes élèves qui rompît avec ces discussions stériles dans lesquelles eux et moi nous étions si souvent perdus. Au demeurant je n'avais pas une idée en tête, mais je nageais en pleine euphorie. L'avenir ne m'inquiétait pas, y compris celui de devoir faire cours à ma classe sans aucune préparation. Le temps était superbe, et, pour sacrifier à une certaine idée de symétrie, j'avais remis, comme pour un nouveau départ, ma veste blanche que je portais au début de l'année.

À deux minutes de la sonnerie, dans la salle des profs, j'étais toujours aussi calme, ce qui contrastait beaucoup avec mon angoisse habituelle. Je conservais cet état d'attention à l'instant présent qui m'avait tenu toute la veille au soir et qui me tiendra durant toute la bouffée délirante. Comme je discutais avec Elsa, jeune et brillante enseignante qui me conseillait parfois, je lui ai fait part, apparemment le plus normalement du monde, de mon étonnement de n'avoir trouvé dans mon casier aucun de ces dossiers sur la Renaissance que j'avais demandé à mes élèves de terminer et dont je m'imaginais qu'ils les avaient intéressés. Ma collègue et amie m'a immédiatement rassuré : « *Tu sais, c'est normal, ils ne le font jamais quand c'est comme ça !* » Ouf ! cette manière d'agir était donc valable pour tous les élèves, je serais ridicule d'être le seul prof à m'en soucier. La solution semblait d'ailleurs toute trouvée : selon Elsa, je n'avais qu'à leur laisser du temps pour terminer ce travail. Tout semblait vraiment facile ce matin et, au moment de quitter la salle des profs, j'ai adressé à Elsa cette parole complice et ironique : « *Tu as raison, ça me fera toujours une heure de gagnée !* » J'ai toujours vu dans la sonnerie de la salle des profs un signal fatidique qui intimait à tous les occupants du lieu l'ordre d'aller affronter les élèves, mais je voulais dorénavant oublier toutes ces mauvaises pensées. J'étais à la recherche d'une harmonie universelle.

Quand je suis arrivé, les élèves m'attendaient déjà à l'intérieur de la salle. Je ne sais si cette impression était due à mon état d'esprit, mais, contrairement à l'habitude, l'atmosphère m'a paru très détendue. J'ai avisé Sébastien, un élève assez peu travailleur, en train de remplir un papier administratif sur mon bureau, aidé par la déléguée de classe. Sans réfléchir un instant à ce que je faisais, je lui ai proposé de faire le cours à ma place. Ce n'était dans mon esprit qu'une plaisanterie. Mais il a accepté avec enthousiasme. Alors, très amusé moi aussi par cette situation

32

nouvelle, j'ai pris la chaise du bureau et me suis installé près de la porte en qualité d'observateur. Comme la veille au théâtre, j'avais l'impression de pouvoir diriger mon regard dans toutes les directions et de capter le moindre mouvement de chacun. Tandis que l'appel commençait dans un brouhaha, une élève, assez timide d'habitude, m'a interpellé : « *Monsieur ! Vous n'avez pas envie de faire cours !* » Je lui ai répondu que non et nous avons ri ensemble.

Après avoir confisqué les livres de deux élèves indisciplinés qui révisaient discrètement leur latin derrière un cartable, Sébastien est resté quelques instants interdit. Tout comme le reste de la classe, il devait penser que les choses allaient en rester là. Mais invité par moi à continuer, il ne s'est pas démonté. Sans grande imagination, il a proposé une dictée. Cet exercice vient le plus spontanément aux enfants qui jouent à la maîtresse, comme si la relation entre le maître et les élèves s'était figée dans cette action de dicter. Après avoir demandé à l'un de ses camarades un exemplaire de *Gargantua* – qu'il n'avait sans doute pas lu, si tant est qu'il l'ait acheté –, Sébastien a feuilleté rapidement le livre, fait son choix et proclamé d'une voix haute : « *L'éducation de Gargantua selon les sorbonagres.* » J'en ai été tout retourné, car je trouvais dans ce texte tout ce que confusément je me proposais de dire à mes élèves, m'appuyant par exemple sur le cas d'un élève, qui pour sortir un peu demandait à aller pisser lorsqu'il avait soif. Je m'étais montré ferme cette fois-là. Un instant après, alors qu'en vrai prof Sébastien écrivait le titre au tableau, il a reçu, sans s'en apercevoir, jetée du fond de la classe – son terrain habituel –, une fusée entre les jambes. Là se situe selon moi le clou du spectacle. J'ai interrompu le cours pour lui faire

33

remarquer l'affront dont il était victime. Sébastien a ramassé lentement le projectile et l'a présenté d'un air éberlué à toute la classe en prononçant cette phrase piteuse : « *Qui a fait ça ?* » Toute la classe, moi y compris, était écroulée de rire. J'observais tout particulièrement le groupe des bonnes élèves, qui me paraissaient encore plus sensibles au ridicule de la situation. Mon sentiment d'avoir échoué est encore si vif que je ne peux m'empêcher ici de rappeler, pour défendre ma réputation – et celle de mes élèves –, que jamais dans mes cours un objet volant n'a atterri à mes pieds.

C'était carnaval dans la classe et le cours, ou ce qui en tenait lieu, a continué. Une dizaine d'élèves ont fait la dictée proposée par le nouveau professeur. À mon grand étonnement, Angélique en faisait partie. J'espérais pourtant qu'elle aurait rejoint la grande majorité de ceux qui avaient perçu que cette mascarade ne relevait plus du domaine scolaire. Les participants de ce jeu autorisé étaient en grande majorité les copains de Sébastien. La vérité m'oblige à dire que parmi les copies que j'ai récupérées, certaines, rédigées en commun, étaient truffées de jeux de mots. Pour certains, il s'agissait sûrement du meilleur devoir de l'année ou tout du moins du plus inventif. Comme dans la plus solide tradition carnavalesque, les valeurs s'étaient inversées. Les élèves habituellement les plus rétifs au travail participaient au jeu, tandis que les plus laborieux attendaient la suite des événements en devisant gaiement. Mais ce qui m'a semblé le plus incompréhensible et qui m'a fait le plus réfléchir, c'est la réaction de Jérôme. Comment ? Lui, qui durant toute une année n'a strictement rien fait, n'a pas pu supporter ce chahut organisé, ce bordel autorisé. Il s'est tourné vers Sébastien en lui asénant qu'il était ignare. Je n'en revenais pas. La logique aurait pourtant voulu que Jérôme prît part avec plaisir à cette farce. Le bordel était là, auquel il participait pourtant d'habitude avec empressement !

Sébastien, en professeur responsable, a voulu expulser l'agitateur. Pour ce faire il m'en a demandé l'autorisation. Je la lui ai accordée. Sébastien m'a regardé comme pour voir s'il ne rêvait pas, avant d'expulser Jérôme, l'élève incriminé, en demandant à la déléguée de classe de l'accompagner au bureau du CE selon toutes les règles de la procédure. Jérôme est parti avec l'air satisfait de quelqu'un qui va enfin pouvoir s'expliquer. Deux minutes plus tard il revenait et la déléguée m'apprenait, avec un grand sourire, que le CE renvoyait l'exclu en cours. Là, j'ai eu l'impression que toute la classe était devenue sensible au fait que cette transgression de toutes les règles scolaires se déroulait maintenant devant les yeux des autorités administratives. Mais j'étais beaucoup trop pris par ce jeu que j'observais passionnément pour y accorder la moindre espèce d'importance. Tout ceci était à considérer comme une farce. Je le voyais plus ou moins ainsi.

Aussi étonnant que cela puisse paraître, je n'oubliais pas quelle était ma fonction : enseigner le français. Jusqu'au lundi suivant ce cours aura pu passer pour une très originale mise au point. À un quart d'heure de la fin, j'ai décidé qu'il était temps d'annoncer à ma classe le programme des prochaines semaines. J'ai donc renvoyé Sébastien à sa place et improvisé un devoir. Je proposais un travail libre à faire sur un sujet ayant trait à la Renaissance et n'imposais qu'une seule consigne. Si les élèves décidaient de travailler en groupe, il me faudrait autant de copies doubles qu'il y avait de membres dans le groupe. Je revois encore l'air à la fois surpris et intéressé d'une élève. Je pense que plusieurs d'entre eux ont été désarçonnés par cette contrainte au fond pas si ridicule. Si toute la classe se mettait ensemble, cela ferait un beau petit livre ! Travailler en groupe n'était pas forcément la solution de facilité.

Je n'ai au demeurant guère eu le temps de m'expliquer sur cette nouvelle conception du travail en groupe. Une difficulté matérielle faisait que les latinistes me demandaient d'avancer l'un de mes cours tandis que les non-latinistes s'y opposaient. Comme d'habitude, je tergiversais, quand Sébastien m'a demandé de reprendre à nouveau service pour m'aider dans cette tâche. Amusé par la situation, j'ai accepté. Mon nouvel allié s'est alors mis au centre de la classe et a déclaré à la suite de je ne sais plus quel raisonnement que seuls les latinistes (dont il faisait partie) auraient le droit de voter. En trente secondes la question était réglée. Après cette intervention peu démocratique mais efficace, j'ai esquissé un large geste signifiant « *du balai* » tout en approuvant hautement ses propos.

J'étais maintenant seul en scène avec une sensation de complète lucidité. Comme au théâtre, je jouais avec les acteurs et les spectateurs que mes élèves étaient devenus. Une d'entre eux avait protesté. Le sujet de dissertation que je leur avais donné la semaine précédente lui paraissait trop difficile. Même une classe de première n'y aurait rien compris ! Je dois reconnaître qu'elle avait raison. J'avais tiré ce sujet d'un manuel scolaire, mais je m'étais fourvoyé une nouvelle fois. Il était en effet bien trop difficile pour les seconde et même des première. À la limite, j'aurais pu le travailler avec ma classe. Mais à cet instant je n'étais pas du tout prêt à ce genre de conciliation. Je brûlais d'un feu sacré. Et j'ai répliqué immédiatement en résumant la méthode de dissertation pour conclure, bras levé, comme un orateur : « *La problématique, c'est votre prise de liberté sur le sujet, alors prenez-la !* »

Comme j'insistais à la fin sur la nécessité d'apporter pour le prochain cours le *Gargantua* que nous allions étudier, Christophe, un de mes élèves rétifs au travail, a brandi fièrement, presque à la façon d'un petit soldat, le livre de Rabelais. Je lui ai fait un signe de tête pour acquiescer. Et de nouveau m'est revenue en tête l'image de ce professeur dont j'avais imité un bref instant les paroles lors de ma soutenance. J'ai calqué exactement son salut ironique et cette image a surgi de la même façon à l'instant même où j'étais en train de faire ce geste.

Mais dans ce salut, je veux retenir surtout l'impression très forte d'une toute nouvelle complicité avec cet élève. Il m'a bien semblé en effet que j'avais conquis toute la classe par ce cours carnavalesque. Je revois encore Aude, entourée de deux camarades, dont l'un avait un genou par terre. Ils me regardaient en souriant. J'avais l'impression qu'ils étaient à la fois stupéfaits et admiratifs de ce que je venais d'accomplir. Mais à ma grande surprise, mon public a quitté la salle très rapidement dès la sonnerie, comme si rien ne s'était passé. Je pense qu'il s'agit chez les élèves d'un réflexe conditionné. J'ai eu juste le temps de crier, histoire de bien mettre les choses au point : « *Demain, on étudie le commentaire de texte !* »

Seule Angélique est restée. Elle voulait me parler. Engageant la conversation d'un air gêné, elle a souligné que la dissertation que j'avais donnée était en effet difficile. Pour me laisser le temps de réfléchir, je l'ai invitée à remettre avec moi quelques chaises en place. Et quand je l'ai incitée à s'expliquer, elle m'a déclaré qu'elle n'était pas sûre de pouvoir remettre ce devoir. La raison était en effet grave : Angélique, malade, sous médicaments, faisait une dépression nerveuse. L'aveu lui était pénible à faire et elle a ajouté immédiatement : « *Vous ne le direz à personne !* » Pour masquer mon émotion, j'ai essayé une plaisanterie : « *Je ne vais pas l'écrire au tableau !* »

Je trahis pourtant aujourd'hui ma promesse de n'en parler à personne. Les événements sont bien éloignés et ce n'est pas sur le tableau que j'écris ce sans quoi toute la suite de mon étrange comportement resterait incompréhensible. De plus, sans mettre de nom à sa maladie, toute la classe savait qu'Angélique était malade. À une ou deux reprises, quelques élèves en avaient même parlé en cours. Mais je n'avais rien fait pour en apprendre davantage. Et nul ne me l'avait expliqué parmi les autres enseignants ou l'administration. Angélique aurait dû me le dire bien plus tôt, car ce jour-là, même si j'avais repris l'apparence d'un professeur tout à fait ordinaire, j'étais dans l'incapacité de recevoir cette nouvelle. J'ai seulement repris des conseils que ses camarades devaient lui prodiguer. Il fallait de temps en temps qu'elle abandonne ses livres pour s'amuser un peu. Je l'ai invitée à ne pas trop se faire de soucis, elle avait suffisamment travaillé jusque-là. Depuis je me suis souvent posé cette question, sans pouvoir lui apporter de réponse : pourquoi a-t-elle précisément

38

choisi cette journée pour me faire un tel aveu ? Cela ne pouvait plus mal tomber !

Lorsque j'ai refermé la porte de la salle, une élève que je ne connaissais pas m'a souri, et je me suis imaginé qu'elle avait entendu la fin de ma conversation avec Angélique et qu'elle se réjouissait de ma bienveillance. Tout le monde encore une fois semblait faire partie en cette matinée d'une universelle harmonie. À l'autre extrémité de la cour, Christophe, qui avait arboré fièrement Gargantua, m'a interpellé. J'avais terminé ma journée. Il me regardait d'un air envieux et son copain a éclaté de rire lorsqu'il a déclaré piteusement : « *Je m'ennuie à l'école !* » Ça, je m'en étais douté ! Mais, pour la première fois, il me l'avouait avec simplicité et sincérité. Je lui ai proposé en plaisantant de devenir professeur. Cependant, pour une fois, je compatissais à son malheur. Il me confortait dans l'idée qu'il fallait modifier de fond en comble le système scolaire.

Je m'interrogeais quand même un peu sur la façon dont l'administration réagirait à ce cours. J'ai eu la certitude qu'il ne se passerait rien quand je suis revenu au lycée l'après-midi. Je voulais faire des photocopies de cette poésie de Ronsard que je comptais proposer le lendemain matin. Nul ne m'a fait la moindre remarque. Il m'a semblé quand même que la secrétaire me regardait d'un air bizarre. J'ai également cru voir rougir le proviseur qui passait par là. Mais il s'est éclipsé dans son bureau sans un mot. Ce malaise de la secrétaire, ce rougissement du proviseur, je les prenais comme des signes qui montraient qu'ils savaient. Le narrateur du *Journal d'un fou*, une nouvelle de Nicolas Gogol qui décrit le phénomène de la bouffée délirante, fait aussi l'expérience de telles réactions des personnes qu'il rencontre. Pour le reste, il ne s'est rien passé. Mais je ne pouvais ignorer le fait que j'avais gagné une toute nouvelle notoriété. Au CDI, où je m'étais rendu en préparation de mon cours du lendemain, j'avais entendu des élèves dire derrière mon dos : « *C'est le prof qui...* » J'avais osé et je n'en étais pas peu fier. Et le nouvel héros que j'étais a ensuite discuté avec la documentaliste au sujet du dernier stage MAFPEN[1] auquel elle avait participé. Elle avait trouvé les formateurs très soporifiques ! Ils n'avaient fait que parler ! J'ai éclaté de rire avec elle. Tout me souriait. Personne ne venait me reprocher mes fantaisies. Mes réflexions sur la pédagogie se trouvaient chaque fois confirmées.

---

1. La formation continue des enseignants.

Samedi 16 mai 1992

J'ai entamé mes cours du samedi épuisé, mais avec un moral de vainqueur. Après ce cours carnavalesque, je savais que la première chose à faire était de prouver à ma classe de seconde 3 que je tenais plus que jamais à exercer ma fonction de prof. Pour le reste, j'avais des idées complètement délirantes. Mon interprétation du *Bel Aubépin*, par exemple, tenait peu compte du poème de Ronsard. Progressivement avait émergé en moi l'idée que ce texte que je voulais étudier avec eux parlait d'une pine blanche, représentation phallique d'un Ronsard vieillissant et soucieux de voir renaître son désir. Deux camps d'insectes à la base de l'arbre et le rossignol sur la cime suffisaient à étayer mes idées. Quand je penserai plus tard à la mise en commun que je comptais faire, je dépasserai toutes limites. Trois jeunes filles, trois des meilleures élèves de la classe finalement élues, étaient spécialement concernées. Je les imaginais en train de figurer les différents discours que l'on pouvait tenir sur ce poème. La première, Sandrine, commencerait par représenter une belle aubépine, la nature dans sa sensualité primitive. La deuxième, Angélique, donnerait l'interprétation la plus spirituelle. Passant du microcosme au macrocosme, elle ferait de l'aubépine un cosmos, une totalité qu'elle expliquerait à l'aide d'un schéma. Quant à la troisième, Aurore, élève douée mais très indisciplinée, je lui réservais un tour pendable. Tout à son travail d'élucidation, elle représenterait, au milieu des éclats de rire, un sexe en train d'éjaculer. Cette synthèse devait rejoindre en un même mouvement les graffitis les plus obscènes à la démarche rigoureuse d'une explication de texte en trois parties.

Pour ce samedi matin, je n'avais l'intention que de procéder à une recherche des idées. Comme je tenais à ce qu'elles soient celles des élèves, je n'ai pas eu l'occasion de leur faire part de mes élucubrations. J'avais au contraire toutes les apparences d'un prof désireux de faire son métier. Mais il me fallait d'abord effacer le souvenir de mon cours précédent. Le premier groupe est d'ailleurs arrivé comme si rien ne s'était passé. À ma grande surprise, je n'ai remarqué aucun sentiment de curiosité et la demi-classe semblait n'avoir ni plus ni moins envie de travailler que d'habitude. J'étais quant à moi très tendu. Dans la salle des profs, j'avais vu rougir quelques-uns de mes collègues auxquels je m'étais adressé et j'avais dû passer devant le proviseur qui se trouvait devant l'entrée. Je le croisais pour la première fois un samedi matin à cette heure. Il ne m'a rien dit. Mais je savais qu'il ne se tenait pas là par hasard. Vous comprendrez dès lors pourquoi, aussitôt installé, j'ai tenu à mettre fin au carnaval du jour précédent. Après avoir confié à Sébastien la mission de remettre les dictées à ses camarades ultérieurement, je me suis quasiment, mis à hurler : « *Maintenant, je vous distribue un texte de Ronsard, vous avez jusqu'à dix heures moins dix pour travailler dessus. Cherchez ce que vous pouvez en dire sans répéter son auteur.* » L'un des élèves a protesté : c'était trop dur, on ne travaillait pas ainsi d'habitude. Mais ma nouvelle méthode ne supportait aucun compromis et j'ai tranché d'un ton sec en affirmant qu'aujourd'hui, ce serait différent.

L'atmosphère s'est peu à peu détendue et j'ai eu le plaisir de voir deux élèves mettre en place, sur une feuille de papier, un schéma explicatif très intéressant. Une nouvelle fois, mon cours marchait. Je le voyais susciter un intérêt de la part de ma classe en même temps que je la surprenais par ma nouvelle façon d'être. Ce jour-là, je triomphais. Durant toute l'heure de cours, je n'ai cessé d'inciter les élèves à écrire et à corriger sur place leurs brouillons, si bien qu'ils ont sans doute perçu une grande nervosité de ma part, sans trop savoir à quoi il fallait l'attribuer. Et dans l'ensemble, ils m'ont suivi. Quelques-uns d'entre eux, qui ne manifestaient pas d'habitude de l'intérêt pour mes cours, ont même proposé d'aller chercher des dictionnaires au CDI. Je crois pouvoir affirmer que ce n'était pas pour s'échapper quelques minutes de la salle. J'ai trouvé leur idée d'autant plus excellente que j'avais toujours regretté de ne pouvoir disposer de dictionnaires en classe. Quant aux autres, ils écrivaient déjà. Je les avais entraînés dans un jeu qui semblait les fasciner. Le maître que j'étais circulait au hasard d'une table à l'autre et tombait sur une copie qu'il lisait rapidement. Le verdict était sans appel. « *Il n'y a rien dedans, Sandrine !* » « *Oui, je sais, monsieur* » ; « *Une phrase de bonne, Aurore* » et je crois bien que c'était vrai. « *Laquelle ? Laquelle ?* » a-t-elle renchéri hystériquement sur un prof devenu hystérique. Les plus enthousiastes auront été ceux-là mêmes qui contestaient habituellement ma façon de faire cours. Une élève a semblé sentir, mais sans pouvoir sans doute être en mesure de vraiment le concevoir, à quel point tout ce cours était animé secrètement par des pensées érotomaniaques. Je me souviens de sa question perfide : « *Mais qu'est-ce qu'ils font les rossignols dans leur nid ?* » Je n'ai pas eu le temps de la renvoyer au cours de sciences naturelles. Une autre élève, que je n'avais jamais entendue en cours, m'a devancé et déclaré vivement que cette question était bête. C'est peu de dire combien cette réaction m'a plu !

Je ne saurais prétendre que le premier groupe des seconde 3 ait consacré toute son attention à ce poème de Ronsard. Anormal, ce cours l'était et la classe n'a pas pu ne pas remarquer que d'autres élèves ont tenté de voir par le trou de la serrure ce qui s'y passait. Mais personne n'a eu l'air de s'en soucier. Il faut reconnaître aussi que mes élèves et moi nous nous sommes beaucoup amusés. Je veux dire par là que nous avons eu des contacts plus humains. Avec Aurore, par exemple, qui décidément incorrigible, avait ouvert son cahier de maths durant mon cours de français. Je l'ai menacée de demander à Sébastien de le jeter par la fenêtre si elle ne le fermait pas. Devant l'empressement de ce dernier, elle s'est exécutée, mais sa réponse m'a surpris : *« Mais, monsieur, si je peux faire les deux en même temps ! »* C'est vrai, je n'y avais pas songé, ai-je pensé, mais ce n'était pas un bon exemple pour l'ensemble de la classe !

J'ai également feint de m'indigner de ce que, encore une fois dans mon propre cours, l'on préparât la triche pour le devoir de biologie. J'ouvrais ce jour-là les yeux sur des réalités que je n'avais voulu voir jusqu'ici. C'est un de mes élèves, Yoann, qui en a fait les frais. Je l'ai surpris avec une mystérieuse machine que j'avais déjà remarquée, mais dont je n'ai appris la fonction qu'en la lui confisquant enfin. Elle lui servait à enregistrer de précieuses données. Moi, j'en étais resté aux vieilles feuilles de carottages. Malgré cette découverte, je me suis montré plutôt ferme dans mes propos : « *Ah, c'était ça... Je croyais que c'était un jeu électronique. Mais désolé, mon vieux, les pines, ça se prépare le soir, à la maison.* » La classe entière a ri, à la fois de la tête de Yoann et de mes principes. Quant à moi, je n'ai pas échappé à la curiosité de certains : « *Est-ce que vous avez déjà triché, monsieur, quand vous étiez élève ?* » Ce n'est certes pas le genre de questions qu'il faut poser à ses professeurs, mais je m'étais déjà trop avancé pour pouvoir l'éluder. J'ai donc répondu, en acquiesçant d'un petit signe de tête. Notez en passant que j'empruntais cette fois-ci ce geste à mon ami Thierry dont j'aurai à reparler[1]. J'ai revu son image au moment même où j'inclinais la tête.

J'avais beau dégager une énergie formidable en cours, je n'en n'étais pas moins épuisé intérieurement. Dans la salle des profs, j'ai retrouvé mes deux ou trois collègues du samedi, ceux qui comme moi avaient des demi-groupes d'une heure trente et faisaient une pause décalée. Dans la cour de récréation, juste avant que je ne pénètre à nouveau dans la salle des profs, le censeur m'avait demandé si je pouvais participer à ces oraux pour entraîner les première au bac. J'avais hésité et différé ma réponse. J'étais loin d'être aussi sûr de moi que je voulais le laisser paraître, ou plutôt un semblant de raison devait encore m'habiter. Mais tout le monde entrait dans mon jeu. Du fond de la salle, à travers les parois transparentes, qui faisaient dire à certains que cette salle des profs ressemblait à un bocal de poissons rouges, j'ai aperçu des élèves qui m'ont salué. Une prof qui se tenait non loin de moi m'a regardé l'air de dire : « *Tu vois, tu te fais des idées !* » C'est du moins ce que j'ai pensé

---

1. Voir partie 2, « Bouffées délirantes et hospitalisations ».

tant j'étais à la recherche d'une relation de plus grande confiance avec mes élèves. Elle passait par de tels gestes de politesse, les premiers depuis le début de l'année.

J'ai redonné les règles du jeu au deuxième groupe et, de nouveau, un élève a protesté. Mais certain maintenant de ma toute nouvelle autorité acquise au cours précédent, je me suis montré encore plus intransigeant. Aujourd'hui, on faisait comme ça ! C'est alors Angélique qui, retrouvant sa capacité d'indignation, s'est écriée à mon encontre : « *Vous avez décidé de ne plus travailler, vous vous en fichez maintenant !* » Elle se rendait bien compte que je n'étais plus le même qu'auparavant, sans doute même que je n'allais pas bien. Mais je ne retenais de mon nouvel état qu'une débauche d'énergie qui me rendait enfin sûr de moi. Aussi ai-je eu beau jeu de répliquer que ce poème de Ronsard était on ne peut plus traditionnel et de plus extrait du classique manuel de littérature *Lagarde et Michard*. Quant à elle, si elle voulait devenir prof de français, il fallait bien qu'elle commence à écrire un jour d'elle-même. C'est avec un air désabusé qu'elle m'a répondu qu'elle ne savait plus quoi faire. Angélique semblait être la plus dépassée par les événements, comme la plus inquiète de mon sort. Une autre élève aussi avait compris que je n'étais pas dans mon état habituel, mais cela ne semblait pas la préoccuper outre mesure. Elle entrait même dans mon jeu : « *Monsieur, c'est parce que vous croyez qu'on n'a pas assez travaillé que vous faites cela. Mais ce n'est pas vrai.* »

Alors que je paradais en marchant dans les rangs, m'arrêtant pour discuter de temps à autre avec certains, Angélique s'est

finalement écriée : « *Mais, monsieur, il nous faut une méthode !* »
Ah ! cette fameuse méthode qu'Aurore m'avait autrefois reproché de ne pas enseigner. Mais cette fois-ci, j'avais préparé mon
coup et n'attendais que cela pour sortir le grand jeu. J'ai cherché
dans mon sac *Méthodes et Techniques*, le manuel de français
le plus connu dans le lycée et, simulant un geste violent, je l'ai
presque jeté à la figure d'Angélique : « *Tiens, tu trouveras toute
la méthode là-dedans !* » Je voulais signifier par là à ma classe que
rien ne pouvait sortir de la simple application de recettes. Il
fallait au préalable que les élèves s'investissent dans le texte à
commenter. Dans mon esprit, nous n'en étions qu'à la simple
recherche des idées. D'où l'inutilité, à cet instant, de ce livre de
méthodes qu'Angélique parcourait avec un air très embarrassé.
Que faire d'un livre ordinaire donné dans un contexte extraordinaire ?

Excédé, Thomas s'est mis à résumer toute une dimension du
texte en deux phrases à sa façon : « *Mais comment voulez-vous
que j'écrive quelque chose là-dessus ? C'est impossible ! C'est quoi ça,
Ronsard, il a mal à sa vieillesse ou quoi ?* » Au terme d'un échange
complice avec une élève, qui se révélait soudainement passionnée par la poésie et admiratrice de Ronsard, un grand silence
s'est fait dans la classe. Tous semblaient percevoir quelque chose
d'important et me regardaient avec une surprise mêlée d'admiration. C'est Thomas qui a encore rompu le silence : « *Mais,
monsieur, vous êtes qui ? Un super prof ?* » Là, j'avoue que j'ai
manqué ma réplique. J'aurais dû dire à ces élèves que je ne désirais nullement les voir déchirer les pages de leur manuel et se
mettre debout sur les tables, comme dans ce film *Le Cercle des*

poètes disparus[1]. J'avais pensé pourtant à cette phrase, sur le coup ou quelques heures plus tard, en revivant cette scène.

Je me suis cependant immédiatement rattrapé dans une série de déplacements où j'ai utilisé toutes les ressources de la proxémique[2]. Mes nombreuses interventions, que je jugeais diaboliquement précises, m'avaient fait peu à peu entrer dans la peau que j'imaginais être celle de Méphistophélès. Cette incarnation terrestre du diable rendue sympathique par l'interprétation de Michel Simon dans *La Beauté du diable* me plaisait bien. Mais je pensais bizarrement à un Méphisto qui aurait été joué par Gérard Philipe, rien de moins. Le choix de ce personnage était en grande partie induit par le fait que des amis allaient bientôt jouer *Faust*. Je voulais tout, et le pouvoir et la beauté. À la fin de la matinée, j'étais épuisé et n'aspirais qu'à un repos complet impossible pourtant à trouver tant j'étais débordé par un tas d'images diverses.

---

1. Peter Weir, 1989.
2. « Proxémique » est un mot utilisé à l'IUFM pour signifier les façons dont un professeur peut jouer avec l'espace de la salle. Le mot, je l'ai appris à l'IUFM, les ressources proprement dites, au théâtre.

Week-end du 16 et 17 mai 1992

Je ne saurais situer le moment exact où j'ai définitivement basculé dans la folie. Comme le narrateur du *Journal d'un fou*, je suis resté étendu sur mon lit durant presque tout le week-end, sans pouvoir dormir ni chercher vraiment à le faire. Dans la nouvelle de Gogol, cette position de repli passe inaperçue à une première lecture, mais cette inextinguible rêverie fait bien partie de la crise. Le démon de l'analogie, jusque-là à peu près contenu, a profité de ces heures perdues pour s'emparer définitivement de moi en me commandant une mission. Il fallait que je sauve l'élève modèle, Angélique, devenue à cet instant marquise des Anges et à qui je devais manifester ma passion le mardi suivant. Comment en suis-je arrivé à cette création d'un amour imaginaire ? Par le démon de l'analogie, vous dis-je. Angélique m'avait avoué qu'elle traversait une dépression, et moi, je me sentais dans un état de surexcitation. L'idéal était que nous arrivions tous les deux à une moyenne. Elle remonterait la pente, je descendrais de mon nuage, et nous finirions par trouver un équilibre. Tout ceci me semblait parfaitement logique. Et chemin faisant, l'Angélique de la seconde 3 a rejoint malgré elle l'idéale Angélique de l'Arioste, avec laquelle je n'avais jamais fait de rapprochement conscient. Elle me semblait à la fois réelle et faire partie dorénavant de l'histoire de la littérature. La Métilde du malheureux Stendhal avait aidé à cette transformation. La seule chose dont je me souvienne véritablement, c'est qu'étendu sur mon lit, j'ai lu et relu « Stendhal le tagger ». Outre que cet article convoquait l'héroïne de l'Arioste, je lui ai trouvé, dans cette lecture hallucinée, une profondeur que je ne soupçonnais pas. C'est bien simple, il expliquait tout, condensait l'ensemble des rapports que j'avais entretenus avec ma classe, comme si tout y avait été inscrit d'avance.

Mais j'avais beau être entré dans le délire le plus total, je n'en gardais pas moins une certaine capacité à poser et résoudre des problèmes. Car la difficulté sur laquelle je butais était de taille. Il s'agissait de savoir comment je pourrais expliquer aux élèves toutes ces belles idées. Je ne saurais pas dire si c'est le samedi ou le dimanche que je l'ai résolue. Je me souviens d'avoir réécouté une cassette de Boby Lapointe que je me passais souvent l'année précédente. Et comme je me laissais porter par la nostalgie, des rythmes faciles et des paroles pleines de fantaisie, un autre parallèle s'est imposé à moi dans toute son évidence. *L'Ami Zantrop* de la chanson était le même que *Le Misanthrope* de Molière, celui-là que mes élèves et moi avions laborieusement étudié à la fin du premier trimestre. Et tous les deux se rejoignaient maintenant en ma personne qui semblait être capable de tout absorber.

Le principe d'absorption a continué à opérer. Cette intuition que je trouvais géniale ne pouvait rester à l'état d'ébauche. Il me fallait maintenant la développer, la systématiser dans le droit fil de ma nouvelle interprétation de « Stendhal le tagger ». J'ai donc établi rapidement une théorie selon laquelle l'ensemble des relations qui s'étaient nouées entre la classe et moi au cours de l'année avait été déterminé par les textes que nous étudiions. Chacun de mes élèves s'était construit un personnage à l'image de ceux qu'ils avaient pu voir dans des œuvres comme *Le Misanthrope* ou *Germinal*, et toutes ces figures s'étaient télescopées dans mon cours. Pire, de par ma position de professeur et de lecteur génial, elles gravitaient autour de moi qui les organisais toutes sans le savoir. J'imaginais qu'à partir de l'article sur Stendhal, tout un ensemble de connexions s'était établi entre mon imaginaire et celui de chacun des élèves de la seconde 3. Cette folle imagination textuelle, nourrie et enrichie peu à peu par tous les autres textes que je leur choisissais, m'avait fait devenir l'objet inconscient de toute une lutte symbolique. Dès lors pour comprendre tout ce qui s'était passé dans la classe et restaurer une relation de confiance, il suffisait d'expliquer et de dénouer les liens qui s'étaient établis entre les élèves et moi. Je n'avais pas mis longtemps à en découvrir les principaux. Alceste, c'était moi, et la jeune Célimène, Angélique[1]. Et cela continuait de cette manière, Étienne c'était moi, et elle était Catherine[2]. D'une façon plus générale, j'étais à l'image de Stendhal et de tout autre écrivain proche du romantisme, tandis que j'avais hissé au statut de muse ou d'héroïne Angélique, marquise des Anges.

Pour être honnête, je me dois de noter ici que ce délire livresque avait peut-être inconsciemment commencé très tôt. Je revois Angélique, assise sur les marches de l'escalier qui menait à la classe, un beau samedi de septembre, en train de lire *Les*

---

1. Référence à *L'Ami Zantrop*, de Boby Lapointe, 1975.
2. Référence à l'amour interdit entre Étienne Lantier et Catherine, dans *Germinal*, d'Émile Zola.

51

Mémoires d'une jeune fille rangée (Simone de Beauvoir, 1958). Nous avons dû parler un peu de cette œuvre. Et ce souvenir d'elle, probablement vêtue d'un jean, se confond avec l'image de la jeune fille jupe blanche plissée sur fond bleu de la couverture du livre que je connaissais très bien pour en posséder un autre exemplaire.

Mon goût pour le parallélisme allait jusqu'à nier mon intérêt pour le théâtre, tandis que je refusais à une brillante élève la capacité à intellectualiser. Je retombais dans les pires clichés d'une opposition entre la nature féminine et la nature masculine. Autrement dit, à elle l'imagination, à moi la raison. Je me fondais sur son inclination pour la lecture à voix haute, me souvenant qu'un samedi, elle s'était portée volontaire pour lire une page de Zola, son auteur préféré. Moi, je détestais le faire en classe, car je n'obtenais jamais la parfaite attention qui m'aurait été nécessaire pour me concentrer sur le texte. J'ai tiré les plus extrêmes conséquences de ce simple petit fait. Je me figurais qu'elle était toute sensibilité, tandis que j'étais du côté du conceptuel et de l'abstrait. Mes schémas ne pouvaient donc intéresser les élèves. Il leur fallait de cette vie qui se traduisait dans les tags. J'opérerais donc une synthèse du schéma (abstrait) et du tag (vivant), qui se traduirait par la création de schémas rythmés. J'avais trouvé mon nouveau projet pédagogique pour le cours du lundi. Les élèves et moi les réaliserions tous ensemble grâce aux jeux de mots de Boby Lapointe et la médiation d'Angélique. Grâce à moi, et à elle, deux mondes absolument contraires se rejoindraient. Oubliant avec une facilité qui me déconcerte encore tout ce que j'avais compris de la psychologie et de la linguistique au cours de mes études, j'en revenais à la pensée la plus traditionnelle, celle qui voit dans l'union des contraires la perfection absolue. Je poussais cette logique jusqu'à l'absurde. Oubliées toutes mes études de philo et de lettres, la maladie faisait ressortir de vieux scénarios qui font encore les meilleures recettes pour attirer un public avide de spectaculaire. Une pensée archaïque avait envahi toute ma personnalité.

Certes ce scénario était encore loin d'être parfait. Mes élèves me diraient que, malgré la présence d'une histoire d'amour, mes schémas auraient été « *trop philo, trop chiant, trop prof !* ». J'espère cependant que ma prochaine production, celle du mardi et du mercredi, à laquelle ils n'ont pas assisté, ne les décevra pas. Je crois qu'elle valait les meilleurs films américains, car j'y ai intégré l'éternel combat entre les forces du bien et du mal. Ce week-end, je n'ai fait qu'en peaufiner une première version, toute dédiée à Angélique. L'opposition entre le bien et le mal commençait d'y affleurer. La question que je me posais était en effet celle de savoir si je devais porter pour le cours de lundi une paire de lunettes vertes que je n'avais jamais mise en classe. L'article sur Stendhal parlait aussi d'une paire de lunettes vertes qui était censée rendre l'écrivain méconnaissable de Métilde. Je ne voulais quant à moi que me faire reconnaître d'Angélique. Mais cette monture verte était un dilemme, car si ces lunettes pouvaient mettre mes élèves sur la piste de Stendhal, elles risquaient aussi de se révéler être un signe trop évident. Angélique, en particulier, aurait pu penser que je me moquais d'elle. Je serais bel et bien devenu Méphistophélès et la belle, au lieu d'être sauvée, aurait été condamnée pour l'éternité.

53

Tout devait être à peu près clair dans ma tête dès la fin du dimanche après-midi, quand Asunción m'a téléphoné. Elle et sa voisine, Rebecca, une documentaliste, m'invitaient à dîner. En même temps, ce serait l'occasion pour que je jette un coup d'œil sur le mémoire de stage de Rebecca. Elle me le demandait. Comme je lui répondais que j'étais très fatigué, je l'ai entendue rire au téléphone. Je me suis imaginé, à tort sans doute, car Asunción n'avait pas de cours en fin de semaine, qu'elle savait tout de mes dernières prestations. Et tout de suite j'ai pensé qu'il s'agissait d'un test. ON (des amis, des profs, l'administration) cherchait à savoir comment j'allais. Tout était dirigé vers moi. Dans ces conditions, je ne pouvais que répondre à ce que l'on attendait de ma personne. J'ai donc accepté cette invitation, malgré mon état d'épuisement que n'avaient pas réparé ces vingt-quatre heures passées dans mon lit à rêvasser et délirer. Ce serait justement l'occasion de tester mes lunettes vertes. Sur le chemin qui menait à l'immeuble de mes amies, par-dessus le mur romain qui masque en partie la cathédrale, j'ai entendu très clairement : « *Bonjour, monsieur le curé !* » J'ai d'abord cru à une plaisanterie de leur part pour finir très rapidement par m'apercevoir que j'avais été victime d'une hallucination auditive. Mais je n'ai rien pu saisir de cet éclair de lucidité. Quelques secondes plus tard, au contraire, j'en concluais que j'avais écarté tout risque de folie.

Devant la porte de l'immeuble, euphorique, j'ai appuyé sur les deux sonnettes à la fois, imaginant deux rires éclatant au même moment dans les deux studios qui se faisaient face. Le long couloir traversé, j'ai débarqué chez les deux voisines. Du haut de ma supériorité, je me situais plus en qualité d'observateur

© Groupe Eyrolles

que d'invité. Asunción finissait sa lessive et m'a demandé de m'installer chez Rebecca en attendant. Mais moi, j'étais ailleurs et avais l'impression de contempler une scène de la vie quotidienne qui désormais ne me concernerait plus. Dans quelques jours, je ne fréquenterais plus que des génies. Incapable d'un raisonnement lucide, j'étais cependant encore plus ou moins conscient de mon état, puisque j'ai d'entrée déclaré à mes amies que je mangerais peu et ne boirais pas une seule goutte d'alcool. Inconsciemment, je devais sentir que cela ne me ferait pas de bien. Mais je n'ai pas pu profiter de leurs conseils, dernière occasion qui m'était donnée de ne pas m'offrir en spectacle le lendemain. Oui, j'étais très pâle, mais je ne voulais pas voir un médecin, et tenais à me rendre en cours normalement. Et pourtant je me souviens bien de ce qu'elles m'objectaient. J'avais l'air bizarre… Étais-je sûr que je n'avais rien ?

Mais tout attentionnées qu'elles fussent, elles ne pouvaient s'imaginer à quel point je m'étais déjà retranché dans un monde intérieur, d'où tout me parvenait de façon étrangement lointaine, comme si j'en avais été le spectateur. Ce spectateur n'avait pourtant rien de passif. Quand tombait sous mes yeux quelque chose qui pouvait s'intégrer à l'histoire que j'étais simultanément en train de vivre et de composer, je le prenais. Quel scénariste aurait imaginé me mettre en présence du fameux roman *Angélique : marquise des Anges*[1] ? J'ai pourtant bien trouvé ce livre, posé sur le coin d'une étagère. Il était au programme de l'examen de Rebecca. Pour moi, à cet instant, il

---

1. Anne et Serge Golon, 1957.

ne pouvait pas être placé là par hasard. L'humble livre de poche prenait la dimension d'un signe m'invitant à poursuivre dans la voie que je m'étais tracée, et le dessin naïf qui ornait la couverture me troublait bien plus que le chef-d'œuvre d'un peintre. Il semblait parler directement de ce que je vivais. Enfermé dans ces nouvelles sensations esthétiques, j'ai essayé de lire quelques pages du rapport de Rebecca, mais le lui ai vite rendu en déclarant impoliment que je ne pouvais pas aller plus loin, car son style était vraiment trop lourd. Elle s'en est presque excusée voulant seulement savoir ce qu'il fallait faire pour bien écrire. « *Recommencer !* » ai-je répondu à moitié sérieux sur le ton autoritaire du philosophe swedenborgien que je jouais au théâtre.

Je n'avais déjà à ce moment précis que trop tendance à me prévaloir d'une infinie supériorité sur ces filles quand Asunción est entrée à son tour, sans le savoir, dans mon jeu. Elle me demandait de l'aider à commenter un poème espagnol. Que je ne me souvienne pas d'un seul mot de ce poème ni même du nom de son auteur prouve que toutes les impressions que j'avais ne reposaient que sur des identifications stériles. Mais qu'elles étaient plaisantes ! Dès la première lecture de ce texte, je me suis senti projeté dans ce nouvel élément que je considérais à cet instant comme m'étant définitivement accordé, la Poésie. Si je puis encore dire quelques mots de ce poème, c'est que je me rappelle confusément l'interprétation que je proposais. Tout partait d'une maison et, dans les murs qu'elle évoquait, je voyais s'établir une parfaite identité entre le monde intérieur et extérieur. Ces murs n'étaient pas des cloisons. J'étais en train de m'identifier à cette maison. Malgré une médiocre connaissance de la langue espagnole, je voulais qu'Asunción me laisse faire la traduction tout seul. J'étais même si passionné par ma tâche que j'étais prêt à lui donner un cours. Quelque chose me retenait pourtant de lui expliquer que j'étais cette maison du poète ouverte au monde entier. Face à elle comme face à mes élèves, je n'ai pas été jusqu'au bout de ma folie. Avec le recul, il me semble qu'en me taisant, je conservais toutes mes illusions intactes. Elles n'étaient démenties par personne.

Ma nouvelle condition de génie m'obligeait à observer un certain nombre de règles. Elles frisaient l'impolitesse ! D'abord, je n'ai rien mangé. Je ne me sentais pas trop bien et, de plus, la musique me dérangeait. J'ai demandé à Rebecca si elle n'avait pas plutôt du classique. Elle n'avait pas l'habitude d'en écouter à cette heure-là. J'étais vraiment bizarre aujourd'hui. Elle m'a pourtant passé une symphonie de Beethoven. Cela m'a permis de me retirer dans ce que je croyais appartenir aussi à ce nouvel élément dans lequel je me mouvais, la Musique. Je recevais chaque note comme si elle m'était destinée ; je ne faisais plus qu'un avec les musiciens ; je m'identifiais aux plus grands compositeurs. J'étais si heureux de percevoir avec une telle intensité toutes ces sonorités que je me croyais éloigné pour toujours de la médiocrité du quotidien. Tout me confirmait que j'avais atteint l'Absolu. Je n'avais plus qu'à me laisser porter jusqu'à la fin de mes jours par les mots, les images et les sons. Un bonheur éternel s'offrait à moi. Je goûtais à ce point l'instant présent que le temps même semblait s'être figé. Du haut de ma grandeur, je contemplais ces deux filles, bien sympathiques certes, mais avec lesquelles je n'avais plus rien à faire. Alors je me suis éclipsé rapidement. Je leur ai dit au revoir, mais je pensais à un adieu définitif. Et, trébuchant à moitié dans l'escalier, je leur ai soutenu une dernière fois que non, décidément, tout allait bien.

À mon retour, j'ai donné deux coups de téléphone. L'un à mes parents, qui m'expliqueront par la suite m'avoir trouvé très euphorique. L'autre à Cyrille, un ami qui exerce la profession de psychologue, autre preuve que je ne devais pas me sentir si sûr de moi. Il ne m'a aidé en rien. Mais pouvait-il en être autrement, quand je refusais d'avance tout secours et qu'il se trouvait à des centaines de kilomètres ? J'étais très énervé et il me répondait très tranquillement : « *Tu gardes la communication ? – Oui ! Oui !* » Alors je lui ai raconté toute mon histoire et développé toutes mes théories. Je lisais mes textes très distinctement comme si je le faisais pour une émission dramatique à la radio. J'avais l'impression d'être un interprète génial et que ma voix résonnait dans toute la maison. Sceptique, il m'a répondu qu'à cet âge-là, les adolescents étaient à la recherche d'un modèle et qu'ils entraient facilement dans l'imaginaire. J'ai même appris que chez lui l'aubépine était un symbole très fort, car son grand-père avait eu la main coupée à la suite d'une infection provoquée par les piquants de cette fleur. Ces propos étaient-ils ceux d'une conversation normale ou étaient-ils destinés à me calmer ? J'ai une fois de plus soigneusement évité de prendre en considération les mots qui pouvaient me forcer à réfléchir : « *Il s'est certainement passé des choses dans ta classe, mais la question est : "Comment te sens-tu toi ?"* » Aucun conseil ne m'aurait servi. Sans doute le savait-il. Quand Cyrille a précisé « *Mais qu'est-ce que tu me demandes ?* » je n'ai su trop quoi répondre, ou plutôt je ne voulais rien savoir de la réponse. J'ai interrompu la conversation sous forme d'une pirouette en rétorquant : « *Tout, comme d'habitude !* »

J'ai peu dormi durant la nuit de dimanche à lundi. Je rêvassais. Au matin, j'ai passé deux nouveaux coups de téléphone à d'autres amis de fac. Le premier comme ça, pour rien, à Didier, ancien cancre devenu formateur et pédagogue, de qui je tiens, plus que de l'IUFM, mes rudiments de pédagogie. Il venait de rompre avec son amie, je lui annonçais, prêchant l'amour et la réconciliation universels, que Catherine signifiait pureté et qu'il devrait la rappeler. « *Tu parles !* » m'a-t-il répondu d'un ton sec en me raccrochant au nez. Il regrettera plus tard de n'avoir pas compris la situation. Mais Ivan non plus, mon ancien camarade d'études, n'a rien vu de l'état dans lequel je me trouvais. Pourtant l'appeler aussi loin, sans aucun motif, un lundi matin pour lui déclarer simplement que la poésie de René Char ne me résistait plus et que depuis quelques jours j'entendais un rossignol à mon réveil aurait pu l'amener à se poser des questions. Mais non, Ivan est entré dans mon jeu. C'était plutôt un merle que j'avais dû entendre, ils ont une sonorité très particulière. Chez lui, c'étaient les martinets qui faisaient du bruit. Il me demandait si je les entendais au téléphone, et je croyais réellement les entendre. Non, il n'avait pu lancer des hordes d'étudiants sur les IUFM, d'ailleurs les grèves étaient terminées. Cette nouvelle me confirmait dans mes idées sur l'importance d'un pamphlet contre la si paradoxale formation des profs que je voulais dénoncer. Mais d'autres élucubrations me venaient déjà à l'esprit. Je lui ai expliqué très sérieusement que s'il s'intéressait à Kant, c'était parce que sa copine, Emmanuelle, avait le même prénom que le philosophe allemand. Les noms propres avaient une importance que personne ne soupçonnait. Il m'a répondu que non, comme s'il ne croyait qu'à une plaisanterie de ma part. J'aurais voulu reprendre la conversation sur les martinets, mais il fallait que je raccroche. Je n'avais rien préparé, je n'étais pas encore habillé et mon cours commençait dans un quart d'heure.

Lundi 18 mai 1992
(de dix heures à quinze heures)

Je n'étais pas autrement inquiet de ce que j'allais pouvoir faire avec ma classe. Ce même soleil magnifique de ces derniers jours s'accordait avec cette impression délicieuse d'être absolument maître de mon temps et prêt à réagir à n'importe quoi. J'ai finalement opté pour ma paire de lunettes habituelle. Je n'oubliais pas la précieuse cassette de Boby Lapointe. J'apportais aussi quelques livres scolaires que m'avait prêtés madame M. au début de l'année et que je comptais remettre dans son casier afin de lui signifier que je rompais définitivement avec la manière traditionnelle de faire cours. Je me souviens du moment où je les ai déposés, car il y avait derrière moi deux profs de philo lancés dans une grande discussion sur l'amour. J'ai pris cette conversation comme une sorte de test qui m'était destiné avant que je ne franchisse les portes de la salle de classe. Cette certitude d'être suivi par les plus hautes autorités à travers diverses personnes, qui faisait de moi la pièce principale d'un vaste plan, n'ira qu'en s'accroissant.

Le cours de la matinée, presque tout entier consacré à la recherche d'un magnétophone en état de marche, aura été relativement insignifiant. J'ai commencé par relever les noms des absents, tout en me demandant comment ils pouvaient manquer des cours aussi exceptionnels. Angélique, heureusement, était

61

fidèle au poste. Les élèves ont eu l'air assez surpris quand je leur ai appris que nous allions écouter une chanson, surtout celle d'un chanteur comme Boby Lapointe. Quoi, on ne continuait pas le commentaire de texte ? Et puis, il ne fallait pas les prendre pour des idiots, ils faisaient parfaitement le rapprochement entre *L'Ami Zantrop* et *Le Misanthrope*. C'est Amélie, je crois bien, qui a réagi ainsi, quand j'ai demandé à la classe ce que signifiaient ces deux titres superposés sur le tableau. Malgré ce bon début, je n'ai pu continuer mon expérience, car les deux magnétophones successivement installés par mon fidèle Sébastien ne fonctionnaient pas. Je me suis alors décidé à aller chercher le CE. Dès mon entrée dans la salle, je me suis vu en train d'imiter un autre personnage. Cette fois, c'était Angélique elle-même, avec ce ton décidé qu'elle avait dans la voix lorsqu'elle me disait bonjour. « *Quelle classe !* » s'est exclamée la surveillante de service en riant. À moi, elle me paraissait sincère. Le CE – ses attributions sont parfois mal définies – m'a accompagné jusque dans la salle et a conclu à une panne de courant. Alors devant lui, par une sorte de malin plaisir, en me plaçant presque dans la peau d'un élève provocateur – la fonction de CE devant conserver pour moi une puissante charge symbolique –, j'ai décrété tranquillement que puisqu'il ne restait qu'une demi-heure de cours, je tiendrais une permanence. Quand il est parti, j'ai dû confirmer la nouvelle à mes élèves. Ils n'en croyaient pas leurs oreilles. Oui, ils pouvaient faire tout ce qu'ils voulaient, même des maths et du latin, en évitant toutefois de déranger la classe voisine. Mon avertissement n'a pas suffi, car quelques minutes après, ma collègue a fini par surgir de la porte du fond en menaçant de se plaindre de la classe au proviseur. Je l'ai

62

renvoyée à son cours avec un grand sourire et un signe de tête approbateur. Je me vengeais ainsi d'une de ses interventions précédentes où elle s'était contentée d'ouvrir la porte comme pour constater la présence d'un professeur. Aucun de mes élèves, je pense, ne l'avait aperçue, mais j'avais été très vexé.

Durant cette demi-heure, certains élèves ont fait de l'espagnol. Il devait y avoir un contrôle en vue. D'autres ont joué au pouilleux massacreur et m'ont même proposé d'y participer. J'ai refusé en éclatant de rire : « *Pas fou, non !* » L'un d'eux m'a carrément demandé, mais un peu gêné tout de même, si je n'avais pas bu un verre avant de venir en cours. Je me suis moqué de lui : « *Voyons, quelle idée ? À onze heures du matin qui plus est !* » Rien de ce qu'ils pouvaient penser ne semblait m'atteindre. De toute façon, j'avais abandonné toute idée de leur apprendre quoi que ce fût, puisque Angélique, la destinataire de mon message, avait demandé à se rendre à l'infirmerie. J'ai intérieurement envié deux de ses camarades qui se sont proposés de lui rapporter ses affaires à la fin du cours. C'est tout. Compte tenu de ce que j'accomplissais depuis vendredi, ce cours tenait presque de la routine. Le seul fait qui continue à m'interroger est ce nom de famille de Sébastien, écrit au tableau avec « *M.* » devant, d'une écriture qui me rappelait celle de madame M. Je ne la vois pas s'amuser à ce genre de plaisanterie. Je me souviens pourtant bien d'avoir forcé Sébastien, qui semblait aussi surpris que moi, à effacer, dès le début du cours, cette trace de son éphémère statut de professeur.

J'en arrive à ces événements du lundi après-midi où je me suis enfin révélé comme fou. J'étais désormais incapable du moindre raisonnement sensé. Je pensais qu'il me faudrait interdire la porte aux journalistes désireux d'assister à ce cours que je prévoyais exceptionnel. Je n'en laissais pourtant rien transparaître. Dans la salle des profs, j'ai discuté presque normalement avec quelques collègues. Personne ne me posait de questions sur mes derniers cours. J'étais, moi, plus détendu que d'habitude et riais franchement avec ceux qui restaient naturels. Ma seule crainte était qu'Angélique ne soit pas rétablie, car c'était pour la sauver de sa dépression que j'avais conçu ce travail magnifique ! Au CDI, la documentaliste m'a expliqué pourquoi je n'avais pas eu de meilleurs magnétophones le matin. Madame M. – encore elle décidément – en avait réservé un pour ses BTS. En matière de preuve, elle m'a présenté une feuille de bloc-notes sur laquelle étaient griffonnés quelques mots écrits de la main de madame M., mais a eu l'air surprise que je reconnaisse son écriture. Pour moi, il n'y avait là rien de laissé au hasard. Je décodais le message qu'on voulait me transmettre. Tout ceci n'était qu'une mise en scène destinée une nouvelle fois à tester ma réelle habilitation à sauver Angélique. Et la conclusion que j'en ai tirée était franchement délirante. L'administration et madame M. étaient maintenant parfaitement rassurées sur mon état de santé mentale et m'autorisaient à pratiquer cette expérience inédite. Les fonctionnaires sont si bien conditionnés que, même lorsqu'ils délirent, ils ont besoin de se sentir couverts.

Devant la classe deux amoureux s'embrassaient. Rien de plus naturel, par ce beau soleil, que de se laisser aller à ses inclinations. Mais dans ma logique délirante, eux non plus n'avaient pas été placés là par hasard. Il s'agissait du dernier test, peut-être du plus redoutable. Il était mis en place pour révéler la pureté de mes intentions. La porte de la salle une fois franchie, après m'être assuré de la présence d'Angélique, j'ai remarqué qu'à l'inverse de ce matin, Sandrine était absente et Aurore présente. Quelle belle occasion d'établir d'entrée un de ces beaux petits parallèles, dont je raffolais alors ! Entre elles trois, Angélique, Aurore et Sandrine, semblait se jouer je ne sais quel jeu mystérieux. Mais je n'ai pas eu trop le temps de rêver. Aurore et quelques autres se sont précipités pour que j'efface les noms de ceux qui étaient absents le matin, clamant que de toute façon on n'avait rien fait. Aurore poussait l'audace jusqu'à m'assurer qu'elle se trouvait bien là. Mon délire n'a pas été jusqu'à la croire et j'ai répliqué sèchement que c'était le règlement. Mais c'est en prof irresponsable que j'ai laissé s'asseoir un élève étranger à la classe. Thomas, qui avait sans doute le mieux perçu dans quel état je me trouvais, avait emmené un de ses copains, histoire de s'amuser. (Ou de l'aider à parer un éventuel geste de violence de ma part ?) J'ai accepté cet invité surprise en me disant que madame M. autorisait le meilleur de ses élèves, dont elle m'entretenait parfois, à assister à ce cours qui promettait d'être unique.

Unique, il l'a été. Thomas, qui voulait être aux premières loges, a déclaré d'entrée : « *Je me mets près d'Angélique !* » Que recherchait-il par là ? J'avais déjà remarqué qu'il soutenait souvent Angélique. Elle possédait tout ce dont il était dénué : une capacité à bien écrire, une parfaite adaptation au travail demandé par l'école et un goût pour les livres. En revanche, la débrouillardise et l'aptitude à parler clairement de Thomas l'avaient fait élire délégué de la classe et il s'investissait dans la vie du lycée. Je me disais qu'ils auraient formé un couple très complémentaire.

Mais à cette heure, Thomas et moi nous étions rivaux. La comédie du *Misanthrope* pouvait se répéter. C'est pour cela que j'ai cherché à le ridiculiser, semblable à Alceste se moquant de la préciosité des petits marquis. Comme un cône en papier, lancé par je ne sais qui, avait atterri sur le bureau, je l'ai saisi et planté sur le nez de Thomas, au milieu des hurlements de rire de ses camarades.

En dépit de ce genre de fantaisies, j'étais toujours soucieux de la santé d'Angélique. Et je me heurtais au même problème. Il ne fallait pas qu'elle découvre trop brutalement les rapprochements à faire entre *Le Misanthrope* et *L'Ami Zantrop*. J'ai donc changé une nouvelle fois mes plans et décidé de passer à la classe l'intégralité de la cassette. Je demandais aux élèves de noter sur une feuille de papier les jeux de mots qu'ils saisiraient. Cette nouvelle méthode qui permettait de faire émerger progressivement l'essentiel s'inspirait vaguement des théories psychanalytiques et des expériences surréalistes. Si mes cours avaient été jusque-là assez ternes, je me sentais à cet instant une âme de disc-jockey ou d'animateur de télévision. La vérité m'oblige à dire que je n'ai pas eu beaucoup plus de succès ! Seule l'élève la plus timide de toute la classe s'est mise réellement au travail, quelques autres se plaignant que le magnétophone n'avait pas assez de puissance et que ça allait trop vite... Qu'à cela ne tienne, je ne cessais de les encourager. Et avec ceux qui ne faisaient rien, je plaisantais quand même. Avec Thomas, par exemple : « *Tu me files un bout de chocolat ? – Oh, non alors !* » J'ai éclaté de rire avec les autres de l'air indigné qu'il avait pris. C'est encore moi que l'on a pu voir au tableau, en équilibre sur deux chaises, dessinant des tags et une paire de lunettes vertes, pour mettre Angélique, complètement dépassée par les événements, sur la voie du texte initial. Hélas ! c'est Thomas qui a deviné le premier de quoi il retournait et s'est écrié : « *Monsieur ! Vous vous prenez pour Stendhal ! ?* »

Sans lui répondre, j'ai débarqué dans la salle voisine pour protester à mon tour contre un chahut. Des élèves s'étaient donné le mot pour taper pendant quelques secondes des pieds sur leur chaise. Je renvoyais, sur le ton de la plaisanterie, l'ascenseur à mon jeune collègue de philo qui était entré quelques minutes plus tôt dans ma classe pour se plaindre du bruit. Nous en avions juste discuté avant d'aller en cours. À ma grande surprise, il avait réussi à tenir tout au long de l'année alors que j'étais persuadé qu'il avait depuis longtemps changé de salle. Mais là, il avait dû croire que je dépassais les limites et était resté sidéré lorsqu'il avait compris la situation. J'ai trouvé ses élèves plutôt amusants de rester assis comme ça tous ensemble sur leurs chaises à écouter ce qui se passait derrière les murs.

Plus caractéristique de ma folie est la façon dont je me suis cru investi d'un sentiment de puissance à partir du moment où j'ai touché du doigt le front de ce mystérieux élève venu en compagnie de Thomas. « *Fous le camp !* » lui ai-je ordonné. Cet ordre n'a été suivi d'aucun effet, mais il m'a paru un court moment impressionner l'intrus. Quant à moi, j'avais eu l'impression de toucher le pape Jules II représenté dans la peinture de Raphaël[1] et senti toute une force remonter en moi, celle dont je dépouillais cet inconnu, comme un futur initié pourrait le faire

---

1. *Portrait du pape Jules II*, peinture de Raphaël réalisée entre 1511 et 1512.

dans un film fantastique ou un rite archaïque. Je laisserais bien Thomas tirer la conclusion de toutes ces actions désordonnées. C'est en effet lui qui a manifesté le plus ton effarement : « *Vous avez fumé un joint, ou quoi ?* »

En bon prof, je passe maintenant aux acquis que mes élèves ont pu retirer de ce cours. J'ai en effet jusqu'au bout tenu à leur apprendre quelque chose expliquant par exemple, par le mime, un animal en train de griffer que *Begriff*, « le concept » en allemand, venait de « saisir ». Mais aujourd'hui, hormis le fait de les avoir fait assister à un coup de folie, je dois reconnaître qu'ils n'ont pas dû retenir grand-chose de mes propos. À l'occasion de ces jeux de mots thérapeutiques, j'ai pourtant voulu les réintroduire à la pensée surréaliste d'André Breton, dont je leur avais touché quelques mots au début de l'année. Dans mon délire, je prétendais même distinguer rigoureusement les concepts dc réel et de surréel, que j'ai mis en rapport sur le tableau. Pour moi, il était clair que, depuis quelques jours, je me situais du côté de la surréalité. J'aurais voulu les amener tous dans cette zone. J'en étais devenu le maître et le passeur. Pour ce faire, j'utilisais l'arme de la provocation, si chère aux surréalistes. Ce cours entier en était une.

Le moment le plus fort reste l'action d'Angélique. À vrai dire je n'ai rien vu. J'ai senti la musique s'arrêter. Un profond silence s'est ensuivi. Quand je me suis retourné, elle avait le fil du magnétophone dans la main et elle était toute pâle. Qu'est-ce qui l'a poussée à passer par-dessus la table pour aller débrancher l'appareil ? Je n'en sais rien, même si je reconnais là sa volonté d'aller jusqu'au bout d'une action qu'elle estimait juste.

Peut-être attendais-je inconsciemment une réaction semblable, car j'ai immédiatement réagi en proclamant d'une voix sans appel : « *Le cours est terminé !* » tandis que d'un mouvement ample du bras, j'indiquais la direction de la porte. J'avais le sentiment d'avoir réussi ce pour quoi j'étais venu. Aurore s'est exclamée : « *Génial !* », et les élèves sont tous sortis rapidement.

Je suis resté quelques instants dans la salle vide, à contempler la fenêtre grande ouverte mais recouverte d'un grillage. Je ne méditais pas sur une classe prison ou sur cette année passée avec la classe de seconde 3. Je pensais à Sandrine, absente à ce cours, en croyant qu'elle était là, présente devant moi, mais invisible. Puis je suis sorti en refermant soigneusement la porte à clé, une dernière fois.

Trois de mes collègues étaient assises dans la salle des profs, complètement figées. J'ai dit bonjour à Annie. Elle ne m'a pas répondu. Le temps de prendre une lettre de l'administration qui était dans mon casier et Angélique était de retour. La documentaliste lui demandait de me rapporter la cassette de Boby Lapointe, restée dans le magnétophone. De nouveau elle m'a supplié : « *Refaites-nous les cours que vous faisiez avant !* » Ce court moment de répit m'avait permis, si j'ose dire, de reprendre mes esprits. Je lui ai promis que je ferais un bon cours le vendredi suivant et, sortant le boîtier de ma poche, je lui ai proposé de garder la cassette en attendant : « *Tiens, je te la donne, il y a beaucoup de choses intéressantes à l'intérieur.* » Il est à remarquer que ce simple geste de joindre la cassette à son boîtier n'avait à ce moment rien d'anodin pour moi. Ces deux objets prenaient une dimension symbolique, celle de l'union

69

d'éléments contraires dans une totalité, et peut-être même celle de gaine et de coutelet comme en parle plus directement Diderot sous forme parodique. Je m'imaginais par là poursuivre ce mouvement de guérison que j'avais cru impulser en elle. Mais je n'avais plus rien à lui dire. Pour finir, et pour rompre une situation qui devenait gênante pour nous deux, j'ai dirigé Angélique vers la sortie, ma main sur son épaule, pendant une ou deux secondes, comme pour la consoler. Je ne l'ai plus jamais revue. Adieu donc ! Puisse-t-elle me pardonner ces instants de folie.

J'ai attendu quelques instants avant de sortir à mon tour. Mes élèves étaient regroupés dans la cour centrale, non loin de la porte de la salle des profs, seuls dans ce large espace. En passant devant eux, bondissant un instant sur mes pieds, je leur ai lancé un grand : « *Salut !* » Mon geste est parti comme s'il était calculé pour que je saute comme un bouchon de champagne. C'est cette image que j'ai eue à l'esprit lorsque je l'ai réalisé, en même temps que, pour le ton de ma voix, celle de l'impulsive Annie que je venais de quitter. J'ai entendu l'une d'entre eux s'écrier : « *Mais qu'est-ce que c'est que ce type ?* » Et j'ai pris cette apostrophe comme un compliment. Sifflotant, les mains dans les poches, j'ai traversé la cour d'honneur. Je savais qu'ils étaient tous en train de m'observer, et l'image qui venait juste de jaillir en moi était celle de Charlot s'éloignant seul sur la route à la fin de ses films.

Je ne m'imaginais pas encore que cette sortie serait le dernier contact avec une classe qui avait été l'objet principal de mes préoccupations durant huit mois.

Lundi 18 mai 1992
(de quinze heures à minuit)

De retour dans mon appartement, j'étais fort satisfait de moi. J'avais réussi le cours du siècle. Dans quelques semaines Angélique serait définitivement guérie et l'impensable s'était produit. J'avais mené jusqu'au bout une expérience digne des surréalistes au beau milieu de l'institution scolaire. Je n'émettais pas le moindre doute quant à l'importance de cet événement. Cette heure passée avec ma classe avait été à la fois un cours sérieux et une performance (au sens artistique du terme, c'est-à-dire un spectacle théâtral sans lendemain et nécessitant la participation active du public – un happening). Je me considérais comme le premier à avoir réussi cela. Grâce à moi s'achevaient la forme traditionnelle d'enseigner ainsi que les spectacles purement récréatifs de la télévision. J'avais donné une chiquenaude à un édifice pourri qui pouvait enfin s'écrouler. Je n'avais plus qu'à attendre que les plus hautes autorités ministérielles en prennent acte et me décernent tous les éloges. Pour l'heure, on m'autorisait à prendre quelques semaines de vacances exceptionnelles, le temps de réunir toutes les personnalités. J'interprétais du moins ainsi un papier de l'administration que j'avais retiré de mon casier. Il n'avait pour objet que la surveillance des épreuves du baccalauréat, mais j'en faisais un message codé. Ma rencontre avec les plus hautes autorités comme mes retrouvailles avec la classe de seconde 3 auraient lieu à cette date secrètement indiquée.

Ces vacances que je m'accordais étaient surtout une fuite. Mon interprétation dissimulait des motifs plus inconscients. J'ai agi comme si j'avais voulu préserver la fiction que je me créais de tout contact avec une réalité qui la détruirait. Je ne suis pas resté dix minutes chez moi. Je ne supportais plus l'atmosphère de mon studio. Il fallait que je parte sur-le-champ. J'ai préparé rapidement deux sacs, un vieux sac à dos vert dans lequel j'ai entassé mes affaires personnelles, puis un sac de toile noire, plus design, à l'intérieur duquel ont échoué les dissertations de mes élèves et les livres que je comptais étudier durant ces vacances. Il est utile de s'arrêter à ces détails, car tout en préparant mes bagages, j'opérais une distinction rigoureuse entre le domaine de la nature et celui de la culture. Le touriste se faisait surtout métaphysicien. De toutes ces affaires, la plus précieuse était la dissertation d'Angélique finalement rendue et que j'avais lue et relue entre le cours de la matinée et celui de l'après-midi. Je la trouvais proprement géniale.

Pour rejoindre ma voiture, il me fallait faire quelques pas dans la rue. C'était l'heure de la récréation et il y avait beaucoup de monde, élèves et adultes. J'avais l'impression que tous m'observaient. J'ai remarqué en particulier deux personnes qui sortaient de chez mon voisin d'en face. Je les prenais pour un médecin et un infirmier chargés de constater si je résistais au choc. Là-haut, on s'inquiétait de moi. Mais je ne devais parler à personne. Or chacune d'entre elles, vaquant à ses occupations ordinaires, me semblait positionnée d'une façon telle que l'ensemble m'étouffait et me rendait mal à l'aise. J'étais plongé dans une atmosphère semblable à celle du tableau de Balthus intitulé *Le Passage du commerce Saint-André*. Le plus dur restait à faire. Il me fallait réussir à démarrer sans causer d'accident sinon tous mes efforts seraient réduits à néant. Comme dans un conte de fées, le héros perdrait le bénéfice de ses épreuves. Tout ce que j'appréhendais était perçu d'une manière fantasmatique. Cela dit, il me semble bien avoir aperçu la conseillère d'orientation en train d'observer mon manège à partir d'une sortie secondaire du lycée qui donnait dans ma rue.

J'ai démarré doucement avec l'impression d'être l'objet de tous les regards. Quelques voitures ne me suivaient pas par hasard, tandis que celles qui étaient devant me dirigeaient vers ma destination et freinaient parfois brusquement pour tester mes réflexes. J'ai su conserver mon sang-froid et conduire normalement. À la limite, c'était plus facile. Je n'avais qu'à me laisser guider. Je suis arrivé de cette façon jusqu'à la route qui mène vers la Bretagne. À un feu, une voiture de police s'est arrêtée à mes côtés. « *Tiens donc* », ai-je pensé, « *ils ne prennent même pas la peine de se dissimuler.* » Surtout rester calme. Faire exactement comme d'habitude. Ne pas démarrer avant que le feu ne soit passé au vert. Ce fut la dernière grosse alerte. Au fur et à mesure que je me suis éloigné de Noyon, j'ai senti que toutes ces voitures qui me suivaient ou me précédaient intentionnellement se diluaient dans la circulation. J'avais réussi l'épreuve qui m'était imposée. On était rassuré sur l'état de ma santé mentale et l'on me laissait faire. J'étais libre.

Cette liberté non plus, je n'ai pu la supporter bien longtemps. Il a fallu que je me donne une mission, simple et grandiose. Il s'agissait de me rendre sans accident à Carnac et de toucher du doigt les serpents qui doivent figurer sur le grand menhir du

Manio. Ce symbole phallique redoublé attire chaque été des centaines de touristes. En pure perte d'ailleurs pour ce qui concerne les serpents, car personne n'en a jamais vu le moindre. Je le savais très bien, mais la grandeur de ma tâche m'avait fait oublier ce détail. J'ai eu l'occasion par la suite de discuter avec quelqu'un qui avait entrepris d'escalader la très phallique Eiffel. Il avait réussi à grimper jusqu'au premier étage avant de se faire prendre. C'était un prof de sport. Moi, en tant que prof de français, je poursuivais de tout autres ambitions, toutes nourries de délires livresques. Ce n'est pas avec un short et un appareil photo que je comptais me présenter devant la pierre surgie du passé. Mon geste accompli, une autre époque commencerait. L'humanité retrouverait l'âge d'or. Après la réforme des lycées, je m'attaquais à l'histoire universelle.

De plus en plus enfermé dans mon délire, je suis arrivé à Vernon. Je m'étais déjà promené sur le pont qui franchit la Seine. Mais ce soir-là, délire aidant, le fleuve a pris une autre dimension. Vernon était devenue une ville frontière, le lieu de tous les dangers. J'étais sur scène. Il n'y avait qu'un pas à faire pour l'intégrer à ce scénario qui s'élaborait au fur et à mesure que j'avançais. Un gros camion-citerne, sinistre à souhait, ce genre de bahut qui pourrait transporter des bombes nucléaires dans un film d'espionnage, a failli m'aiguiller dans une mauvaise direction. Je me suis alors soudain rappelé à tous mes devoirs. Une seule erreur de ma part et la Troisième Guerre mondiale serait déclenchée. Au lieu de l'âge d'or annoncé se produirait une catastrophe nucléaire. L'histoire était en train de s'accomplir et il était de ma seule responsabilité de faire triompher les forces du bien sur celles du mal. Un film comme

74

Terminator, familier à certains de mes élèves, comparé à ce scénario, dont j'étais à la fois et simultanément le scénariste, le réalisateur et l'interprète principal, m'apparaît comme un film trop lent, trop sage. Chaque minute que je vivais me confrontait à une nouvelle difficulté à résoudre.

Arrivé au panneau qui signale la fin de l'agglomération, j'ai stoppé net et me suis rangé sur le bas-côté. Vernon (vers-non), barré d'un gros trait rouge, ce message était on ne peut plus clair. J'étais parvenu à la limite. De vraies épreuves m'attendaient de l'autre côté, dans un autre monde. Cela demandait pour le moins réflexion. Les voitures qui arrivaient en sens inverse me faisaient indubitablement des signes, mais je n'arrivais pas à les interpréter. Une pelleteuse était en train de travailler de l'autre côté de la route avant le panneau. Cette fois-ci le message était clair. Si je voulais atteindre mon but, il fallait que je le fasse à pied, peut-être à bicyclette, en tout cas rien que par des moyens écologiques comme les aimait Angélique. C'était à la fois beaucoup plus difficile et beaucoup plus palpitant. Je me transportais dans un jeu de piste à dimension métaphysique. Je décidai donc que je n'aurais le droit qu'à mon sac vert. Il m'était de plus impossible de remettre le sac noir dans le coffre, car il ne fallait plus que je touche à mes clefs de voiture. Cette simple faute aurait anéanti tout ce que j'avais jusqu'ici réalisé. La seule dissertation d'Angélique devait me donner tous les indices utiles pour avancer.

J'étais en plein délire, mais aussi en plein conte de fées. J'avais l'impression de revivre tout ce que j'avais ressenti durant mes lectures d'enfance. « *Fais attention à ce que tu manges, il y a des cas de salmonellose !* » m'avait averti ma mère, toujours inquiète, le dimanche soir au téléphone. J'interprétais maintenant de façon fantastique cette consigne. Des gens tenteraient de m'empoisonner durant mon voyage. Nouvel héros, il me fallait éviter les méchants et demander de l'aide aux cœurs purs. Mais comment les reconnaître ? Toute erreur pouvait m'être fatale et compromettre la grandiose mission dont j'étais le porteur. La vieille sorcière, le méchant ogre, toutes les forces du mal étaient liguées contre moi, mais je savais qu'elles ne se présenteraient pas sous cette grotesque apparence. J'avais grandi. Justement, une famille se tenait en contrebas installée dans une caravane. Surtout ne pas réfléchir, mais se laisser porter par ses intuitions. Au loin, derrière moi, de l'autre côté de la Seine, des tas de gens, et mes élèves en particulier, priaient pour que je réussisse. Ce sont ces forces qui agiraient. Je n'avais qu'à me laisser porter par elles. Et tout s'est passé très simplement. Je suis descendu leur demander un peu d'eau et ils ont accepté avec joie. Des chiens gambadaient autour de moi, tandis que les enfants jouaient au fond du jardin. Cette atmosphère champêtre me ravissait. Nouveau Rousseau, j'ai continué ma promenade le cœur allégé.

Deux ou trois kilomètres plus loin, arrivé sur un pont qui traverse une autoroute, j'ai de nouveau été en proie au doute. Humant l'air devant la longue perspective qui s'offrait devant moi, je me suis figuré être du genre Superman. Je n'avais qu'à me lancer. La vitesse et la force acquises me permettraient de rejoindre le terme de mon voyage en un instant. Trois voix féminines, celles d'Angélique, Sandrine et Aurore, ont résonné à l'intérieur de moi. Elles me retenaient. Elles y voyaient le mal. Il ne fallait surtout pas céder à la solution de facilité, mais continuer à marcher. Je me suis éloigné de cet endroit avec la confuse impression d'avoir échappé à un grand danger. Je savais tout aussi confusément que le plus fort de la crise était passé. J'avais même assez de lucidité pour deviner que cette marche assez longue jouait pour beaucoup dans cette remise en ordre relative de mes idées. Mais je ne renonçais pour l'instant à rien. Je comptais continuer à pied jusqu'à la prochaine ville pour y acheter une bicyclette. Ensuite, d'hôtel en hôtel, je rejoindrais tranquillement Carnac. J'avais de l'argent et les trois semaines dont je disposais étaient largement suffisantes.

J'ai marché ainsi jusqu'à un vieux café à l'intérieur duquel je suis rentré en évitant comme la peste tout contact avec les voitures qui se trouvaient garées devant. J'avais besoin de me restaurer et de me reposer avant de reprendre ma route. Le patron était installé au bar et bavardait avec deux ou trois consommateurs, des personnes du coin. « *Tiens, encore un prof en vacances !* » – les profs ont une de ces réputations ! – s'est exclamé quelqu'un, lorsque j'ai débarqué avec ma veste blanche et mon vieux sac à dos vert sur l'épaule. Instantanément je me suis figuré qu'ils jouaient tous la comédie et qu'ils étaient chargés de me surveiller. Mais j'ai continué à faire comme si de rien n'était. J'ai commandé des aliments sains, un jambon beurre et un Vittel menthe. J'étais persuadé qu'une extrême attention était portée à tous mes faits et gestes, mais j'étais dans un très grand calme, observateur à la fois attentif et détaché de ce qui se passait autour de moi. Quelques instants après, un des consommateurs a donné un coup de fil à un mystérieux P.C., du moins est-ce ainsi que j'interprétais ce geste anodin. La

77

conversation était évidemment codée. Quels acteurs ! Quelle mise en scène ! On n'aurait pu mieux reconstituer le cadre d'une vieille auberge et la conversation de gens simples. Le regard perdu sur les bouteilles derrière le comptoir, je laissais remonter en moi des impressions de mon enfance, celles du village de mes grands-parents. Les quatre hommes faisaient comme si de rien n'était. Un vieux berger allemand a franchi la porte entrouverte et s'est allongé tranquillement dans le rayon de soleil qui s'étalait par terre. Mes perceptions esthétiques étaient aiguisées. Je trouvais une magie à cet instant. Près de la fenêtre, un billard électrique clignotait sans bruit. J'ai pensé à certaines images des films de Godard. J'ai savouré mon sandwich et ma boisson le plus longtemps possible et m'en suis allé, le cœur en paix, en priant royalement le patron de garder la monnaie. « *Merci mon prince !* » m'a répondu celui-ci ironiquement.

J'ai continué mon chemin vers l'ouest quelques centaines de mètres avant de me raviser. Je reconnaissais enfin que je ne trouverais rien à Carnac et que je devais m'en retourner d'où je venais. Puis, continuant à réfléchir sur moi-même comme après le passage du pont, je me suis dit que ce voyage à Vernon avait été nécessaire pour permettre à mon esprit de se reposer. L'explication était assez juste, mais témoignait aussi d'un désir de ne renoncer à rien. J'attribuais un sens au moindre de mes faits et gestes. Demeurait de toute façon le noyau dur du délire. Angélique m'attendait le vendredi suivant et, comme je le lui avais promis, je ferais un cours encore plus fort que les précédents. J'ai même fantasmé une petite mise en scène. Pour la distribution des copies de mes élèves, je serais installé au bureau, les pieds sur une chaise, remuant légèrement du bassin, un peu à la façon de madame M. Elle serait là bien entendu et j'étais désireux de me moquer gentiment d'elle.

Pour l'instant, le poids de la fatigue commençait à se faire sentir. Je ne me sentais plus investi de ma mission. Mais mon retour à Vernon a été magnifique. J'ai calculé depuis que six ou sept kilomètres me séparaient de ma voiture. Aujourd'hui, les grands arbres qui bordaient les deux côtés de la route ont été abattus. Le vieux café est fermé et je suis passé devant une usine que je n'avais pas remarquée à l'époque. Il ne reste rien du décor de mon rêve. Car j'étais en plein rêve. Une grosse voiture rouge m'avait frôlé à vive allure, tout comme un car de police, un camion de pompier et même un corbillard. C'étaient autant de signes que l'on m'adressait et qui prouvaient que j'étais le héros d'un gigantesque jeu de rôle. Je le pensais orchestré par Jean-Luc Godard lui-même. Aucun voile nuageux n'est venu gâcher cette fin d'après-midi et les couleurs de la campagne environnante éclataient sous l'effet de la lumière rasante. Les grands champs de blé qui commençaient à mûrir tiraient sur le bleu et je me croyais dans une peinture de Van Gogh. Une envolée lyrique d'un ancien professeur de philosophie était à la source de cet enthousiasme. Mais si j'étais conscient de ce souvenir, qui rajoutait d'ailleurs à ma joie, je ne m'en croyais pas moins être devenu un grand peintre. Après la Poésie et la Musique, je croyais baigner dans l'élément de la Peinture. Je percevais les couleurs avec une intensité que je supposais propre à celle d'un génie. Un lapin s'est enfui presque à mes pieds. Il allait tout droit hésitant entre la route et les champs. Moi, avec lui, je réalisais l'union de la nature et de la culture.

Mais pourquoi, après avoir dessiné une large courbe sur la voie principale afin d'épouser le contour d'une portion de route abandonnée (un ancien virage sans doute, sur lequel j'avais vu des moto-écoles s'entraîner), suis-je tombé nez à nez devant le panneau d'un lieu-dit « La Folie » ? La cocasserie de ce nom[1] avait retenu mon attention lors de mes précédents trajets. Mon inconscient me ramenait face à ce que je ne voulais pas m'avouer. Je suis resté quelques instants stupéfait, mais ai une nouvelle fois passé outre à l'avertissement. Bien au contraire, j'en ai encore conclu que j'avais vaincu la folie. N'étais-je pas capable de l'embrasser du regard ? Avant de repartir, j'ai bu à la bouteille de grandes gorgées d'eau au milieu d'un flot d'images qui empruntaient autant à Rabelais qu'aux publicités sur les sources des montagnes.

La nuit commençait à tomber quand je suis arrivé devant ma voiture laissée très sagement devant le panneau de sortie d'agglomération. L'endroit était facile à retenir ! Mon sac noir était resté à la place où je l'avais laissé. Je ne lui attribuais plus aucune connotation particulière. Il contenait des livres, tout simplement. Cependant, j'étais encore agité par de drôles d'idées. Pour pouvoir faire demi-tour, le plus simple était que je traverse une ligne blanche. Mais il me fallait commettre une infraction. Qu'à cela ne tienne, j'ai pris ça comme une nouvelle frontière à abolir symboliquement. J'ai roulé par la suite très tranquillement. Je croyais posséder la concentration d'un pilote

---

1. « **Folie** n.f. représente (1185 dans des noms de lieux) une altération, d'après [sens 2 de Fou n.m. "le hêtre"], de *feuillée* "abri de feuillage" … » Alain Rey, *Dictionnaire historique de la langue française.*

de courses, mais je tenais à conserver une vitesse normale et régulière. Un clochard faisait du stop. J'ai invité ce nouveau comédien à monter à bord. Je n'avais rien à cacher et ceux qui persistaient à me surveiller en seraient pour leurs frais. Il m'a semblé qu'il inventait une très laborieuse histoire d'une tante à rejoindre. Son discours sonnait faux et ne m'intéressait pas. Cette façon de fixer les yeux vers moi en faisant trembler les deux ou trois bouteilles de son sac qu'il tenait sur ses genoux était trop caricaturale. Enfin il a senti que je l'avais repéré et a saisi je ne sais plus quel prétexte pour descendre de la voiture. Toujours sans un mot, je l'ai laissé faire. Qu'il était mauvais ! Je n'ai pas jugé bon de prendre un autre de ces auto-stoppeurs. Le geste qu'effectuait ce second personnage pour arrêter les voitures manquait de toute façon singulièrement de classe. Peu avant mon arrivée à Noyon, dans un virage dangereux que j'ai abordé à un peu trop vive allure, j'ai eu une seconde hallucination. Tout en dérapant, j'ai vu distinctement une guirlande électrique qui clignotait sur un panneau. Je n'ai pas eu une seconde d'hésitation sur l'origine hallucinatoire de cette lumière, mais tout en me rattrapant, j'ai pensé que cette image constituait un simple avertissement pour ce léger moment d'égarement. Une guirlande de Noël, quelle drôle d'allusion à mon nom de famille !

Avant de me mettre au lit, je me suis livré à d'étranges opérations. Je voulais découvrir les lois de mon inconscient et les laisser en témoignage. J'étais persuadé que ces instants devaient être notés dans leurs moindres détails. D'abord, j'ai rangé les affaires qui étaient éparpillées dans ma chambre et dans ma

81

cuisine en inscrivant soigneusement leur emplacement sur un plan. Elles ne devaient pas être là par hasard, en particulier ces trois bouteilles d'eau qui attendaient d'être jetées. Ensuite j'ai repris le plan du lycée que l'administration nous avait donné au début de l'année. Je me suis aperçu qu'il y avait bien une entrée secondaire qui pouvait me faire gagner deux minutes. La conseillère d'éducation m'avait observé par là durant mon départ précipité. Rares étaient les élèves à prendre ce chemin. Fidèle à mes habitudes prises au début de l'année, je ne l'avais jamais remarqué jusqu'à ce jour. Je me suis alors dit qu'il suffisait de franchir une porte, nouvelle pour moi, pour que je me pousse hors du circuit dans lequel je m'étais laissé enfermer. Cette intéressante découverte m'offrait tout un ensemble de perspectives qui s'étageaient sur de multiples plans symboliques. J'ai développé tout ce travail sur un très vieux cahier de brouillon à peine entamé en établissant de très savants parallèles et analogies entre les situations de la classe et des instants de ma vie. Les choses marchaient toujours par trois. Cette tâche accomplie, j'ai découpé très soigneusement un fait que je désirais passer sous silence. C'était la clé qui pouvait permettre de remonter jusqu'au cœur de ma vie privée. Le reste, je le laissais à l'usage des générations futures. Ce plan, ce document était destiné à faire connaître au monde ce qui se passait en moi en ces heures exceptionnelles. Tout avait son importance.

J'allais oublier le principal, l'action que je regrette le plus. J'ai aussi rédigé une sorte de lettre d'amour à Angélique. Elle était de facture très simple d'ailleurs. Sur le dos d'une photocopie d'un de ses devoirs, celui que j'avais mis en annexe de mon mémoire, j'ai imité son écriture arrondie et inscrit en grand :

© Groupe Eyrolles

82

« *Angélique marquise des Anges* ». J'ai signé en script avec mes lettres cassées et glissé cette feuille dans une enveloppe. J'irai porter le tout le lendemain sous les yeux effarés de cette conseillère d'éducation, qui l'avait appelée une fois « *Ma puce !* ». Puisse-t-elle n'avoir jamais reçu ce message. J'en éprouve encore une mortelle honte. Je revois encore le pion barbu, les lunettes relevées et ses gros doigts dans les yeux, lorsque j'ai glissé cette lettre dans le cahier de textes.

Mardi 19 mai 1992

Le mardi matin, je me suis levé dès les premières lueurs du jour. La journée s'annonçait de nouveau magnifique et je me sentais dans une forme éblouissante. Croyant toujours avec ferveur à la nécessité de certains actes pour l'accomplissement de mon destin, je me suis vu contraint de commencer un rituel sans être sûr de la forme qu'il finirait par prendre. Les catégories du pur et de l'impur contaminaient maintenant toute ma pensée. Il me fallait opérer la purification de la maison dont j'occupais une partie. Je voulais la laver de tous ses péchés. Le temps pressait. Ma tâche devait être terminée avant que le soleil ne soit complètement levé.

Il n'y avait personne dans la rue. Les poubelles vides étaient alignées le long du trottoir. Je suis allé jusqu'au portail de l'entrée principale où j'ai enfin compris ce que l'on attendait de moi. Il me fallait pénétrer dans la cour, retirer et jeter dans la poubelle le morceau de plastique blanc qui se trouvait sous ma voiture afin de protéger le sol de légères fuites d'huile. Une difficulté se posait sans laquelle cette épreuve moderne n'aurait rien conservé de son caractère initiatique. Il m'était interdit de glisser la clef dans la serrure et de baisser la poignée de la porte comme tout un chacun. Je devais gravir le portail assez haut et que protégeait de plus un fil barbelé. J'ai passé de longues minutes angoissantes alors qu'il n'y en avait pas une à perdre.

Allais-je faillir après avoir accompli le principal ? Je me suis souvenu que je possédais quelques outils dans mon appartement. La lime a eu rapidement raison du fil barbelé à moitié rouillé. Voilà qui était réglé. J'avais maintenant le morceau de plastique dans les mains. Avant de le jeter dans la poubelle, je me suis arrêté un court instant pour cueillir un brin de muguet dans le jardin et je me suis juché sur le portail, libéré et victorieux. Je brandissais la lime et le brin de muguet comme un athlète triomphant. J'avais pourtant parfaitement conscience de ne manier que des symboles. Je me disais même très clairement que je les adaptais à notre temps. Mais je ne leur en accordais pas moins une importance exceptionnelle. Un avion est passé au loin dans le ciel. Deux fils électriques l'ont par deux fois caché à mes yeux. J'ai pensé que deux âmes s'envolaient, celles de deux vieilles femmes, ma grand-mère et la dame qui occupait précédemment cette maison. Je croyais avoir risqué ma vie et triomphé de la mort.

Rentré dans mon appartement, tous ces symboles m'ont poursuivi. Les trois pièces étaient comme ensorcelées. Il y avait des choses à faire et à ne pas faire, des circuits à emprunter ou à ne pas emprunter. Je devais particulièrement surveiller ce qui pourrait se passer dans ces zones frontières que sont les portes. Les aliments entraient aussi dans cette sorcellerie. J'ai composé mon petit-déjeuner avec deux tomates et un concombre. Pain, beurre et lait n'auraient fait que m'enfoncer dans la matière. J'avais décidé qu'il ne me fallait que du léger. Ces trois derniers légumes qui restaient dans la cuisine et que j'avais notés dans mon inventaire de la veille s'imposaient à moi. Vous ne pouvez

86

pas vous imaginer combien on se sent fort quand on a avalé deux tomates et un peu de concombre.

Je me suis remis avec cœur à l'ouvrage. Amplifiant mes intuitions de la veille, j'ai prolongé mes beaux parallèles et mes savantes analogies sur mon petit cahier d'écolier. Me replongeant une nouvelle fois dans la Renaissance, je suis parti d'un tableau de Raphaël, *Les Trois Grâces*. Trois jeunes sœurs, Euphrosyné, Thalia et Aglaé, les compagnes d'Aphrodite, la déesse de l'Amour, forment un cercle symbole de la complétude et de la perfection. Pour moi, elles représentaient aussi Arsinoé, Eliante et Célimène, tout comme une autre triade... Lorsque l'on contemple un si gracieux sujet dans un tel état d'esprit, les idées qui vous viennent en tête sont multiples et s'étagent sur tous les plans, du plus érotique au plus spirituel.

Revenu vers onze heures de mon court passage au lycée, je me suis de nouveau étendu sur mon lit. Je continuais à me reposer et à divaguer comme le narrateur de la nouvelle de Gogol. L'adaptation à ma toute nouvelle mesure d'un petit événement qui s'était produit lors de mon stage dans une classe de quatrième décrit très bien ce travail de l'imaginaire. Le souvenir est assez anodin. J'avais fait un cours de grammaire, un peu lent peut-être comme me l'avait fait remarquer mon tuteur, mais auquel les élèves avaient dans leur grande majorité participé. Je suppose qu'ils étaient aussi fatigués que moi par leur journée de travail et de ce fait satisfaits de ce rythme. Parmi ces élèves, j'en avais remarqué une qui, après avoir levé le doigt et répondu parfaitement à ma question, s'était tue immédiatement en baissant la tête. Elle n'avait plus parlé de l'heure comme si elle avait rempli son devoir. Monsieur G. l'avait aussi noté et m'avait signalé à la fin du cours que cette élève était la meilleure de la classe, mais qu'elle avait pris comme habitude de toujours se taire.

Repris dans mon délire, cet événement anecdotique fut terriblement amplifié. Je le fantasmais. Je m'imaginais avoir fait un cours encore plus ralenti qu'il ne l'avait été pour prendre enfin conscience de mes facultés. Venaient se rajouter des images de chef d'orchestre dirigeant ses musiciens et entrant peu à peu en phase avec eux. Les élèves avaient compris qu'ils assistaient à cet instant mémorable où un génie prend son envol. La brillante collégienne n'avait pas voulu rater cette occasion d'entrer dans l'histoire par un geste plein de grâce. À ce tableau digne d'un peintre venaient s'adjoindre la stupéfaction de la classe et la confusion de monsieur G. qui s'était, dans mon souvenir primitif, levé de sa chaise pour se rasseoir aussitôt. Il n'y avait que moi à ne m'être aperçu de rien et à avoir tranquillement continué mon cours. Il m'avait fallu attendre encore quelques semaines pour comprendre que j'étais un génie et que je possédais à son plus haut degré le pouvoir de fasciner les foules. Le continuel chahut de mes élèves trouvait maintenant son explication. Ils avaient imaginé ce moyen pour me réveiller et me faire prendre conscience de qui j'étais réellement.

Toujours étendu sur mon lit, je conservais le même calme que le lundi matin. Je savais que j'accomplirais quelque chose auquel nul n'avait pensé avant moi. Je n'en avais pas une idée très claire, mais cela ne m'inquiétait nullement. J'étais quoi qu'il arrive maître de mon temps. Je préparais l'avenir tout en goûtant entièrement l'instant présent. La perception de mon corps s'était aussi modifiée. Je pensais qu'il s'habituait à vivre dans ce présent, prêt à réagir d'un geste précis, immédiatement déclenché à l'instant adéquat par la seule force d'une volonté enfin libérée.

J'écoutais de la musique, Léo Ferré, Glenn Gould et des chants tibétains sur d'anciennes cassettes enregistrées par Thierry, l'ami modèle, que je me passais quand j'étais à la fac. L'idée que je me faisais de la génialité pénétrait peu à peu en moi. Par la suite, toujours au rythme de la musique, je me suis mis à tagger les copies de mes élèves. La nouvelle docimologie (mot barbare qu'emploient les doctes de l'IUFM pour parler de l'art de la correction et établir une toute nouvelle science des notes) serait cadencée ou ne serait pas. J'ai épargné la dissertation d'Angélique, mais on ne peut pas dire que je me sois acharné sur celles des autres. Non, tourbillonnant sur leurs textes avec la pointe d'un stylo vert, j'entourais, je séparais ou je rapprochais des mots qui me paraissaient essentiels. J'avais la ferme conviction d'établir une œuvre capitale, aussi bien philosophique qu'artistique.

Cette tâche terminée, tout en faisant de grands gestes, j'ai arpenté l'espace de ma chambre envahi de pensées mégalomaniaques. Je croyais dominer maintenant si bien mon corps que je me sentais aussi fort que les plus grands maîtres d'arts martiaux. Mieux, j'étais le nouveau Léonard de Vinci. D'ailleurs, plus grand et plus original que ce dernier, je réalisais la synthèse de la peinture et de la musique. Je chiais des couleurs par la main gauche, et je dirigeais les sons avec l'index droit. J'avais la

89

conviction de m'être révélé à moi-même au terme d'une histoire exceptionnelle. Pour la résumer, je dirais que j'avais été suivi depuis ma naissance par différentes autorités qui n'ignoraient rien de mon destin, mais n'avaient pas le droit de me le signifier ouvertement. C'était à moi de le trouver à travers toutes les épreuves qu'elles m'imposeraient. Un risque existait que je passe à côté de tout, mais il fallait le courir. J'avais en ce jour terminé mon initiation. Je sortais enfin de cette bulle dans laquelle je m'étais tenu enfermé et me préparais à accomplir tous les exploits que je ne manquerais pas de réaliser.

Mais déjà j'adoptais un nouveau comportement de fuite. Je ne voulais plus du lycée que je m'étais un moment accordé pour me livrer à des expériences pédagogiques. Il n'entrait pas dans mon destin que ma vie se passe dans le quotidien au milieu de ma famille et de mes amis. Le seul endroit habilité pour m'accueillir se trouvait à Rome, au palais des Médicis, où m'attendaient déjà mes trois Grâces. Enfermés dans ce palais, nous ne communiquerions plus directement avec personne, et l'arrivée de cette nouvelle ère que je prévoyais aurait lieu par l'intermédiaire des techniques modernes. Peinture, musique, littérature étaient au programme, tout comme dans l'abbaye du Thélème. Pour qu'advienne l'âge d'or, il nous fallait simplement investir les médias, capter continuellement l'attention des journalistes et l'imagination du public par la production de films, de photos et de biographies. Tous ces portraits véritables d'artistes en stars absolues devaient montrer par contraste le vide de la société moderne et de ses pauvres images. Nous détournions tout un système pour l'orienter autrement. Cet infernal monde contemporain s'écroulerait par la production de divines photographies. Je fantasmais de plus une archaïque manière de disparaître avec elles trois, au terme d'un rituel amoureux, dans une sorte d'œuf originel, d'où jaillissait le nouveau monde à travers la naissance d'un enfant destiné à accomplir des miracles et sauver l'humanité.

Partir, oui, mais comment ? Je ne me suis même pas posé la question. J'étais sur la face des chants tibétains quand l'appareil a fait entendre un craquement. J'ai vu là un signe. Je savais même qui en était l'émetteur. L'équipe qui me suivait depuis le lundi rétablissait le contact. Je pouvais aussi donner le nom précis de celui qui me l'envoyait. Frédéric, membre de la troupe de théâtre dont je faisais partie et employé du téléphone, avait provoqué ce bruit par je ne sais quel bricolage pour m'avertir. Mais de quoi au juste ? Obéissant à je ne sais quelle intuition, je me suis précipité pour retourner la cassette et, aussi incroyable que cela puisse paraître, je suis tombé sur ces paroles de Léo Ferré tant de fois écoutées : « *Des portes sont ouvertes... Il suffit de pousser un peu plus rien qu'un geste. Il suffit de pousser un peu plus...* » S'il n'y avait eu ces paroles de Léo Ferré, d'autres choses auraient surgi sous mes pas. *Les Yeux d'Elsa* d'Aragon, par exemple, et peut-être l'objet de mon amour en aurait-il été changé du tout au tout. Mais c'est cette chanson que j'ai rencontrée. Alors j'ai poussé la porte et me suis dirigé vers la cathédrale. Ivan et Thierry m'y attendaient, j'en avais la certitude, pour m'accompagner à Rome.

J'ai descendu la rue principale la tête haute, d'un pas rapide et conquérant. En passant devant la terrasse d'un café, quelqu'un s'est exclamé : « *Quelle classe !* » Je ne crois pas qu'il y avait de l'ironie dans ses propos. J'avais l'impression que tout le monde me regardait. J'étais persuadé que tous ces braves gens voulaient voir une dernière fois le génie avant qu'il ne quitte leur ville. Je suis entré par le portail nord. Personne ne m'attendait à l'intérieur de la cathédrale. Dans le cloître peut-être ? Là non plus. Alors j'ai parcouru ces lieux que je connaissais très bien pour les avoir visités de nombreuses fois. J'étais assez désemparé et en même temps quelque chose de plus fort que le simple sentiment du beau m'envahissait. Mon plaisir à me promener sous ces voûtes n'était plus simplement d'ordre esthétique. Ma démarche était inspirée par un mystérieux sentiment du sacré. Je faisais corps avec l'architecture ; les hauts piliers aidaient à mon élévation ; j'investissais la cathédrale afin de me construire intérieurement. À un moment, j'ai été sur le point d'entrer dans le chœur dont les grilles étaient exceptionnellement ouvertes. Un géomètre qui prenait des mesures en prévision de futurs travaux m'a arrêté d'un geste, c'était interdit. Et j'ai pensé au film de Godard *Je vous salue Marie* (1985), que j'avais quelquefois commenté avec mon ami Ivan. L'amour ne pouvait se faire que dans le plus grand des respects. La plus belle caresse que Joseph faisait à Marie laissait libre tout un espace entre la peau de la main de l'homme et celle du ventre de la femme aimée. Ne rien précipiter, laisser au temps le soin de mûrir les êtres.

Je suis sorti par le portail sud. Un mendiant qui se tenait sous le porche m'a redonné un autre conseil de sagesse : « *Fais attention à toi !* » Lui seul avait remarqué ou osé me faire remarquer mon état. Mais je n'ai rien fait de ce sage conseil. Au contraire j'ai pensé : « *Bienheureux les pauvres d'esprit, eux seuls comprennent toute l'importance de l'événement.* » Et je me suis cru de nouveau transporté dans un livre fantastique, au tout début d'une histoire qui mettait d'ailleurs du temps à démarrer. Personne non plus à l'extérieur. Pour retourner au côté nord, j'ai fait le tour de la cathédrale en vérifiant bien s'il y avait quelqu'un à m'attendre. J'ai eu l'impression qu'au loin un groupe de touristes m'observait. Mais où donc se cachaient mes amis ? Pas chez Asunción ni chez Rebecca, aucune d'elles ne répondait. Je suis rentré chez moi, le plus discrètement possible, par des petites rues moins fréquentées. Arrivé à la maison, j'ai eu immédiatement une autre idée, qui m'a fait prendre la voiture et partir à la recherche de Thierry et Ivan dans la campagne environnante. Cette fois-ci je croyais qu'ils se cachaient chez madame M. J'ai trouvé chez elle porte close.

À la fin de l'après-midi, alors que je m'en retournais chez moi, je me suis débrouillé, mû par je ne sais quelle horloge inconsciente, pour arriver pile à l'heure de la sortie du lycée. La circulation était difficile et je me trouvais dans la plus mauvaise file du boulevard pour tourner vers ma rue. Mais je disposais maintenant de facultés exceptionnelles. Le feu s'est mis au rouge devant moi juste sur le passage pour piétons qui mène au lycée. Avec l'impression d'une extraordinaire concentration, j'ai décidé d'épater mes élèves en redémarrant avec la maîtrise d'un pilote de formule un. Un véritable as du volant, ce prof ! Comme si je n'avais pas fait suffisamment parler de moi les jours précédents, je m'imaginais des bribes de conversation : « *Maman ! Tu ne devineras jamais ce qui s'est passé à l'école aujourd'hui !* » Il ne s'est heureusement rien passé ou presque. J'ai vu la documentaliste traverser la rue tout de vert vêtue. Lorsque le feu s'est mis au vert, j'ai laissé tous les véhicules se précipiter, avant de prendre rapidement la file de droite en me faufilant à travers ceux qui arrivaient de nouveau derrière moi. J'avais l'impression d'avoir réalisé cette manœuvre devant ma classe. J'imaginais les élèves en train de me regarder, cachés derrière les grilles du lycée. Je n'avais pas flanché au moment crucial. J'étais vraiment un as. J'étais de plus très fier d'avoir dessiné avec ma voiture un S parfait. J'interprétais ce S comme le symbole du décrochage. Il montrait comment se sortir d'un état dans lequel on est enfermé. Le parcours que j'aurais dû effectuer dans le lycée en prenant à partir de ce jour la seconde porte, celle de l'entrée secondaire, je le réalisais d'une manière plus abstraite et plus pure.

De nouveau étalé sur mon lit, j'ai fait émerger ce S durant toute la soirée. Il fallait faire le grand saut, accomplir la même chose dans le domaine du spirituel. J'attendais un coup de téléphone de notre metteur en scène. Je savais qu'allait avoir lieu la première du *Faust* travaillé toute l'année par la troupe. Il était prévu que je vienne les aider à l'organisation du spectacle. Mais je croyais maintenant que cette pièce serait jouée en mon honneur et j'attendais une invitation officielle. Il y aurait deux Faust dans la salle, la doublure, l'acteur sur la scène, et l'original, moi-même, tout en haut des gradins, entouré du couple de mes tuteurs de stage qui avaient aidé notre professeur dans sa recherche sur *Séraphîtâ*. Je n'excluais pas de monter sur scène pour faire une courte improvisation. Mais je n'en ai pas eu l'occasion. Le téléphone est resté désespérément muet. Malgré ma folie, j'ai soigneusement évité de me frotter à la réalité.

Fidèle à ma stratégie d'évitement, je ne suis pas allé voir ce qui se passait là-bas. J'étais pourtant attendu, pas en invité d'honneur, mais pour m'occuper de la vente des billets. Une autre possibilité m'était offerte d'aller voir des amis qui auraient pu juger de mon état. Je l'ai refusée par dédain pour cette humble tâche qui m'avait été autrefois confiée et parce que j'étais en partie conscient de ma folie.

Dans ces conditions, en attente de quelque chose qui n'arrivait pas et que je ne voulais surtout pas provoquer, l'appartement est devenu rapidement infernal. Je me suis d'abord cru obligé de couper toutes les lumières. Cette tâche ne devait pas s'opérer dans n'importe quel ordre, mais selon un rituel bien précis, d'abord les ampoules de la cuisine, ensuite, quelques minutes plus tard, celles de ma chambre. Mon angoisse se cristallisait sur ces objets électriques. J'avais le sentiment de concentrer sur moi de telles quantités d'énergie que la moindre erreur de ma part pouvait faire sauter la planète entière. L'électricité devait constituer le transmetteur idéal. J'étais de nouveau entré en plein délire hollywoodien. Il fallait que je quitte définitivement cet endroit. J'étais ensorcelé. Je m'en suis rendu compte lorsqu'en allant consulter l'étoile du Berger, je me suis adossé contre une voiture noire. Ce dernier geste m'a donné l'illusion de provoquer une énorme quinte de toux chez mon voisin, qui a résonné dans toute la maison. Tous mes sens étaient aiguisés. Le moindre bruit, la moindre couleur prenait une signification nouvelle et de ce fait s'amplifiait démesurément. Cette toux était un avertissement. Si je ne partais pas à temps, ce serait la catastrophe. Indubitablement, le groupe de deux ou trois personnes aperçu en train de discuter dans la rue s'inquiétait du retard que je prenais.

Et dans toute la ville, derrière les volets de leur maison, les habitants de Noyon priaient pour que je réussisse. Dans quelques instants, il serait trop tard. Tel un mauvais chevalier, j'aurais failli à ma mission.

Nuit du mardi 19 au mercredi 20 mai 1992

J'ai enfin démarré. J'étais persuadé qu'au lycée commençait une fête avec des feux d'artifice et de la musique. Je me représentais les élèves en train de danser. C'était ma façon de les remercier pour leur participation aux derniers cours. J'avais enfin compris ce que l'on attendait de moi. J'étais en route pour Rome. Mais mon réservoir était presque à sec et j'ai d'abord commencé par errer dans Noyon pour trouver une station-service ouverte. Enfin je me suis rappelé qu'il y en avait justement une sur la route de Paris. J'ai fait un brusque demi-tour sur un boulevard désert et suis arrivé au but pour continuer tout droit sans m'arrêter. Entre-temps une autre idée avait germé en moi. Inutile de faire le plein. Tout se passerait par miracles, à l'encontre des lois de la physique. Mon réservoir se remplirait au fur et à mesure que j'avancerais et j'acquerrais une telle réserve d'énergie que j'irais progressivement de plus en plus vite. Le palais des Médicis serait atteint en un instant, comme une fusée. Les images du genre Superman revenaient. Je prenais les règles de la science-fiction comme guide de la route.

Et comme sur le pont de l'autoroute, cette petite partie saine qui restait en moi m'a arrêté. Là, ce ne sont pas trois voix que j'ai entendues, mais d'affreux bruits de carrosserie, après quelques

97

kilomètres. La carcasse de ma voiture semblait partir en morceaux. J'ai par la suite réentendu ce même bruit, considérablement amoindri, quand je roulais sur certaines portions de routes. Mais cette nuit-là, j'y faisais attention pour la première fois et ma folle imagination avait tendance à tout amplifier. Je l'ai trouvé rapidement insoutenable. Il n'avait rien de naturel. J'ai donc garé ma voiture sur la chaussée en laissant la clé de contact et tous mes papiers, comme je l'apprendrais bien plus tard par les gendarmes. Muni d'un simple carnet de chèques qui se trouvait dans la poche de ma veste, j'ai décidé de faire du stop. Tout en marchant, je méditais à partir de ma panne des antithèses propres à susciter de profondes réflexions métaphysiques : le moteur était comme neuf, mais la carrosserie était complètement usée. Cette opposition devait rendre ma voiture ingouvernable. Le moteur, c'était l'âme du véhicule, et la carrosserie son enveloppe charnelle. Je ne crois pas qu'on ait enfermé jusqu'ici la mécanique dans ces catégories. J'avais jusque-là conduit de façon à rendre quasiment éternel le moteur, mais la matière finissait par prendre le dessus. Qu'importe, seul l'esprit comptait et je pouvais parfaitement me passer de cet instrument du diable. J'irais donc par mes propres moyens comme un pèlerin du Moyen Âge ou plus précisément comme un moderne globe-trotter, car je ne refusais pas l'aide des autres automobilistes. Mon aventure se transformait en road-movie.

Je me suis dirigé vers un carrefour qui se trouvait non loin de l'endroit où j'avais stoppé en catastrophe. Une grosse voiture rouge s'est arrêtée presque immédiatement. Le conducteur était seul à bord et m'a invité à monter. Il roulait très vite.

Quand il a doublé quelqu'un, j'ai eu l'impression qu'il lui faisait un signe de la main. De nouveau, j'ai pensé que j'étais suivi par toute une organisation. Par ce geste, il prévenait les autres que tout allait bien pour moi et que je n'avais pas sombré dans la folie. Aussi, quand il m'a demandé si j'allais faire la fête à Paris, j'ai pris garde de ne pas le contredire. C'était en effet le plus vraisemblable. Il ne me fallait dévoiler l'objet de ma mission à personne. Je rêverais donc tout seul à Rome et à ses palais.

Mais une nouvelle fois, j'ai renoncé. Je le regretterais presque maintenant. Le voyage était faisable. Mais mon désir d'aventure s'était refroidi rien qu'à l'idée des difficultés que je rencontrerais sur le périphérique. Je me suis alors rabattu sur la cathédrale de Notre-Dame. On m'attendait en fait dans cet endroit sacré. Quelques kilomètres plus loin, j'ai définitivement opté pour un lieu plus facile d'accès et que j'avais moi-même sacralisé dès le matin, le château de Chantilly. Là se trouvait le portrait des trois Grâces et là devaient m'attendre les trois jeunes filles qui en descendaient. C'était évident ! Comment, dans cette sorte de jeu de piste, n'y avais-je pas pensé plus tôt ? En réalité cette idée avait été induite par une publicité sur les fameux feux d'artifice du château aperçue sur la route, et je m'imaginais maintenant une grande fête au milieu des jardins. Les mots se bousculaient en moi. Cette réception serait comme le dessert de la journée. Il y aurait bien sûr de la crème chantilly et j'insistais bien sur le « aime » contenu dans « crème ». Le conducteur, à qui j'avais fait part de mon changement d'intention, sans rien lui dire de plus, m'a seulement fait remarquer qu'en semaine je ne trouverais probablement rien d'ouvert là-bas. J'ai quand même demandé à descendre pour aller dans la direction que je m'étais choisie. Quelques instants plus tard, comme la veille à Vernon et comme dans l'après-midi, je décidais de m'en retourner tranquillement chez moi. Il n'y avait rien à Rome, rien à Paris, rien à Chantilly non plus, et l'Oise était bien assez grande pour que je n'empiète pas sur le territoire de mon égal, Gérard de Nerval.

Les voitures, de moins en moins nombreuses à passer, ne s'arrêtaient plus. Je progressais tranquillement à pied, quand des policiers m'ont intercepté tout près d'une station-service. Ils étaient quatre et j'ai dû m'installer à l'arrière du véhicule en compagnie de deux d'entre eux. Pour me faire une place, j'ai été contraint de déplacer un bâton lumineux qui leur sert à régler la circulation. Je trouvais plutôt drôle de manipuler ainsi les outils des forces de l'ordre. Le dialogue a été très détendu. J'étais très euphorique. Ils m'ont bien posé des questions sur ce que je faisais dans la vie et surtout sur cette route à cette heure, mais ils ne m'ont jamais demandé mes papiers. Et toujours dans une atmosphère très détendue, c'est moi qui ai fini par les interroger sur leur travail. J'ai en particulier demandé à voir comment fonctionnait cet objet lumineux qui m'avait intrigué au départ, représentation phallique ni préhistorique ni cucurbite, mais électrique. Dès que je l'ai eu dans mes mains, j'ai enclenché le bouton qui se trouvait au bout de la poignée et braqué l'engin sur le rétroviseur en criant : « *Télévidéo !* » Je pensais à cet instant à un ouvrage de Panofsky[1] sur la perspective et me représentais avec plaisir des lignes se projetant en avant tout en se réfléchissant vers l'arrière. J'ignore pourquoi

---

1. Erwin Panofsky est un historien de l'art.

les policiers m'avaient pris à bord et je ne m'étais même pas posé la question de savoir où ils m'amenaient, mais j'ai senti le malaise en entendant l'un des policiers me dire : « *Mais qu'avez-vous, monsieur ? Qu'est-ce qui vous prend ?* » J'aurais voulu me faire arrêter, montrer dans quel état je me trouvais, que je ne me serais pas pris autrement. Peut-être d'ailleurs s'en sont-ils aperçus, mais je ne paraissais pas très dangereux. Pour expliquer mon geste, j'ai expliqué que j'étais amoureux. « *Eh bien, j'espère que vous n'allez pas la griller !* » m'a répondu l'un d'entre eux. L'incident était clos et je me suis calmé aussitôt. Les quatre hommes ont encore roulé durant quelques minutes sans rien m'expliquer puis se sont brusquement arrêtés : « *Ici, c'est la limite de notre secteur d'intervention ! Pour rentrer chez vous, vous suivez cette direction !* » Je suis descendu du véhicule en les remerciant comme je l'aurais fait pour des automobilistes ordinaires.

Je le répète, pour me laisser ainsi seul sur le bord de la route, ils n'ont pas dû se rendre compte à quel point je délirais. Il faut l'espérer. Les panneaux publicitaires me parlaient plus que les poteaux indicateurs, sur la poussière desquels je traçais des sortes de tags avec les doigts. À mes yeux, c'était la suite logique de tout mon travail de la journée. Je ne me trouvais plus du côté de l'élément conceptuel mais de celui du rythme créateur. J'avais maintenant l'impression de vivre enfin tout ce que j'avais élaboré au cours de l'après-midi. Ma formation était achevée. J'étais devenu ce génie dont l'idée n'avait cessé de me poursuivre depuis le début des événements. Une gigantesque flèche m'a entraîné sur le vaste parking désert d'une entreprise. Debout, seul au milieu de tout cet espace, j'ai eu la sensation d'une grande plénitude. Je regardais les étoiles et je me figurais être au centre de l'Univers, au cœur d'une magnifique et invisible cathédrale. Après ce moment d'extase, j'ai rejoint la grand-route, prêt à poursuivre mon chemin et à accomplir ma destinée au milieu des hommes.

J'étais aussi en quête d'un endroit favorable pour faire du stop. J'en ai trouvé un, dans une ligne droite, éclairé et avec un bas-côté suffisamment large pour que les véhicules puissent s'arrêter facilement. L'immense lampadaire fonctionnait mal et clignotait. J'étais persuadé que ce mauvais fonctionnement résultait de toute cette énergie dont je me sentais investi et que mon corps était censé émettre. Je me suis livré à un autre rituel pour désensorceler la chose. Il consistait en particulier à arracher un morceau de ficelle qui était accroché à sa base pour le mettre dans ma poche. En vain ! Les voitures me frôlaient, filaient et ne s'arrêtaient pas. Dans ces conditions, j'ai eu largement le temps d'imaginer comment s'opérerait mon retour parmi les hommes. Le spectacle de *Faust* était maintenant terminé, mais on m'attendait certainement pour faire la fête. Ce serait même Frédéric qui, sous l'injonction de notre professeur, viendrait me chercher déguisé en M. Dubois, le domestique du *Misanthrope*. Il me fallait pour ce faire réussir à reproduire parfaitement le geste de l'auto-stoppeur. On ne peut pas dire que j'y sois parvenu. Le temps passait. Je suis même allé faire un petit tour de l'autre côté de la route pour voir si, par hasard, Frédéric ne se cachait pas derrière la végétation.

Ce sont deux jeunes dans une Renault 5 qui ont eu finalement pitié de moi. La radio à fond, à vive allure sur la quatre voies, nous avons été doublés à droite par une superbe jeune femme blonde. Je la contemplais derrière les vitres de sa voiture à demi éclairée par la lumière orange des lampadaires. Je ne sais pourquoi, j'ai pensé au film de Wim Wenders *Les Ailes du désir* (1987). Je me dirigeais dans l'univers des road-movies. Je m'abandonnais. Mais ils ne m'ont pas laissé le temps de rêver. Ils avaient besoin de faire le plein d'essence et de se détendre un peu dans une station-service. Alors j'ai immédiatement rectifié une nouvelle fois mon scénario. Je leur avais déjà parlé de la pièce et de la troupe du Renard, mais ils ne les connaissaient pas. Je trouvais cela bizarre, mais je continuais à me délecter en évoquant intérieurement le Renard et sa ruse. Puis tout à coup, à l'approche de la station, je me suis dit que M. Dubois ne viendrait pas et que mes amis étaient probablement couchés depuis longtemps. Mais notre professeur, passé maître dans l'organisation de spectacles, m'offrait toute une nuit pour revenir à l'état normal. Passer du concept au rythme m'avait obligé à pénétrer dans l'imaginaire des femmes. Cela entraînait des conséquences sur mon comportement. Je croyais en particulier que, du fait de mon énervement, je devais avoir des gestes et un rire très efféminés. On était presque à l'aube et je me donnais ce laps de temps pour revenir à ma véritable personnalité. J'allais pouvoir donner libre cours à mes talents de comédien, m'amuser enfin.

Dans la salle, il n'y avait que les deux types et le pompiste. J'ai commandé un café. Le spectacle a commencé lorsque j'ai expliqué au jeune gérant de la station que je n'avais qu'un carnet de chèques pour payer. Ce à quoi il a répondu : « *Mais, monsieur, c'est interdit, on ne fait pas un chèque pour quatre francs !* » Il avait une voix tranquille mais ferme. J'ai protesté tout aussi tranquillement, en argumentant, jusqu'à cet instant où j'ai eu l'idée de grimper sur le comptoir pour mieux voir comment fonctionnait la machine à café. J'étais persuadé que rien ne m'était interdit durant deux ou trois heures. Les tranquilles remontrances du garçon ont laissé place à l'effarement : « *Mais, monsieur, vous êtes fou ! Descendez de là !* » Un sentiment de malaise régnait maintenant dans la station-service.

Je me suis exécuté en accroissant la confusion générale. Ma tâche était d'ailleurs assez simple. Ils parlaient de moi comme si j'étais fou. Je ne prétends pas qu'ils aient eu entièrement tort sur ce point, mais ils avaient une idée de la folie extrêmement naïve. Je veux dire qu'ils se représentaient le fou comme dans Tintin, avec une spirale sur la tête, c'est-à-dire complètement coupé du monde extérieur. Ce n'était pas tout à fait le cas et je prenais un malin plaisir à intervenir dans la conversation quand ils parlaient de moi comme d'une chose absente. Cela donnait ce genre de questions :

« *Où l'avez-vous trouvé ?*

— *Je t'avais bien dit qu'il ne fallait pas prendre d'auto-stoppeur à cette heure !*

— *Qu'est-ce qu'on fait maintenant ?* »

Ce à quoi je pouvais répondre : « *Mais oui, vous devriez télé-phoner, moi c'est ce que je ferais à votre place !* » ; ou au cours de l'appel téléphonique : « *Mais donnez-moi l'appareil, ça me concerne non ?* » Ensuite j'ai avisé une porte avec au-dessus l'enseigne verte « *Sortie* » (de secours), mais avec un panonceau

104

rouge « *Entrée interdite* » collée en dessous. Je me suis alors plaint de l'incohérence du système dans un énergique monologue qui se voulait imité de Raymond Devos.

Je me sentais d'autant plus en confiance qu'avec mes théories, je croyais dominer entièrement la situation. Homme, je connaissais la limite au-delà de laquelle ces jeunes gens en viendraient à la violence. Femme, je savais désamorcer la situation par une habile repartie. De nouveau, j'étais habité par les pires clichés. Mais cela avait l'air efficace. Deux fois cependant les choses se sont envenimées. La caisse a été l'objet de la première confrontation. Je n'en voulais pas à l'argent, mais je désirais étudier la machinerie. Je retombais décidément en enfance et le regard que j'ai ensuite porté sur les rochers au chocolat était nettement plus intéressé. J'en ai d'ailleurs fort habilement obtenu un contre la promesse de me tenir tranquille à moitié respectée durant quelques minutes.

Le pompiste, décidément très sympathique, a essayé de m'amadouer par une leçon de morale : « *Mais, monsieur, on n'empêche pas les gens de travailler !* » Hélas pour lui, il était plutôt mal tombé. Les leçons, ça me connaissait, et, morale pour morale, j'avais des arguments à faire valoir. Je l'ai entraîné au fond du magasin où étaient exposés des pare-soleil représentant des filles en petites culottes pour des automobilistes crétins : « *C'est vous qui me parlez de morale ! Vous croyez que c'est une bonne représentation de la femme ça !* » Elle était en effet on ne peut plus éloignée de celle de Raphaël. J'ai eu le plaisir de l'entendre me répondre assez piteusement, presque gêné : « *Que voulez-vous, c'est le commerce !* » J'ai une nouvelle fois éclaté de rire.

Les choses auraient pu durer longtemps comme cela, quand deux voitures de la gendarmerie ont fait irruption dans le parking. Deux paires de gendarmes en sont sorties, l'une avec des armes. Enfin il y avait de l'action. Je suis allé bras ouverts à leur rencontre : « *Tout ça pour m'arrêter, mais c'est merveilleux !* » me suis-je écrié enthousiaste. « *C'est celui qu'on a signalé en train de faire des grands gestes sur la route* », a expliqué l'un d'eux. J'étais déjà célèbre. J'ignore pourquoi ils ne m'ont pas embarqué. Ils paraissaient aussi désemparés que les trois jeunes de la station et beaucoup plus nerveux.

Après avoir répondu à quelques-unes de leurs questions, j'ai cru que le jeu était truqué. Il devait y avoir une fausse équipe de gendarmes, celle qui ne m'interrogeait pas et qui s'était retirée quelques mètres sur le côté comme pour m'observer. « *Je parie que monsieur est psychiatre !* » ai-je déclaré d'une voix forte en m'adressant à celui qui était resté assis au comptoir. Je crois bien qu'il a rougi et que ses cheveux étaient un peu plus longs que ne l'exigerait une coupe réglementaire. Aujourd'hui encore je ne m'explique pas son comportement. Je me suis approché de lui pour effleurer son revolver avec l'idée de lui expliquer par là que j'étais tout aussi apte que lui à manier des symboles. « *Attention, n'allez pas plus loin !*

— *Vous savez bien que c'est un faux !*

— *Oui, mais c'est la limite.* »

Tels sont les termes exacts de cette conversation que j'ai tenue avec lui. Elle m'a donné l'impression que l'on s'était compris. Il m'a aussi raconté très brièvement avoir tout plaqué au bout de sept années d'études. Je me suis alors adressé à son collègue :

« *Et vous, vous êtes infirmier psychiatrique !* » Ce dernier m'a répondu en bougonnant que des types comme moi ne devraient pas être en liberté. Incontestablement, celui-là était un vrai gendarme.

Après cet étrange dialogue, les deux autres gendarmes m'ont ordonné de les suivre jusqu'à leur voiture afin de vérifier mon identité sur l'ordinateur de service. Des papiers, je n'en avais pas sur moi, mais les détails que je leur donnais prouvaient la véracité de mes affirmations. Cela avait plutôt tendance à les énerver. Je sentais de l'agressivité dans leurs voix. Il n'y avait aucun doute possible sur leur qualité de gendarme. Je dirais même qu'ils étaient plus vrais que nature, directement sortis de *Charlie Hebdo*, comme en attestent leurs répliques : « *Si vous bougez de là, on vous casse la gueule !* » Mais je n'avais pas esquissé l'ombre d'un geste. Et à celui qui regrettait de ne pas avoir emmené les chiens, qui m'auraient mordu, j'ai répondu innocemment que j'adorais les animaux. Je reconnais que je pouvais les irriter. Les jeunes qui étaient restés à l'intérieur de la station sont sortis sur le pas de la porte pour voir ce qui se passait. Alors ont surgi en moi des images de films d'espionnage, Checkpoint Charlie, le moment où les deux puissances procèdent à l'échange des prisonniers, chacune sur son territoire. C'est pour cela que je leur ai lancé : « *Attention, restez à votre porte !* »

Il fallait pourtant en finir. Puisque les gendarmes ne voulaient pas m'emmener, le jeune pompiste a proposé que je prenne pour cinquante francs de marchandises, qui me permettraient de faire un chèque et de m'en aller. Il ne perdait pas le sens des affaires. J'ai cependant accepté sans difficulté et entrepris tranquillement mes achats. De toute façon, je commençais à avoir faim. Une bouteille de jus d'orange accompagnée d'une barre de cake ne pouvait que me faire du bien. Après avoir réglé le tout, je suis sorti pour m'asseoir au milieu des pompes. Tous ces tuyaux me donnaient matière à de vagues idées rabelaisiennes d'échanges des fluides semblables à celles que j'avais eues lorsque je m'étais mis à boire au lieu-dit « La Folie ». Les gendarmes m'ont rapidement délogé de ce charmant endroit. Ils m'avaient assez vu et la station-service, « *propriété privée* », m'était interdite. Pour ne pas les contrarier, je suis allé m'installer juste en dehors de la limite, derrière la ligne blanche qui marquait le stop.

Comme aucune voiture ne passait sur la route, je me suis carrément imaginé que l'on avait détourné la circulation rien que pour moi. Puis, tout en mangeant, des idées de purification m'ont repris, accompagnées cette fois du projet de mettre fin à la psychanalyse. Après quelques gorgées, j'ai laissé s'écouler la bouteille de jus d'orange sur la chaussée. Après quelques bouchées, j'ai couru à la poubelle du parking pour y jeter le reste du gâteau. J'exécutais ce nouveau rite en l'honneur d'une toute nouvelle et fabuleuse idée. Il n'y avait pas de fautes, pas de complexe d'Œdipe, rien que le pipi caca des enfants. Je n'étais pas coupable. Il n'y avait pas de culpabilité. Ce rite en avait balayé jusqu'aux moindres traces. Je me suis précipité à l'intérieur de la station, non pour leur annoncer cette fabuleuse nouvelle – ils n'y auraient rien compris – mais pour les rassurer. Ce n'était pas la peine que l'on détourne la circulation pour moi. Un gendarme en train de boire un café avec les autres m'a affirmé d'un ton las que ce n'était pas vrai. Je n'avais qu'à regarder autour de moi. Un camion passait à vive allure sur la nationale. Jamais à court d'idées, j'en ai aussitôt fait le signe de ma libération spirituelle. Mais il me restait une épreuve à franchir. Ne pas grimper dans le camion qui s'était durant mon absence arrêté à la station comme pour m'attendre, la porte grande ouverte, les clés de contact abandonnées peut-être. C'était terriblement tentant, mais je devinais que l'on ne me laisserait pas faire. Ce mélange de lucidité et de complète folie aura échappé aux gens de la station aussi bien qu'aux gendarmes. C'est dommage, car je crois qu'ils eussent mieux fait de mettre fin à mon vagabondage le plus vite possible.

Je suis donc reparti à pied. Avant que je n'atteigne la limite de la station, les gendarmes m'ont rattrapé en voiture. L'opération terminée, ils vidaient eux aussi les lieux et m'avertissaient de la direction que j'avais à prendre : « *Surtout ne vous trompez pas !* » Mais cette route, je la connaissais, et, après quelques centaines de mètres, j'ai décidé de faire une pause. L'aube apparaissait et promettait de nouveau une magnifique journée. Allongé sur l'herbe, je me sentais terriblement bien et je pointais le doigt sur Vénus. La journée de mercredi commençait. J'avais triomphé de tous les obstacles. Il ne me restait plus qu'à me rendre, en stop, à la dernière séance de l'IUFM. J'avais largement le temps. On me décernerait tous les honneurs, mais je me promettais de rester modeste.

Comme l'on s'en doute, la part lucide en moi s'est opposée à l'exécution de ce programme dément pour me pousser vers un scénario encore plus dingue. Réapparaissait là le phénomène de surendettement. Dès que je risquais d'être confronté à la réalité, j'imaginais quelque chose qui m'en éloignait encore plus. Cette fois, je me suis mis à courir pieds nus sur la route au beau milieu des voitures. Il ne faut donc pas s'étonner si je me suis fait arrêter quelques kilomètres plus loin par des gendarmes nettement plus consciencieux. Cela s'est produit dans un lieu-dit, « Le Puiseux », où je m'étais allongé quelques instants, épuisé, et déshabillé, pour méditer sur les liens harmonieux qui se tissaient entre l'étymologie du nom de cette localité, sa topographie et mon état moral. J'avais aussi choisi cet endroit pour la forme triangulaire que j'y voyais. Chacune des trois Grâces avait son angle et je me suis arrêté à leur intersection.

Mercredi 20 mai 1992

Ils étaient sympathiques au fond, ces gendarmes. Le chef n'a pas trop protesté lorsque, relisant le rapport qu'il avait péniblement rédigé sur une ancienne machine à écrire, j'ai barré les mots « *a été arrêté* » au lieu de signer la feuille qu'il me tendait. Pour moi, il y avait une nuance, je n'avais pas été arrêté, « *je m'étais arrêté* ». Il m'a regardé avec un air désespéré et a soupiré : « *Tout est à recommencer !* » Je me suis alors gentiment proposé pour l'aider à rédiger cette note dans un style plus soutenu. Ce n'était pas tous les jours qu'ils avaient un prof de français sous la main. Mais ils n'avaient cure d'un prof de français et, comme leurs collègues de la nuit, eux non plus ne savaient pas trop quoi faire de moi. Ils m'ont seulement demandé de leur fournir une adresse d'une personne que je connaîtrais dans la région. Je me suis exécuté. Mais pourquoi donc ai-je donné le nom de madame M., plutôt que celui de mon professeur de théâtre ou ceux d'autres amis à Noyon ? Ils ont téléphoné. On s'occupait de moi. Je n'ai jamais trop su de quelle manière – personne n'a jugé bon de me l'expliquer – et n'ai vu les premiers résultats qu'au beau milieu de l'après-midi.

En attendant, je suis resté à discuter avec les gendarmes, dans leur bureau personnel, mais avec l'interdiction de quitter cette pièce. Je leur posais des questions sur leur métier. Voyaient-ils par exemple le rapport entre la fonction de surveillant que j'avais exercée et celle de gardien de la loi, étant bien entendu d'accord qu'un règlement intérieur n'avait rien à voir avec les lois de la République ? Cette analogie et ce développement les ont laissés sceptiques. Un autre, très jeune, m'a parlé de sa passion pour les arts martiaux. Il aurait aimé ouvrir un club et gagner ainsi sa vie, mais c'était difficile. En attendant, il exerçait la profession de gendarme. Je leur ai expliqué aussi ma grande théorie sur l'androgynie. Si je rigolais comme ça tout le temps, c'était parfaitement normal, il fallait me laisser le temps de revenir à moi. C'est sans doute ce genre de réflexions qui devaient les troubler le plus. J'aurais pu laisser croire à des observateurs que je reprenais conscience avec la réalité. Mais il n'en était rien. Comme chez Asunción et Rebecca le dimanche soir, je regardais cette réalité avec des yeux d'esthète. Et pour le coup, il y avait matière à s'émouvoir. Un mobilier usé, des peintures pas fraîches, les fils électriques d'une lampe déglinguée m'entouraient. Que tout cela était laid ! Quand un homme arrivait pour prendre son service, il était accueilli par un salut militaire, mais très relâché. Et ces saluts paraissaient d'autant plus inutiles que les conversations étaient très prosaïques et volaient même parfois assez bas. Le plus répugnant restait la cérémonie des toilettes. Je les entendais pisser et cracher, la porte même pas fermée. En voilà assez sur la vie quotidienne des gendarmes, vue par quelqu'un qui ne travaillait pas dans leurs bureaux.

Il y avait aussi cette fenêtre grande ouverte sur le ciel bleu et tombant directement sur la pelouse. J'aurais pu faire mine de m'enfuir, mais je croyais que les choses essentielles se passaient dans la grande salle qui leur servait d'accueil. Deux fois, j'ai essayé de m'y rendre, deux fois ils me l'ont interdit. La troisième fois que j'ai tenté de me lever de ma chaise, le spécialiste des arts martiaux est intervenu et m'a immobilisé. Pour me défendre, j'avais planté mes deux pieds sur son ventre et je le fixais droit dans les yeux. Il me faisait mal au bras, ce con. Son copain est venu à mon secours. Il lui a demandé d'arrêter en lui expliquant que je n'irais pas plus loin. Le karatéka m'a enfin lâché et je lui ai déclaré d'un ton absolument convaincu : « *Tu as de la chance qu'il n'y aura pas de revanche, la prochaine fois, je t'aurais battu !* » Puis mes conceptions relatives à l'androgynie ont repris le dessus. Je me suis fait expliquer le sens des écussons des brigades de gendarmerie et le leur en particulier, un trident de très martial effet. Ils se sont exécutés de bonne grâce, mais ont sans doute moins compris l'espèce de cours de philosophie que je leur ai fait à l'aide d'un post-it collé sur la porte. Eux se mouvaient dans un élément purement masculin, moi, j'étais capable de me déplacer entre le monde des hommes et celui des femmes. J'en avais pour au moins vingt années de travail à explorer cette découverte.

Un fait me confirmait dans mes théories. Au début de la matinée, un des gendarmes m'avait prêté un journal pour que je puisse occuper mon temps à faire des mots croisés. Or, chaque fois que je trouvais une réponse qui collait avec la définition, elle présentait le double caractère de retourner complètement le sens de la phrase en lui donnant un sens érotique et de ne pouvoir se caser sur la grille à une lettre près. Je ne peux malheureusement pas vous donner d'exemple précis, mais je me souviens que le mot « piner » est revenu à mon esprit et que le gendarme à qui je présentais ma solution a éclaté de rire : « *Il n'arrête pas depuis ce matin !* » Pour moi, c'était clair, j'avais une case de moins dans le cerveau. Mais je ne prenais pas cette expression en mauvaise part. Je tenais au contraire à ce que je considérais être mon originalité. Ma structure psychique était différente de celle du commun des mortels. Mes plaisanteries salaces me donnaient droit à la qualité de gendarme. Je supplantais même ces braves gens sur leur propre terrain. Il me fallait donc faire très attention à ne pas les heurter en montrant toute ma supériorité. Cette fois-ci, je me considérais comme trop masculin. J'avais des gestes trop forts, une présence trop affirmée. Pour pouvoir revenir parmi les hommes, je devais apprendre à me déplacer comme eux. Il fallait au moins le cadre d'une gendarmerie pour que les choses puissent se décanter sans mettre en danger la vie des autres. J'interprétais une nouvelle fois ma nouvelle aventure de façon à n'entrer en contradiction ni avec mes rêves ni avec la réalité.

L'explication de ma présence en ces lieux me paraissait tout à fait satisfaisante. Elle a tenu jusqu'à l'arrivée du médecin vers le milieu de l'après-midi. D'entrée de jeu, sans agressivité, il m'a déclaré qu'une ambulance allait venir me chercher dans une demi-heure et qu'il fallait que je signe un papier si je voulais éviter beaucoup d'ennuis. J'ai signé, sans trop savoir de quoi il en retournait, ma part lucide peut-être. De ce papier dépendait en effet mon mode de placement en hôpital psychiatrique, « d'office » ou « volontaire ». Cette petite différence administrative fait que votre séjour peut durer quelques semaines au moins, ou quelques jours. J'en frémis encore. Que se serait-il passé si j'étais tombé sur un abruti ?

Pour éviter tout énervement de ma part, cet habile médecin m'a tendu une feuille de papier sur laquelle je pouvais écrire tout ce que je voulais. Le mot « *transfert* » a immédiatement jailli dans mon esprit. Je connaissais un peu la psychanalyse et, en réfléchissant un peu, j'aurais pu voir qu'il n'y avait aucun rapport. Mais j'avais décidé que tout devait se terminer par un transfert et que transfert il y aurait. Le mot me plaisait. Il condensait la somme des expériences magiques que j'avais pu vivre durant ces quelques jours. Maintenant il me fallait faire confiance à la science. J'avais oublié l'ambulance et ce n'est que quelques jours plus tard que j'ai compris la réponse ironique du médecin. En quelque sorte, il s'agissait bien d'un transfert.

Je m'étais donc emparé du mot « *transfert* » et travaillais à lui donner une coloration fantastique. Je voyais à travers la vitre du standard les gendarmes qui téléphonaient et qui me regardaient comme s'ils détaillaient mes gestes à de mystérieux correspondants. Le contact était enfin établi. À travers tout cet appareillage, mon esprit se portait vers Angélique, Aurore et Sandrine, qui m'avaient accompagné à distance toute la nuit. Je croyais entrer dans une communication directe avec elles. Quelques images archaïques traversaient de plus ce film de science-fiction. Je voyais des gens affairés autour d'une jeune malade. Il s'agissait de la sauver.

Cette tâche exigeait la plus grande concentration. Je me suis mis dans un état que l'on qualifierait de second, croyant être entièrement guidé par mon seul inconscient, comme dans l'écriture automatique si chère aux surréalistes, mais incapable de comprendre ô combien je l'étais. Et j'ai tracé sur la feuille des jeux de mots d'une belle écriture ronde, celle d'Angélique, mais à vrai dire très plats : « *Je suis fou d'aile !* » ; « *Au bord d'elle…* » J'étais convaincu de leur importance littéraire.

Après avoir épuisé les ressources de l'écriture automatique, je n'avais plus d'autre échappatoire que de fuir dans mon propre corps. Ce que j'ai fait. J'ai relevé soudainement la tête et craché en l'air. Le crachat a atterri sur le bureau d'en face en plein sur les papiers du gendarme, qui a simplement protesté : « *Attention !* » Cette voix me paraissait provenir d'un autre monde et je n'en ai fait aucun cas. D'ailleurs, sans doute sur les conseils du médecin, on m'a laissé exécuter jusqu'au bout ce dernier rituel avec seulement quelques précautions. Je voulais aller dans la pièce du fond, celle où j'avais été cantonné le matin. On me l'a interdit. Alors je me suis dirigé vers les toilettes. Trois gendarmes m'ont accompagné et j'ai craché comme un gendarme. Je suis revenu de nouveau à ma place et j'ai repris ma feuille. Le médecin m'a déclaré que rien ne pressait, on avait tout le temps. Mais moi, j'étais à la recherche de quelque chose d'essentiel. Je me suis relevé pour me coucher sur le dos et j'ai craché de nouveau, une fois de chaque côté, avec dans la tête l'image confuse d'un rossignol et le souvenir de Boccace. Encore une fois, je savais bien que je ne maniais que des symboles, mais je leur accordais une puissance magique comme dans une cérémonie initiatique. J'ai entendu un gendarme s'écrier : « *Génial !* », tout comme Aurore à la fin de mon cours du lundi. Probablement était-ce celui qui avait tenu à faire une photocopie du rapport de mon arrestation afin de la garder en souvenir. Son intervention m'a perturbé. Je ne devais rien lui répondre, car la principale condition fixée pour la réussite de ce transfert était que je ne prononce pas une seule parole.

De nouveau je me suis assis et, une nouvelle fois, le médecin m'a dit que je n'avais pas à m'inquiéter, il y avait suffisamment de papier. Comme s'il s'agissait de papier à ce point crucial de l'opération ! Une troisième fois je me suis levé pour aller vers la sortie toujours accompagné des trois gendarmes. J'ai descendu les escaliers et me suis dirigé tout droit vers le parterre de fleurs qui représentaient l'écusson de la brigade. On ne pénètre que de façon respectueuse sur une pelouse de la gendarmerie. C'est pourquoi j'ai tenu à me mettre pieds nus pour cracher tout aussi respectueusement sur le beau trident en fleur. Revenant sur mes pas, je suis retourné dans la gendarmerie pour reprendre le même chemin quelques instants après. Mais cette fois-ci, je me suis arrêté devant le parterre et j'ai ravalé ma salive. Dans mon esprit, j'étais guéri. J'avais sans doute hésité longtemps et de là venaient toutes mes épreuves, mais j'avais fini par accomplir ce que l'on attendait de moi. J'avais définitivement rejeté dans l'ombre les figures d'Aurore et Sandrine qui me poursuivaient. Ne restait que la belle, l'unique et mystique Angélique.

Je ne sais quelle valeur thérapeutique il faut accorder à ce transfert d'un nouveau genre, mais je voudrais croire qu'avoir été en quelque sorte jusqu'au bout de ma folie a hâté le processus de ma guérison. L'aveu que m'a fait le psychiatre du pavillon plaide pour cette thèse. Compte tenu de l'état dans lequel j'étais arrivé, il a été surpris de la rapidité avec laquelle j'ai repris contact avec la réalité. Si j'avais été ramené comme un forcené, juste après le cours du lundi par exemple, je crois que les choses auraient été beaucoup moins simples.

Ce mystérieux rituel, le moment le plus fort de la crise, ne mettait cependant fin à rien du tout. Je discutais maintenant tranquillement avec les gendarmes et le médecin. Et sans trop savoir ou vouloir savoir où l'on allait m'amener, je suis monté calmement dans l'ambulance où des idées délirantes m'ont bientôt repris. Il faut dire que les ambulanciers n'y ont pas mis du leur. On n'expliquera jamais assez au personnel soignant qu'il ne faut pas considérer le malade, présentât-il tous les aspects du délire, comme un objet. Je ne parle pas ici de violences physiques que j'aurais eu à subir, mais ils m'ont traité exactement comme les jeunes de la station-service. Un incident de parcours est parfaitement révélateur. Un appel radio a détourné la première ambulance de la direction de Clermont, une autre m'attendait dans une petite ville. D'une camionnette avec son brancard où l'on m'avait ordonné de m'allonger, je passais dans un taxi ambulance. Personne n'a songé à m'expliquer quoi que ce soit. L'ambulancier qui m'a accueilli, un jeune, très nerveux, m'a simplement dit de m'installer à l'arrière et de ne toucher à rien. Je n'avais pas les idées très claires et mon esprit délirant a immédiatement trouvé un prétexte pour gambader à nouveau. On s'était enfin avisé que je n'étais pas fou, mais tout simplement génial. Leur gaffe expliquait la nervosité de l'ambulancier. On allait m'accueillir en roi, mais on ne voulait pas me le révéler trop brusquement. D'ailleurs, pour me rassurer, on avait déposé des indices auprès de moi, une carte routière et une veste en toile. J'avais déjà vu ces objets que le conducteur m'interdisait de toucher. J'en étais sûr. Ils appartenaient à un ami. J'y voyais le signe que quelqu'un veillait sur moi. C'est avec ces idées que je suis rentré dans l'hôpital.

Dans la salle des accueils urgents, j'ai rencontré un psychiatre. Je ne savais pas qu'il était psychiatre. Là non plus, personne n'a songé à m'expliquer où je me trouvais ni ce qui allait se passer pour moi. Les soignants considéraient sans doute que ce serait en pure perte. Il est vrai que j'ai déclaré follement que je ne prétendais pas faire des miracles ni abattre les cathédrales, mais que, depuis quelques jours, il se passait des choses extra-ordinaires en moi. Je me souviens de l'effarement du médecin et plus encore de celui de l'infirmier qui prenait des notes. Cette scène est très proche dans mon esprit de la fin de mon cours du vendredi. Je n'avais pas en face de moi des interlocuteurs mais des spectateurs.

Certes, je pouvais passer pour irrécupérable, mais ils avaient dû en voir d'autres. Et ce n'est pas une raison pour que ce même infirmier qui m'a mené dans le pavillon déclare en aparté à ses collègues : « *Il est fou à lier !* » J'étais assis sur une banquette et, quand il est repassé, songeant à Lacan et à ses nœuds borroméens, je lui ai déclaré : « *Pas à lier, à délier !* » Il a filé sans rien dire. Je ne sais pas s'il a compris. La seule chose que j'ai regrettée, c'est de ne pas lui avoir fait un croche-pied lorsqu'il est passé devant moi. Je comptais le retenir dans sa chute, mais lui donner quand même cette leçon. Cela m'a démangé.

Avant que les médicaments que l'on m'avait donnés ne commencent à agir, j'ai été pris d'une grande crise d'angoisse. Je savais maintenant où j'étais, mais je me refusais à l'admettre par tous les moyens. Je me raccrochais à n'importe quoi et tout me faisait signe : des fleurs d'aubépines gravées sur les carreaux des douches, des étoiles argentées peintes sur la porte d'une chambre, la musique du tube *Célimène*[1] qui s'échappait à pleine puissance d'une radio et surtout une affiche d'un film américain placée sur le haut de mon lit représentant un héros guerrier. Tout m'exposait à faire de profondes analogies avec les thèmes de mon délire. Ces objets ne pouvaient être placés là au hasard. Et l'infirmière m'expliquait que les étoiles étaient restées là depuis Noël, que l'affiche appartenait à un ancien patient… Moi, j'assurais le spectacle. J'étais pris dans les nœuds de Lacan, RSI, Réel, Symbolique, Imaginaire. Hérésie, récit, il fallait faire dialoguer l'institution scolaire et hospitalière pour comprendre ce qui s'était passé et c'était impossible ici. J'étais en placement libre, mais je n'avais pas de chaussures pour sortir. Je devenais encore plus fou que je ne l'étais en arrivant et je le faisais savoir à tout le monde. « *Il a du répondant, celui-là !* » a déclaré une infirmière. C'est là que j'ai appris que j'avais déjà vu un psychiatre à l'accueil. Ça un psychiatre, mais nous n'avions même pas discuté ensemble !

Tout me semblait faux, en particulier un extrait du règlement intérieur placardé sur un mur. Tout était défini à la minute près : l'heure d'ouverture du bar ne devait pas dépasser la demi-heure… Je croyais que cette affiche avait été placée là par quelqu'un pour me signifier de ne pas perdre courage. Il ne s'agissait que d'une nouvelle épreuve à surmonter. Le plus angoissant reste deux vieux livres que les infirmières sont allées

---

1. David Martial, 1976.

me chercher pour m'aider à trouver mon calme. Des patients avaient dû les laisser traîner. Le premier, *Les Célibataires* de Montherlant, était tout griffonné de signes noirs incohérents (un peu comme mes tags colorés). Le second n'était autre que *La Chartreuse de Parme*. De Stendhal !

Je vous jure que c'est vrai.

Lorsque je ne me prends pas pour Stendhal

« *Combien de fois ne sommes-nous pas demeurés assis sur notre banc, occupés tous deux à lire un livre [...] Notre vie était donc toute végétative en apparence, mais nous existions par le cœur et le cerveau. Les sentiments, les pensées étaient les seuls événements de notre vie scolaire.* »

Balzac, *Louis Lambert*, Pl. t. XI, p. 616

Quelle a été ma vie après cette hospitalisation ? J'ai pu dans les trois ans qui ont suivi cette bouffée délirante « rebondir » en obtenant une licence d'administration publique puis un CAPES de documentation. Hélas ! ce nouveau stage s'est soldé par une nouvelle bouffée délirante. Je n'ai jamais retravaillé depuis, connu encore d'autres bouffées délirantes et divers modes d'hospitalisation.

Je tente ici de décrire ce qui fait l'ordinaire de ma maladie, lorsque je suis stabilisé par un traitement efficace. C'est paradoxalement plus difficile à décrire qu'une bouffée délirante. Un sentiment de vide intérieur m'empêche d'être moi-même. C'est bien là tout mon problème et ma douleur.

Je note quand même avec joie que je résiste à ma transformation en créature hospitalière. Si je n'ai pas réussi à m'inventer une vie conforme à la normale, du moins ai-je pu devenir avec le temps acteur de ma maladie.

Cette part d'invention gagnée sur une personnalité par essence passive et instable était difficilement racontable tant mes contradictions sont grandes. C'est en adoptant une forme fragmentaire que j'ai tenté de la mettre au jour.

Le sentiment
d'un vide intérieur

Schizophrénie dysthymique, tel est le nom de ma maladie. On peut dire aussi de moi que je suis schizo-affectif. Je n'ai arraché cet adjectif à un psychiatre qu'en 2004. Comme ses confrères, il était peu soucieux de divulguer son savoir à ses patients : « *Vous savez, la nomenclature n'a pas vraiment d'importance ! Ce qui compte, c'est comment vous vous sentez !* » Malgré toutes mes questions, j'étais d'ailleurs au fond, peu soucieux de connaître la vérité. Ainsi n'ai-je pas creusé plus loin le terme « schizo-affectif ». Je croyais naïvement qu'au moins je n'étais pas schizophrène. Je ne voulais retenir de nos discussions qu'un trouble de l'humeur. Cette dernière est toujours trop haute ou trop basse. Mes bouffées délirantes sont suivies d'un sentiment de marasme lui-même traversé de moments d'enthousiasme.

Le diagnostic de schizophrénie me fut, quant à lui, comiquement signifié par un médecin acupuncteur en 2008. J'étais allé le voir en plein délire sans qu'aucun signe extérieur ne puisse encore le manifester. En réponse à ses questions, je lui expliquai franchement que j'étais « *schizo-affectif* ». Avec un petit sourire dénué de mépris, il résuma l'affaire en un mot : « *schizophrène* ». J'ai pensé aussitôt que j'avais trouvé là mon identité. Je la trouvais même bien plus confortable que celle de génie pour lequel j'étais de nouveau en train de me prendre. J'ai essayé, depuis, de m'y tenir afin d'évacuer toute trace de fausse génialité.

Vingt ans plus tôt, je connaissais ma première bouffée délirante. Le diagnostic vient donc très tardivement. Aurais-je été capable de l'assumer plus précocement ? Impossible de répondre à cette question. Tout ce que je puis dire, c'est qu'à partir de 2008, j'ai commencé à m'interroger sur la nature de cette maladie dont je souffre et à m'investir, autant que faire se peut, dans une association qui lutte contre la stigmatisation de la schizophrénie. Parce qu'à mon sens, la schizophrénie devrait être reconnue comme une maladie comme une autre et ne pas être systématiquement associée à l'état de dangerosité ou d'aliénation complète d'une personne.

Depuis cette même date, je fréquente aussi un hôpital de jour. J'y rencontre des malades dont plus de la moitié sont schizophrènes, mais rares à pouvoir se définir comme tel. Prédominent dans ce lieu non les symptômes positifs de la maladie, le délire, mais les symptômes négatifs de patients dits « *stabilisés* » : le marasme. Il nous est difficile de nous « *remuer* » ou de nous « *activer* » de nous-mêmes. À table par exemple peu de paroles sont échangées. Mes relatives connaissance et acceptation de cette maladie ne me font pas échapper à ce marasme ambiant.

Repli sur soi, retrait social, difficulté à agir, tels sont les trois grands maux contre lesquels j'ai à lutter. Ils se renforcent mutuellement. Pour m'en sortir, j'ai l'impression qu'il faudrait que je les écrase tous les trois à la fois. Mais la vérité est qu'ils découlent de l'unique sentiment d'un grand vide intérieur sur lequel je ne peux avoir aucune prise. Qu'untel me mette en difficulté par une question ou un simple bonjour, je réponds avec l'air le plus expressif dont je suis capable. Il n'est pas bien grand ! Non pas que je n'aie pas entendu la demande de mon interlocuteur, mais je ne sais tout simplement pas quoi en faire. Je la laisse donc disparaître au sein de ce vide. Et je reste avec la désastreuse certitude de n'avoir montré à autrui que ce même vide. En face de lui je me sens comme un mort vivant.

J'ai bien une tactique pour tenter de rendre plus supportable ce vide. Elle consiste à le meubler. Je m'enthousiasme facilement pour un bon livre, un bon film, un beau tableau, de la belle musique, un beau paysage, voire une bonne page d'écriture. Tactique toute stendhalienne au demeurant qui me pousse ainsi à m'élever assez facilement jusqu'au sentiment du sublime. Je suis alors envahi par l'objet que j'ai devant moi. Mais ce plaisir n'est que trop rarement partagé. Finir un bon spectacle par un bon repas par exemple, je ne connais que trop rarement cette expérience. Je laisse sans doute perdurer cette émotion esthétique quelques heures de plus que si j'avais dû la laisser s'évanouir au milieu d'une conversation, mais elle n'en finit pas moins par retomber et à me laisser une nouvelle fois face à cet immense sentiment d'un vide intérieur. Je préférerais une joie moins vive mais plus communicative.

Qu'il me soit permis de continuer à me comparer, mais sous forme bénigne, à Stendhal. Ce génie ne cessait de cultiver ces instants sublimes à travers l'amour (mais il s'y montre plus rêveur que séducteur), l'art (l'opéra par-dessus tout), les paysages (continuellement en voyage et s'émerveillant des plus beaux sites), la conversation (il acquit de l'esprit) et bien entendu la création littéraire. C'est dans ces moments d'ivresse qu'il avait l'impression d'être vraiment lui-même. Le schizophrène que je suis a encore plus rêvé d'amour, jouit des livres, des expos, des cinés… Mais ne voyage quasiment pas, pas plus qu'il ne sort entre amis ou en famille. Comme le disait Stendhal, qui préférait écouter que parler, pour entrer dans une société, il faut pouvoir payer son écot, c'est-à-dire parler, se distinguer. Stendhal apprit à le faire. La peur de me laisser déborder en public par mes émotions me précipite dans mon vide intérieur. Je m'y réfugie et me coupe ainsi du monde.

Ce vide intérieur me coupe aussi de mes sensations, parfois même de manière comique. Ainsi, lors d'un pot récent entre amis, je ne me suis aperçu que mon chocolat était vraiment délicieux qu'à partir du moment où l'une de mes camarades a fait remarquer à tous combien il était onctueux. Je n'avais été jusque-là sensible qu'à l'opposition : eux avec leurs cafés, moi avec mon chocolat. Café que je n'aime décidément pas et qui me pose problème, car il me met en porte à faux avec les habitudes des autres consommateurs. Pour apprécier immédiatement ma tasse de chocolat, il aurait fallu que je sois seul ou avec deux ou trois amis maximum côtoyés depuis bien plus longtemps que cette petite assemblée. Un rien suffit à me déstabiliser et à me précipiter au sein de ce vide. J'ai donc fini par savoir que mon chocolat était délicieux, mais ma camarade ne m'en a pas moins ramené intérieurement à mon total manque de personnalité.

Les autres qui s'adressent à moi ne trouvent en face d'eux que du vide. J'acquiesce à tout. La possibilité de réfléchir, de me

128

ménager un espace de liberté ne pourra éventuellement venir que plus tard dans le confort de la solitude. J'évite ainsi toute situation qui me met en danger. Je ne sais pas me « *positionner* ». Je déteste me mettre en avant. J'attends, de fait, tout de l'autre, et à la fois j'aimerais être à sa place, avoir la même présence d'esprit que lui. Je me laisse donc faire, sans pouvoir objecter quoi que ce soit, uniquement sensible à cette douleur de n'être pas moi-même, qui ne me permet pas autre chose que de dire « oui » quand je peux penser « non ».

Ce sentiment d'un grand vide intérieur fait que j'ai beaucoup de mal à parler de moi. Les mots des autres sont tout prêts pour prendre la place des miens. J'acquiesce à tout et le soir venu je meuble mon vide par des lectures. J'ai réussi l'exploit de m'empêcher de penser en lisant des livres de philosophie. Me reste l'enthousiasme. C'est au moins cela. J'ai peu à peu compris que c'était le seul moyen pour moi de renouer avec mes émotions et de donner un peu de chair à ce que je lis. Une saine lecture selon moi serait celle qui m'ouvrirait au monde. J'ai parfois au contraire l'impression d'avaler tous ces ouvrages et de les laisser s'évanouir dans un gouffre sans fond.

Il est vrai qu'une mémoire désastreuse ne m'aide en rien. Ce serait aussi une explication de cette impossibilité à me constituer un savoir qui m'interdit de fait toute prise de parole ultérieure sur des livres pourtant souvent relus. En me faisant très insistant auprès des médecins, en me faisant enfin acteur de ma maladie, j'ai fini par comprendre que ce déficit cognitif faisait partie de ma schizophrénie. Quelques mois d'une prise en charge relativement nouvelle m'ont été récemment proposés.

© Groupe Eyrolles

Elle reposait principalement sur des exercices à faire, sur ordinateur, en vue d'augmenter mes capacités d'attention et de mémoire. Cette méthode aurait, paraît-il, augmenté mes performances. J'en tire, moi, comme unique remède contre ma mémoire défectueuse un conseil méthodologique que je n'avais jusqu'ici osé appliquer. Il me faudra apprendre à souligner les idées principales et annoter les livres que je possède. Même si Stendhal le faisait, je ne m'y étais jamais jusqu'ici résolu. Mes livres sans inscriptions témoignent à leur façon du vide désastreux qui m'accompagne.

Parfois, quand ce vide intérieur s'allie à cet enthousiasme, je peux donner un meilleur visage de moi en société. N'étant rien en effet, je peux me montrer curieux de tout sans mettre en avant des opinions tranchées que je n'ai pas. C'est ainsi qu'au cours d'une année de stage, j'ai pu séduire cinq collègues stagiaires documentalistes par un esprit d'ouverture à des matières nouvelles. Elles ont réussi leurs concours. Je me suis effondré le jour de l'inspection. Devant l'inspecteur, je n'avais plus le moindre enthousiasme. Ne restait qu'une coquille vide.

Un an après m'être pris pour Stendhal, j'ai repris des études. Je reste persuadé que les enseignants commençaient à s'apercevoir que quelque chose n'allait pas bien chez moi. Malgré une culture générale supérieure à celle de la moyenne des étudiants et des remarques qui pouvaient parfois être brillantes, je n'arrivais pas à avoir suffisamment de confiance en moi. Il fallait me montrer sous un jour moins terne et moins triste me signifia-t-on un jour. Pourquoi ne pas acheter une jolie cravate aux motifs très gais ? Lors de l'oral de l'examen final, le professeur que je respectais le plus pour nous avoir appris le droit public en nous faisant rire sans cesse par un tas d'anecdotes me demanda ce que signifiait pour moi la maxime de Socrate : « *Connais-toi toi-même !* » Il savait que j'avais fait de la philosophie. Je pris sa question de plein fouet, comprenant combien j'étais incapable d'y répondre. Lui-même avait-il compris mon incapacité ? M'adressait-il un conseil ou un avertissement ? Je reste persuadé que sa question n'était pas innocente et me visait personnellement. Je répondis assez piteusement que, depuis Descartes et l'invention du sujet, les choses étaient devenues plus difficiles. Il ne pouvait me suivre sur ce terrain philosophique où j'aurais d'ailleurs été assez rapidement en manque d'arguments.

J'ai toujours peur d'être différent des autres, de ne pas me comporter comme tout le monde en société. Paralysé par cette peur, je n'agis alors ni ne parle. C'est finalement par cela que j'apparais comme différent. Et cette différence est toute négative. Je suis celui qui ne s'exprime pas. N'arrivant pas à être moi-même, je ne me porte pas vers les autres. Je fonctionne à vide.

✳ ✳ ✳

Je ne m'exprimais pas plus avant ma première bouffée délirante. Mais je n'en avais pas un sentiment aussi vif. Je me souviens pourtant avoir entendu dire à mon propos, lors d'un séjour en centre de vacances où j'exerçais la fonction d'animateur : « *Il ne parle jamais à table ! – Il est comme ça !* » J'avais dix-huit ans. J'étais à cette même table, écoutant et regardant distraitement ce qui s'y passait, l'air un peu absent sans doute. Pour le reste, je pouvais passer pour normal. Mais être animateur, un mois ou deux durant l'été, m'a seul permis de constituer ce que j'imagine être des souvenirs de jeunesse. Quant à cette remarque que je n'aurais pas dû entendre, je l'ai vite oubliée. J'ai pris sur moi, comme chaque fois que ma faiblesse de caractère m'a mis en difficulté.

Durant le reste de l'année, je faisais des études de philosophie à Rennes. La folie sommeillait en moi, mais il m'a été facile de m'intégrer parmi un si petit nombre d'étudiants inscrits. La faculté a joué le rôle d'un cocon protecteur, de la même façon que l'était cette colonie de vacances au fonctionnement au fond très routinier. Elle ne pouvait cependant cacher complètement ma différence. J'ai vécu une certaine marginalisation et l'apparition de ce sentiment d'un vide intérieur auxquels je dois me confronter. Certes, dès les premiers jours de ma première rentrée universitaire, sur les marches de l'escalier du restaurant, je m'étais adjoint une paire d'amis, Thierry et Ivan. « *Je savais que tu lisais beaucoup !* » a déclaré Thierry, signifiant par là l'élargissement de leur groupe à ma personne. Mais cette amitié qui se prolonge encore de manière espacée s'est surtout inscrite sur le registre d'une émulation scolaire. Je n'avais rien d'autre à partager avec eux que l'amour des livres qu'il nous était demandé de lire au cours de ces études de philosophie. Eux avaient, chacun de leur côté, plusieurs autres amis. Ivan, le plus équilibré d'entre nous, avait même déjà trouvé la femme de sa vie.

Mon indétermination, par rapport au dogmatisme de mes amis, a pu séduire au début. Ainsi ai-je su par une indiscrétion qu'une de nos amies me trouvait « *la tête moins gonflée que les autres étudiants* » (masculins). Mais cette qualité s'est rapidement dissipée aux yeux de cette amie. Et Thierry, lui en particulier, s'est rapidement imposé dans notre société par la conviction qu'il mettait dans ses propos comme dans ses faits et ses gestes. Il y mettait de l'esprit à la manière d'un Stendhal et savait faire rire.

« *Les philosophes savent défendre une thèse* », ai-je entendu bien plus tard de la bouche d'une prof de méthodologie. J'étais dans l'amphi au milieu d'étudiants de droit et d'économie essentiellement. Je n'ai pas oublié cette remarque. Dans cet amphi où j'étais le seul à avoir fait des études de philosophie, je me sentais en effet le moins à même de défendre une thèse si l'on entend par là la volonté de convaincre quelqu'un d'autre de son opinion. Je n'ai en société pas plus d'opinion à défendre que de blagues à raconter ou de traits d'esprit à délivrer.

Je ne fais que me nourrir du savoir des autres. Thierry n'a pas ici tellement compté. Mes plus beaux échanges de paroles se sont faits respectivement avec Ivan, Cyrille et Didier. Ils l'ont toujours été à sens unique. Je questionnais, ils répondaient. Le cadre changeait, balades ou bars. Je faisais preuve d'empathie et d'humour. Mais faute de m'inscrire dans un mouvement, je cherchais stérilement le savoir des maîtres des autres. Ivan m'a enseigné Husserl, Cyrille la linguistique et Didier la pédagogie. Ils ont tous trois réussi à faire quelque chose de connaissances qu'ils s'appropriaient vraiment. J'ai dû me limiter au plaisir d'écouter des amis qui ont eu envie de me parler de ce qui les animait le plus. Eux seuls, par mon intérêt, ont pu découvrir en moi quelqu'un d'intéressant. Pour tous les autres je ne suis pas drôle. Il n'y a que Didier qui leur a affirmé qu'avec moi il rigolait beaucoup. Mais Didier savait aussi très bien rire avec les autres dans un groupe plus élargi.

J'ai travaillé avec Cyrille en tant que surveillant. C'est grâce au fait que nous étions deux, patrouillant dans deux dortoirs contigus, que j'ai pu discuter et plaisanter avec des élèves. L'année précédente, dans des locaux identiques, il m'était demandé de m'enfermer avec les élèves dont j'avais la charge. La tâche était moins aisée. J'avais peur des élèves. Travailler à deux, avec un ami qui plus est, m'a permis d'évacuer cette peur et de commencer à m'ouvrir aux élèves. De l'avis de Cyrille, ceux-ci étaient assez déstabilisés avec moi, car ils ne savaient pas « *si c'était du lard ou du cochon* ».

Mes études de philosophie prenaient fin. Mon mémoire de maîtrise démontra un manque total de personnalité. Incapable de choisir un auteur, j'en avais pris deux, Platon et Aristote. J'ai obtenu la mention très bien. À entendre le deuxième membre du jury, c'était même l'un des dix meilleurs mémoires qu'il avait lus. J'avais su en effet parfaitement mener un dialogue entre Platon et Aristote sans tomber dans le piège de faire deux mémoires en un. Mais n'ai-je pas en définitive évité l'un et l'autre ? Comme le fit remarquer mon directeur, la mise en pages de ce mémoire le rendait anonyme. Ni titre ni nom sur la couverture. Ils étaient reportés en première page, par l'effet d'une absence de sens pratique assez hallucinant. Le même me donna ce conseil : « *À l'avenir, répondez d'une manière moins concise aux questions que l'on vous pose !* » Je me sentais pourtant plutôt à l'aise avec ce professeur que je connaissais bien. Quant à la question sur laquelle il me laissa, elle me taraude encore : « *Ce mémoire est fort bien écrit, mais à quoi sert-il ?* »

Comble de ridicule, lors de cette soutenance, la secrétaire vint me rapporter mon portefeuille que j'avais égaré près des bureaux de l'administration. Je ne m'en étais pas encore aperçu. On me le demanda. J'attendais presque d'eux la bonne réponse, celle qui me différencierait le moins de ce que les autres diraient à ma place.

Au fond ce jury aurait tout aussi bien pu ne pas m'accorder cette maîtrise. Elle n'était qu'un pur exercice formel sans le moindre avenir possible sinon celui d'une fuite en avant qui ne pouvait déboucher que sur mon effondrement psychique. Je m'étais laissé bercer par les études. La réalité commençait à me rattraper. Trois mois plus tard, j'invalidais en quelque sorte ce diplôme de philosophie en faisant ma première bouffée délirante.

Bouffées délirantes
et hospitalisations

J'avais soutenu cette maîtrise le jour même de mon vingt-deuxième anniversaire. Tout avait semblé me réussir jusque-là. Seule une ancienne connaissance, retrouvée en fac de lettres, m'inquiéta : « *Tu es inscrit en DEA de philosophie à Poitiers, en licence de lettres à Rennes et tu dois faire ton service d'objecteur de conscience à Quimper. Tu ne trouves pas que c'est trop ?* » J'étais fou. Fou au point de ne même pas avoir réussi à me faire exempter du service militaire comme Thierry et Ivan. Moi, un schizophrène en puissance ! Rien donc de trop étonnant à ce qu'un jour des vacances de Noël 1987 mon père me retrouva assis sur les marches de l'escalier qui menaient de ma chambre au jardin. J'étais là immobile, totalement mutique dans la posture du penseur, avec le pied gauche nu et un vieux gant sur la main de ce même côté. Tous ces détails avaient pour moi de l'importance. Je n'ai jamais expliqué à mon père que je ne faisais pas n'importe quoi. J'étais en train de régurgiter un cours sur l'ésotérisme.

La façon dont j'ai été interné ne pouvait être plus traumatisante. Mes parents ont appelé les urgences. Trois hommes ont enfoncé la porte de ma chambre, dans laquelle je m'étais réfugié. Après m'avoir immobilisé, ils m'ont fait une injection dans une des veines du poignet, qui me plongea immédiatement dans l'inconscience. Je me réveillai le lendemain en face d'un plateau-repas et d'un infirmier qui exigea que le médicament soit bu lorsqu'il reviendrait. Je dispersai le médicament sous un reste de purée et réussis à lui faire croire qu'il était dans la soupe sciemment laissée en évidence. Il m'obligea à la manger devant lui ! De cette période précédant mon réveil, un souvenir, je crois, me revient. Il hante parfois mes rêves. Je suis dans le noir avec cette unique sensation d'être légèrement balancé. À chaque fois je pense à l'ambulance. Il me plaît de me voir transporté ainsi en toute quiétude et en quasi-inconscience.

Je tombai d'un coup dans un environnement auquel rien ne me préparait : portes fermées à clef, toilettes avec une vitre ou ne fermant pas, des personnes en guenilles prostrées toute la journée dans le couloir. Lors de mon accueil, une vieille patiente lança violemment dans ma direction un pichet d'eau en métal. « *C'est le diable !* » criait-elle. Quelques jours plus tard, un infirmier assis à côté de moi ne trouvait rien de plus amusant à faire que de reproduire les mouvements de mes pieds de façon que je ne sache pas si c'était lui ou moi qui guidait le geste. Quelques semaines après pourtant, le traitement commençant à agir, l'on me transféra dans un pavillon beaucoup plus calme dans lequel je rencontrai des patients avec qui discuter. Je semblais m'adapter, mais au bout de quelques jours, sans aucune explication, on me ramena dans le premier. Mon seul crime fut d'avoir une crise de larmes devant la surveillante de nuit qui m'interdisait de regarder à la télévision un documentaire sur Glenn Gould.

Aussitôt arrivé, plein de fureur, j'ouvris un placard du couloir, y saisis un paquet de bonbons récompenses que je me mis à lancer sur les patients : « *Tenez, les fous !* » Deux infirmières voulurent me mettre de force sous une douche d'eau froide, mais je me débattis malgré une douleur à la jambe qui me tenait depuis quelques jours. Je n'étais apparemment pas près de sortir de ce sinistre lieu. C'est à cette douleur que je le dois. Elle m'a conduit à être transféré dans un hôpital général. Mais pas immédiatement. Le psychiatre, les infirmiers croyaient que je simulais, alors que je ne pouvais poser le pied gauche par terre sans ressentir une douleur atroce au niveau de la cuisse. Il a fallu plusieurs jours pour qu'une interne établisse un diagnostic. Je faisais une phlébite. « *Il est fou !* » disaient les autres. Il est vrai que lorsque je hurlais ma douleur et ma solitude sur le sol du couloir, je me suis surpris à prendre malgré tout un peu de plaisir à théâtraliser mes gestes.

J'ai risqué la mort dans ce pavillon de l'hôpital psychiatrique. Un caillot de sang pouvait se détacher de ma veine à tout moment. Et je me dis parfois que j'ai aussi couru le risque d'y demeurer éternellement. Je me suis senti fort peu respecté dans ce lieu, qui s'est révélé pour moi être un frein à mon rétablissement psychique. Transféré à l'hôpital général, je me suis montré dès mon arrivée un patient parfaitement coopératif. Il n'y a pas eu la moindre excentricité dans mon comportement. On m'avait donné une chambre à moi où j'étais plus tranquille, et je bavardais poliment avec le personnel soignant qui passait dans ma chambre. Le psychiatre qui revint me voir quelques jours plus tard nota aussi une amélioration de mon état, mais me déclara que je devrais retourner dans son pavillon dès lors que je serais guéri de ma phlébite. L'idée seule me terrifiait. Comment m'y serais-je comporté ? M'aurait-on gardé là comme incurable ? Serais-je devenu une de ces créatures hospitalières ?

Je ne suis pas retourné dans ce pavillon. Relevant de l'armée de par mon statut d'objecteur de conscience, j'ai été transféré dans le service général d'un hôpital militaire où tout s'est très bien passé. Sans doute même ces militaires se faisaient-ils de moi une opinion trop favorable. Peu avant ma sortie, le médecin qui me suivait déclara à ma mère : « *À son âge, depuis qu'il est hospitalisé, il doit avoir hâte de sortir !* » Je n'ai pas osé leur dire que ce n'était pas tout à fait vrai. J'avais bien sûr hâte de quitter cette chambre où je venais de passer plus de deux mois. Mais le lit, où, du fait de ma phlébite, j'avais le devoir de rester, me convenait parfaitement. Un de mes symptômes est de passer beaucoup de temps dans mon lit. J'occupe certes ce temps par de nombreuses lectures, mais mon lit ne joue pas moins le rôle d'une bulle protectrice des dangers du monde extérieur.

Je me suis vite consolé de cet épisode traumatisant qu'avaient été mon premier délire et ma première hospitalisation en me disant qu'il m'avait fait du moins gagner un an et demi de liberté. Je n'étais plus astreint au service d'objecteur de conscience. De plus, tout traitement psychiatrique avait été interrompu. Les médecins pariaient sur le fait que cette bouffée délirante serait la première et la dernière de ma vie. Je fis donc comme si rien ne s'était passé. Je n'ai même pas tenté de suivre une psychothérapie. J'ai repris mes études et mon travail de surveillant. J'étais toujours coupé d'un réel contact avec les autres, mais je ne voulais surtout pas me l'avouer. Je n'avais rien appris de cette cruelle expérience.

✳ ✳ ✳

N'ayant rien fait de ce premier avertissement, la vie m'en apporta bientôt un second. Je me suis montré incapable d'assumer mon métier de prof auquel tout pourtant, d'un point de vue extérieur, semblait me préparer. Je possédais deux maîtrises, j'avais été animateur auprès d'enfants, puis formateur auprès de futurs animateurs, j'exerçais le métier de surveillant depuis plusieurs années et avais connu différents types d'établissements. Dans le dernier, un lycée général très tranquille, je n'avais plus essentiellement qu'à lire (Stendhal entre autres) et à répondre aux questions des élèves en difficulté. Mes collègues m'avaient déchargé gentiment de la seule charge de service que j'avais dû mal à assumer : réguler le flux d'élèves qui se précipitaient à l'entrée du self. Il fallait là se montrer très ferme. Mais les enseignants savaient qu'en accumulant des diplômes, je ne faisais que reculer le moment d'affronter les concours de l'enseignement et la confrontation à une salle de classe.

J'ai obtenu le CAPES de lettres la première fois que je le passais, alors même que j'exerçais en parallèle ce métier de surveillant. Je fus sans doute le seul candidat à ressentir plus d'amertume que de joie. J'avais fini par deviner que le métier de prof ne me conviendrait pas. Je n'avais pas l'autorité nécessaire pour cela. Je devais aussi quitter ce lycée où les élèves ne posaient pas le moindre problème. En fait je me rendais compte que j'avais fait le mauvais choix. J'aurais dû m'inscrire au CAPES de documentaliste. Que j'obtiendrais plus tard. Trop tard ! Pour l'instant je ne pouvais plus reculer. Refuser ce poste de stagiaire de lettres aurait été absurde. Je n'ai pas eu le courage de rompre définitivement avec l'Éducation nationale. Il aurait fallu que je m'invente une nouvelle vie professionnelle. Mais je n'étais pas capable d'une telle imagination. Plus que tous les autres étudiants, je n'avais fait jusqu'ici que me laisser porter par un système qui me laissait passer de diplôme en diplôme. L'obtention ultime de ce CAPES me laissait subitement en face d'un grand vide.

Aucun de mes problèmes psychologiques n'avait donc été réglé lorsque j'ai débuté mon stage de professeur de lettres modernes. Didier m'avait donné ce conseil et cet avertissement : « *Je ne te vois réussir que si tu intéresses tes élèves.* » Ma seule qualité selon lui était donc le savoir qu'il me supposait. Comme je l'ai expliqué, j'ai réussi à décourager la patience des meilleurs élèves. À la fin du mois de mai, je faisais donc une nouvelle bouffée délirante. Elle ne se distingue en rien de toutes les autres. Y éclatent toutes mes contradictions. Le divorce est parfois si grand entre ce que je suis et ce que je voudrais être que je ne puis m'assumer comme tel. S'ensuit une fuite hors du réel. Ne pouvant être véritablement enseignant, je me suis projeté en quelques jours dans la peau d'un supposé génie.

Mon séjour à Clermont, qui suivit cette deuxième bouffée délirante, n'a rien à voir avec ma première hospitalisation. Le psychiatre m'expliquait l'importance de mon traitement. Je respectais le travail du personnel soignant qui me laissait quelques passe-droits, comme celui de me faire entrer avant tout le monde dans le dortoir afin de regarder une émission de télévision qui m'intéressait. Il n'y avait aucun patient, en effet, avec qui je pouvais réellement discuter. Ils m'appelaient « *l'inspecteur Laverdure* ». Il est vrai que j'observais beaucoup. Comme une infirmière laissait tomber un papier sur la pelouse, je lui fis remarquer que cela ne se faisait pas. Elle me répondit qu'il y aurait toujours des patients pour les ramasser. Cette utilisation presque cynique des obsessionnels de la propreté me sidéra.

Comme je parlais à mon psychiatre de cette Angélique pour laquelle j'avais fait mon plus beau cours de l'année, il me demanda son âge. C'est lui qui me fit remarquer qu'à seize ans, elle avait sa majorité sexuelle. Voilà qui me disculpait sans doute à ses yeux de pulsions pédophiles. Mais sa remarque ne me semble pas des plus fines. Elle m'autorisait presque à aimer Angélique. Et, si, à sa grande surprise, je me remis très vite de mon délire, persista cette idée que j'étais amoureux d'Angélique. À travers elle, je voulais sauver mon délire en trouvant en lui quelque chose de vrai. Je fis donc tout pour quitter au plus vite cet hôpital, avant le conseil de classe, afin de prouver à tout le monde que l'on pouvait sortir de Clermont. J'étais aussi poursuivi par la pensée moins noble de prendre l'adresse d'Angélique sur le bulletin de notes.

Dans les semaines qui ont suivi, je suis entré dans une profonde dépression. Je n'avais la force de rien, pas même celle de prendre du plaisir à la lecture pour la première et la seule fois de mon existence. Je n'ai rien fait de ces vacances à part prendre ma voiture pour rendre visite à Cyrille. Il n'y eut

143

aucune conversation passionnante, et, de retour du restaurant, je vomis dans l'escalier de son immeuble. J'ai eu le tort de ne pas aller voir un psychiatre et de me faire suivre par un généraliste qui n'a pas suffisamment pris en compte la gravité de mon état. À l'entendre, les symptômes de cette dépression disparaîtraient dès que je reprendrais le travail.

Une nouvelle chance m'était accordée par l'Éducation nationale, mais dans la même académie où j'avais déliré. Lors de la première réunion de l'IUFM, je n'ai eu aucun doute sur l'impossibilité de réussir ma nouvelle année de stage. Une formatrice que je ne connaissais pas fit allusion aux quelques échecs de l'année précédente, dont un cas qui « *dépassait l'imagination* ». J'étais présent. Personne ne savait pour l'instant que j'étais cet inimaginable cas, mais nul doute que cela serait bien vite révélé. J'ai été finalement nommé à Laon, loin de Noyon, mais avec les mêmes formateurs. Le premier cours en présence de mon tuteur de stage fut désastreux. Il l'interrompit très vite pour signifier que j'avais très bien lu le texte que je leur avais donné, mais qu'il fallait maintenant continuer à écouter le professeur et non se mettre à bavarder.

J'ai failli me jeter des falaises de Laon. Elles ne sont pas très hautes, mais sans doute auraient-elles suffi. Le médecin généraliste aurait au moins dû me placer en congé maladie, plutôt que de me mettre dans une telle situation. Mais j'étais à cet instant incapable de comprendre une chose si simple. Je ne voyais rien d'autre que le noir qui s'ensuivrait si je sautais de cet endroit. Être enfin délivré de tous mes soucis. Ce moment a été le seul jusqu'à présent où je me suis sérieusement posé la question d'en finir avec la vie. Je ne sais ce qui m'a retenu. De retour à Noyon, après le plus triste des voyages, j'ai eu l'intelligence de me rendre immédiatement dans le service psychiatrique de la ville. Le psychiatre qui m'avait soigné à l'hôpital de Clermont assurait une permanence. Il décida d'une réadmission immédiate à laquelle je n'opposai aucune résistance. J'étais complètement passif. Une infirmière m'accompagna jusqu'à mon domicile pour prendre quelques affaires et me conduisit en voiture jusqu'à Clermont. Les antidépresseurs agirent assez rapidement, mais la crise que je traversais était si grave que je ne sortis de cet hôpital au début du mois d'octobre 1992 que pour en rejoindre un autre, où je goûtai pour la première fois, durant huit mois, les charmes de la psychiatrie institutionnelle.

✳ ✳ ✳

Ce nouvel hôpital était l'antithèse de ce pavillon dans lequel j'avais atterri lors de mon premier délire. Il n'était pas en effet sans ressemblance avec un campus ou un centre de vacances : une chambre à soi à l'intérieur d'un pavillon, puis, disséminés, dans un vaste parc, un restaurant où les patients mangeaient d'excellents repas cuisinés sur place, une bibliothèque assez importante, une salle de sports… Des activités étaient aussi proposées aux patients. Mais elles se faisaient dans un cadre thérapeutique. Il ne fallait surtout pas tout mélanger. Les infirmières étaient souvent amenées à rappeler que l'hôpital n'était pas un centre de vacances. L'originalité la plus notable de cette psychiatrie institutionnelle résidait selon moi dans le choix d'une infirmière référente, c'est-à-dire plus spécialement attachée à un patient et prenant le temps de discuter avec lui.

Celle que j'ai finalement élue avait à peu près mon âge et beaucoup de fermeté. J'ai mis du temps à me confier à elle, puis j'ai fini par prendre plaisir à ces promenades dans le parc. Nous bavardions tous les deux, côte à côte, toujours dans le respect du jeu institutionnel qui interdisait toute confidence de sa part. Elle me fit un jour cette remarque qui m'a beaucoup aidé à comprendre la façon dont les autres me percevaient : « *On voit que vous suivez attentivement ce qui se dit dans les réunions du pavillon, mais vous ne parlez jamais.* » À l'intérieur de la classe-thérapie ouverte librement par le médecin chef à ceux qui voulaient en savoir plus sur la maladie mentale, je n'ai levé la main qu'une seule fois. Je voulais évoquer le problème de la relation transférentielle en psychanalyse. S'étendait-elle à la relation référent(e) référé(e) ? Selon le médecin, cela pouvait y ressembler beaucoup.

Un psychologue rencontré deux ou trois fois m'a aussi beaucoup aidé par une de ses remarques. Je lui parlais de cette idée résiduelle de mon délire : mon amour pour Angélique. Il me signifia que ce sentiment était faux. Je n'étais accroché qu'à un amour imaginaire. Quant à moi, j'en doutais encore. Je n'arrivais pas à me représenter ce que pouvait bien avoir d'irréel un tel sentiment. Et je lui expliquais que je voyais bien la différence entre le tableau accroché derrière moi dans la pièce, que je pouvais voir réellement lorsque je me retournais, et seulement imaginer lorsque je parlais à la personne assise en face de moi. Mais qu'en était-il du sentiment amoureux qui touche de si près à l'imagination ? L'amour me semblait tout le contraire d'un objet extérieur que l'on peut se représenter mentalement.

146

J'ai fini par comprendre en suivant Nerval entraîné lui aussi dans des amours imaginaires : « *Moi c'est une image que je poursuis.* » Pour ne pas m'avouer que j'avais totalement déliré, je m'étais raccroché à l'idée de l'amour. Je n'aurais donc pu faire partager un sentiment amoureux à Angélique, non seulement parce que les règles institutionnelles me l'interdisaient, mais parce que je ne l'éprouvais même pas.

Cet hôpital était aussi un lieu de vie. Les patients pouvaient librement se réunir dans le salon pour jouer aux cartes, se promener dans le parc, et même dans les bois et les villes environnantes. J'en ai aussi profité à plein. J'ai noué là-bas de nombreuses amitiés tant masculines que féminines, parmi ces dernières Françoise, une femme anorexique, et Agnès, une jeune schizophrène de mon âge avec qui j'ai pu avoir de longues conversations intimes. Je n'oublie pas Florence, qui avait comme moi traversé une bouffée délirante. Je suis sorti avec elle peu de temps avant mon départ de cet hôpital et nous avons continué à nous fréquenter deux années de suite. Cette aventure amoureuse était à la limite de ce qu'autorisait une institution peu favorable à de tels rapprochements entre malades. Rien n'aurait séparé cet hôpital d'une cité universitaire si j'avais pu posséder la clef de ma chambre et pouvoir ainsi la refermer et y inviter qui je voulais. D'ailleurs parfois, seul dans mon studio, il m'arrive de penser, avant de me mettre à lire, que je m'enferme moi-même dans ma cellule tel un prisonnier poli qui ferait le travail de son gardien.

À la sortie de l'hôpital, j'ai repris des études puis réussi le concours de CAPES de documentaliste. Durant cette période, j'ai enfin commencé une psychothérapie, où j'ai pu commencer à explorer des thèmes sous-jacents à mes délires et que je n'avais fait jusqu'ici que refouler. Mon stage se déroulait non loin du lieu où j'avais été hospitalisé ! Les bruits n'ont pas tardé à courir sur mon compte. Un ancien collègue rencontré par hasard dans ce nouveau lycée n'avait rien eu de plus pressé que de révéler ce qui s'était passé dans le lycée de Noyon. À la fin de l'année, quelques heures après une inspection ratée, je m'écroulais une nouvelle fois. Cela se passait juste avant les vacances de Pâques. Les élèves n'en ont donc heureusement rien su.

Je n'ai pu devenir documentaliste parce que mon passé m'a rattrapé. Même sans l'indiscrétion de mon ancien collègue, ce qui s'était produit lors de mon stage de lettres ne pouvait rester longtemps ignoré de l'administration. Et si j'ai été plus à l'aise avec les élèves, en particulier avec un petit groupe d'élèves de seconde avec qui j'ai réalisé une exposition, il me faut bien reconnaître que je ne « *rayonnais* » pas beaucoup plus, pour employer là le vocabulaire de l'administration. Si j'avais pu être intégré, il m'aurait toujours manqué une assurance auprès de mes collègues et devant des grands groupes d'élèves. Je pense aussi que j'aurais eu le plus grand mal à gérer les multiples tâches auxquelles doit se confronter un documentaliste. Je ne suis à l'aise que si l'on me permet de me concentrer sur une tâche particulière à mener à fond. La préparation des tableaux de cette exposition me convenait parfaitement.

De nouveau donc je me suis retrouvé à la case départ. Le pavillon psychiatrique, avec cette fois-ci une chambre à moi et, deux mois plus tard, l'hôpital institutionnel. Rien à dire sur ces

148

séjours, sauf peut-être cette parole d'un psychiatre qui m'a fait réfléchir. Comme je jouais avec d'autres un spectacle de marionnettes (marionnettes que nous avions réalisées nous-mêmes), ce psychiatre s'étonna à la fin du spectacle de mon dynamisme. Quant à moi, je n'en ai jamais douté. Je sais que je possède cette ressource intérieure. Mais je n'arrive pas à la manifester. Sorti du spectacle, j'ai repris mon air indécis. Et à l'issue de cette période d'hospitalisation, la question de savoir si je reprendrais un emploi ou non s'est imposée avec force. Je n'ai jamais été en mesure d'y répondre avec netteté. J'ai tout juste choisi de m'installer à Paris, plutôt que de retourner dans l'Oise ou dans ma Bretagne natale. Ce sont les infirmières qui m'ont expliqué que je trouverais là beaucoup plus de possibilités, tant sur le plan du travail que sur ceux des réseaux de soin et culturels.

Une autonomie partielle

Pour résumer, je suis en perpétuelle recherche de moments d'enthousiasmes esthétiques. En dehors de ces instants, je me considère comme mort. Dans la vie quotidienne, j'ai en effet le plus grand mal à mobiliser mon énergie. C'est une question d'incapacité qui me détermine à ne rien faire, parce que je ne vois pas comment faire les choses. Je n'ai donc pas fait le choix de reprendre ou non un travail. Après mon exclusion définitive de l'Éducation nationale, j'avais deux CAPES (ou plutôt exactement deux concours réussis !), deux maîtrises, une licence, mais pas la moindre idée de la façon de les mettre en valeur sur le marché du travail. Impossible même de me projeter dans un entretien d'embauche. J'en ignorais les codes. Je ne sais pas parler. Et cela ne m'enthousiasmait guère… J'ai préféré rester dans mes livres, plus ou moins conscient qu'ils me couperaient dorénavant de la société. Je n'étais plus ni étudiant ni enseignant.

J'ai du mal à parler de moi. Pour écrire cette simple note, il a fallu que je m'appuie sur les remarques de deux psychiatres et sur celle d'une amie. Elles s'interposent entre ce que je suis et ma compréhension de ce que je suis. Sans elles, je n'aurais rien pu dire de précis quant à mon incapacité à me mouvoir dans le quotidien.

Pour en rester à cette question de la reprise ou non d'un travail, là encore j'ai été pris parmi quantité d'autres remarques opposées les unes aux autres bien plus pressantes. Des psychiatres, des amis m'enjoignaient de me réinsérer, d'autres de ne pas prendre de risques pour ma santé ou de profiter d'un temps libre qui est rare aujourd'hui. J'ai écouté les uns et les autres, acquiesçant à chaque fois, mais presque comme s'il était question d'une autre personne. Je suis à ce point étranger à moi-même. Cette faiblesse hallucinante n'est rien d'autre que cette mort psychique qui me caractérise et contre laquelle je tente de lutter en me remplissant d'objets esthétiques. Au final, lorsque je lis un livre, parcours un musée, ou autre, je me dis que j'ai fait le bon choix, mais devant les autres je suis bien en peine de le défendre.

Pour retravailler, il aurait fallu qu'on vienne me chercher. Je suis difficilement capable de prendre une initiative de ce genre. D'une façon générale, j'ai peur du nouveau. Me lancer dans des études pour me préparer à quelque chose, cela, je peux le faire. Mais lorsqu'il est question d'affronter véritablement le problème, je recule. Quand ce problème est la question du travail, les choses deviennent impossibles. Je comprenais que c'était toute ma vie qui se trouvait mise en jeu. Alors j'ai préféré ne rien miser. S'abstenir est la solution de facilité.

Pour toutes ces raisons, la sortie de l'hôpital a été conditionnée par mon entrée dans un hôpital de jour. Je l'ai quitté au bout de quelques mois, à la veille de suivre des séances de psychodrame, thérapie qui m'intéressait pourtant. « *Dès que vous commencez à vous sentir bien dans un lieu, vous le fuyez* », me déclara mon conseiller référent. La vérité est que je n'arrivais pas à me lier avec les autres patients. Même en ce lieu protégé, je n'étais pas moi-même. Ma lâcheté, mon suivisme, induits par ce vain désir de ne pas me différencier des autres, sont trop grands.

J'ai connu ensuite une structure moins lourde, sorte d'hôpital hors les murs. Là, c'est-à-dire dans divers cafés, j'ai participé en particulier durant quelques années à un atelier d'écriture. Il était dirigé par une romancière et art-thérapeute. Je n'arrivais pas à écrire sur place, ou difficilement, mais il ne m'en a pas moins mobilisé toutes ces années. Contrairement à d'autres ateliers d'écriture auxquels j'ai pu participer, l'animatrice exigeait que notre texte soit retravaillé à la maison, tapé sur ordinateur et imprimé en plusieurs exemplaires de façon à ce que chaque participant l'ait sous les yeux, lorsque, la semaine suivante, il serait lu en public. Je crois que plus que tous les autres, je me suis livré à cette tâche avec passion. Je travaillais mes textes. J'y réfléchissais et les corrigeais sans cesse durant toute la semaine. Les autres participants trouvaient que je ne parlais pas assez de moi et que je me cachais trop derrière des allusions livresques. J'ai fini par m'ouvrir peu à peu, mais je n'ai jamais rien cédé quant à une certaine austérité de mon écriture. Je voulais en effet conserver à tout prix une rigueur de pensée apprise à l'université.

Parallèlement à cet atelier d'écriture, je voyais une fois par semaine un psychothérapeute. J'avais trouvé un équilibre avec une prise en charge très légère. Mais j'ai dû quitter cet atelier, tout simplement pour faire de la place à d'autres et l'excellent homme à qui je pouvais me confier est décédé quelque temps après. Je me suis donc retrouvé sans rien d'autre sur le plan thérapeutique que les prescriptions d'un médecin traitant que je ne voyais que de façon très espacée.

En 2008, après une autre bouffée délirante, j'ai dû alors entrer, sous l'insistance d'une psychologue, dans un nouvel hôpital de jour. Elle voulait éviter une répétition de ces crises. J'ai accepté. Mais j'ai paradoxalement plus de mal à supporter le statut de patient en hôpital de jour qu'en hôpital de nuit et jour. Il y a dans ces derniers une certaine forme de communauté. Elle existe moins dans les hôpitaux de jour et surtout mon sentiment d'appartenance à une communauté différente des autres (lycéens, étudiants, employés) est plus grand. J'ai honte de ce statut qui m'enferme dans un groupe dont je voudrais sortir, et dont tous les membres voudraient sortir. S'ils le pouvaient. Je voudrais tant avoir l'air occupé comme ces gens, lycéens ou cadres, que je rencontre discutant de leurs affaires. Mais je sais fort bien que pour moi sortir de l'hôpital de jour ne pourrait avoir lieu qu'au prix d'une solitude presque totale. Aussi, pour l'instant, je m'accommode d'une utilisation de l'hôpital de jour minimale en temps, mais dont je profite à plein. Après avoir déjeuné et parlé avec quelques amis d'infortune, je retourne m'enthousiasmer chez moi ou dans la ville, seul. Le plus souvent.

Tous mes choix sont respectés dans cet hôpital de jour et j'ai tout à gagner à y rester. Mais il n'empêche, d'un point de vue symbolique, j'ai quand même perdu un peu de ma liberté. L'atelier d'écriture qui se déroulait dans un café ne me donnait pas la même impression. Je m'étais tout aussi bien engagé à le suivre, mais le lieu était moins marqué. Étudiant à la fac ou surveillant dans mon lycée, j'entrais là-bas un peu comme sur mon territoire. Ce n'est plus le cas lorsque je me rends vers les locaux de l'hôpital de jour, qui me demeureront toujours étrangers. Mon ventre se noue un peu à l'idée de rencontrer mes semblables et je ne discute pas avec mon infirmière référente. Il n'y a rien à faire, je n'habiterai jamais ces lieux qui sont réservés aux malades. Au grand désespoir de ma psychiatre, je passe même mon temps à les salir, appelant par exemple « *salle d'attente* » ce qui a pour nom « *salon* ». Ce n'était pas du tout le cas du second hôpital où je suis resté de longs mois. J'avais parfaitement repéré la bibliothèque, la salle de sport et le restaurant. Autant que faire se peut, dans ma chambre, je me sentais chez moi.

Suis-je fainéant ? Je ne le crois pas, mais je me laisse emporter par mes passions. Pendant des années, la question s'est posée de ce que j'allais bien pouvoir faire l'année suivante. J'y ai répondu une première fois, après que j'eus quitté le premier hôpital de jour en m'inscrivant au Conservatoire des arts et métiers pour apprendre l'informatique. Je n'avais pourtant aucun goût particulier pour cette discipline, comme me l'avaient fait remarquer deux amis. Je ne voyais que la perspective d'une embauche facile. Et au rythme lent de l'hôpital a succédé un rythme effréné que je n'ai jamais retrouvé depuis. Mais seul le module de mathématiques pour informatique, le plus abstrait, m'aura intéressé. L'informatique a surtout été l'occasion de m'ouvrir sur la lecture d'ouvrages de philosophie parlant de la technique. Parallèlement je suivais un cours au Collège de France. Le dimanche soir, je n'aurais manqué pour rien au monde le

155

théâtre clown. Jamais je n'ai autant ri. Je m'étais enfin inscrit à un cours de taiji quan auquel je me rendais plusieurs fois par semaine, ce qui m'a ouvert sur la Chine. Ce fut là encore l'occasion d'autres lectures sur la culture et la philosophie chinoise et une rencontre avec une étudiante chinoise avec laquelle j'échangeais des cours de français contre des cours de chinois. J'ai maintenant compris que cette débauche d'énergie n'était qu'une tentative pour masquer le vide qui sommeillait en moi. L'année suivante, je m'inscrivis à l'université pour apprendre réellement le chinois, mais je me suis vite heurté à cette difficulté que représentait ma très mauvaise mémoire. J'ai abandonné très vite, plongeant de nouveau dans un état qui aurait pu virer à la dépression si je n'étais justement entré dans cet atelier d'écriture thérapeutique qui m'a permis de retrouver mon équilibre…

Avec tout le temps libre dont j'ai pu disposer, la partie loisirs d'un curriculum vitae pourrait confiner à l'absurde : taiji quan (depuis des années), théâtre, théâtre clown, théâtre en anglais, danse, danse butô, chorale, chant grégorien, dessin, photographie… Y ai-je pris du plaisir ? Sans doute. Mais un effet pervers de ma maladie fait que je cherche à utiliser la plupart de ces activités comme autant de moyens pour aller mieux. Je ne les pratique donc pas naturellement, innocemment. Tout se passe comme si j'avais intégré toute une logique hospitalière. À l'hôpital en effet des activités semblables m'ont été proposées, mais toujours en vue de me soigner. À l'extérieur je continue, mû par le désir de m'en sortir. Ce qui me différencie de pratiquants venus là principalement pour se détendre. Tel atelier d'écriture autre que thérapeutique est-il aussi pour moi effort de socialisation. Je ne peux que m'y rendre chaque fois avec une légère appréhension. Difficile dans ces conditions de me laisser aller comme les autres, de prendre un réel plaisir et d'agir en toute spontanéité.

Un traitement adapté

Toutes ces activités qui me permettent de me mobiliser n'auraient cependant aucune efficacité sans la prise quotidienne de médicaments. Sans eux, je serais littéralement happé par ce vide intérieur auquel je dois me confronter. Surviendrait sans tarder une bouffée délirante par où le sol s'effondre sous moi. Je disparaîtrais dans un gouffre sans fond où tout me fait signe. Depuis ma prise de conscience du fait que je souffrais de schizophrénie, j'ai enfin essayé de me repérer parmi toutes ces molécules. Mon savoir reste très empirique. C'est celui des effets secondaires : endormissement ou agitation, disparition de tel symptôme au profit d'un autre. J'essaie de conserver ma curiosité et de me rapporter à ces différentes substances en décrivant ce qu'elles m'apportent et ce dont elles me coupent.

Je passe sur trois régulateurs d'humeurs que j'aurai connus. Ces médicaments ont commencé à m'être prescrits en 1993 après ma seconde bouffée délirante. La seule prise d'un médicament de cette classe ne pouvait m'aider en rien quant à l'ouverture aux autres. Comme je m'en plaignais à mon psychiatre qui me suivait lors de mon année de stage documentaliste, ce dernier décida que j'y adjoindrais un antidépresseur. J'entends encore ses paroles : « *On ne peut pas vous laisser comme ça !* » Cette molécule n'a agi pour moi que comme coupe-faim. J'arrêtai très rapidement d'en prendre. Tout autre antidépresseur aurait favorisé le délire que le régulateur d'humeur ne prévint pourtant pas. En 1996, à la fin de mon année de stage, je délirai à nouveau. Pourtant ce n'est qu'à ma quatrième bouffée délirante, survenue brutalement sans raison apparente en plein mois de juillet 1997, que je dus prendre des neuroleptiques dont j'ignorais alors à peu près tout.

Je sortis donc avec deux médicaments à prendre. Je m'en accommodais assez bien, mais, trois années plus tard, une psychiatre à qui je me plaignais de me sentir l'objet de propos divers dans la rue, la plupart du temps très désobligeants, décida que je devrais changer de neuroleptique. C'est là que j'ai appris le mot « *idées de référence* » ou « *de persécution* » et découvert l'olanzapine. Les symptômes se sont si bien atténués qu'en accord avec un autre psychiatre, je suis entré dans un jeu dangereux. Les doses de régulateur de l'humeur et de neuroleptique furent réduites à leur minimum, voire même, par deux fois, à zéro, pour l'olanzapine. Mon psychiatre voulait voir ce qui se passerait. La vérité me force à dire que cela ne s'est pas très bien passé ! J'ai connu en 2003 et 2008 deux autres bouffées délirantes qui m'ont conduit pour de très courts séjours à Sainte-Anne. En 2010, autre rechute, je n'ai pas vu venir cette dernière. Je ne dormais plus et ne trouvais pas le sommeil malgré une augmentation de mon traitement. Ensuite ce fut trop tard. Le reste du temps cependant, je me débrouillais fort bien avec ce traitement réduit au minimum. Lorsque, après une nuit sans sommeil, enthousiasmé par des idées diverses, je m'apercevais que je ne trouverais pas plus le sommeil le lendemain, j'augmentais la dose et prenais un somnifère et tout rentrait dans l'ordre. « *Vous vous connaissez remarquablement bien !* » m'affirmait ce psychiatre. J'aimais ce mode de fonctionnement qui semblait me rendre maître de ma maladie. Deux fois, en 2006 et 2009, j'ai même connu l'ivresse d'entrer quelques heures dans le délire et de m'en extraire tout seul. Je me souviens très bien d'un matin où, sortant dans la rue, je me suis dit qu'il était impossible, même en étant suivi par tout un réseau, que tant de personnes puissent être rassemblées si vite en même temps pour moi seul. Ne restait que le seul hasard. J'avais vu toute la production délirante que je mettais en œuvre.

À Sainte-Anne, après ma dernière bouffée délirante, il a été décidé à ma place que je ne verrais plus ce psychiatre. Une autre psychiatre l'a remplacé. Exceptionnellement j'avais une chambre à moi et je savais que je sortirais de l'hôpital au bout de quelques jours. L'excitation maniaque continuant à agir, j'étais donc parfaitement heureux dans ce pavillon. Mais j'ai vite et d'un coup perdu mon sourire. Cette jeune psychiatre m'a annoncé brutalement un jour en effet que je ne pourrais dorénavant reprendre le traitement minimum que j'avais avant mon entrée. Durant six mois, après ma sortie rapide, elle s'est montrée intraitable, mais je lui ai fait comprendre que la vie que je menais était encore moins une vie que précédemment. Si je continuais à lire un peu, je n'avais plus d'idées ni aucun enthousiasme pour d'autres activités comme me rendre au musée ou dans des galeries. Mon marasme n'était presque plus ponctué de moments d'enthousiasme. Une fois rentré de l'hôpital de jour, je n'arrivais même plus à écouter la radio et m'endormais très rapidement pour tout l'après-midi. Mes journées étaient donc réduites à presque rien et je regardais de plus davantage la télévision. J'étais en train de devenir complètement passif et cette

161

psychiatre me demandait de tenir encore une année. Du moins n'excluait-elle pas que je reprenne un jour mon traitement précédent. Elle comprenait enfin que le risque d'une bouffée délirante valait peut-être la peine d'être pris par rapport à la certitude d'une vie par trop ralentie.

Le traitement résiduel d'olanzapine que j'avais connu durant de nombreuses années supprimait presque toute idée de référence, mais non, par moments, ce que j'appellerais des « *signes* », c'est-à-dire des sensations de hasard objectif. Les gens ne parlent pas de moi, mais j'ai parfois l'impression de me retrouver au centre d'un réseau d'images où tout fait (un reportage à la télé, le titre d'un journal…) semble illustrer ce que je pense à l'instant. L'excitation est très grande, mais le risque est grand de se sentir réellement victime d'une machination. J'aimais lorsque je n'avais pas dormi, et à la veille d'augmenter mon traitement, m'approcher de plus près de ce phénomène étrange en veillant à ne pas tomber dans le piège de me prendre une nouvelle fois pour un génie ou l'élu de l'humanité. Avec le remède de cheval que j'ai dû subir, tous ces signes comme toutes les idées de référence ont été évidemment écrasés, mais au prix de ce que j'appellerais une mort psychique. J'étais sans enthousiasme aucun, n'avais plus aucune idée, sauf celle de me défaire de ce traitement. Et c'est moi qui, grâce à la rencontre d'une amie ancienne interne en psychiatrie et schizophrène elle-même, ai proposé à ma nouvelle psychiatre d'essayer une nouvelle molécule : l'aripiprazole.

Elle est en train de changer ma vie. Je suis de nouveau plus actif et apte à m'enthousiasmer. Mais cet enthousiasme ne devrait pas me porter vers la bouffée délirante, puisque la dose de neuroleptique est théoriquement assez puissante pour cela. Je ne vois plus de signes. Je dirais presque : « *Hélas !* » Ce traitement serait donc parfait si un effet secondaire inattendu n'était survenu : la réapparition des idées de référence et de persécution. Je dois de nouveau faire face à cette sensation désagréable d'être l'objet de propos d'autrui. J'en ai pris mon parti. Je ne tiens nullement à revenir à l'olanzapine. Je préfère lutter contre ou plutôt tenter de me relâcher par des techniques de respiration inspirées du taiji quan et de la méditation en pleine conscience. J'aurais préféré l'absorption quotidienne du médicament idéal sans aucun effet secondaire. Mais puisqu'il est encore apparemment impossible à trouver, je préfère redevenir l'acteur de ma maladie. Reste cette question que je me pose. Qu'en serait-il d'un délire éventuel sous aripiprazole ? Il devrait être atroce ! Il est plus facile de se sentir au centre d'un réseau destiné à révéler votre génialité que l'objet de persécution par une foule anonyme.

Vers une résilience ?

Je reviens de loin. De vingt-deux ans à quarante-quatre ans, il m'aura fallu, pour ainsi dire, vingt-deux années pour prendre la mesure de l'étendue de mon problème. En ce sens ma première bouffée délirante serait une chance. Sans elle j'aurais pu passer le reste de mon existence inconscient ou me refusant à admettre que je marchais à côté de mes pompes. Non pas que mes compétences sociales se soient beaucoup améliorées, mais depuis 2008, je ne cherche plus à vivre une autre vie que la mienne, toute autre vie que la mienne. La chose n'est pas venue subitement. Je ne me suis pas dit un jour qu'il fallait que je commence enfin à vivre ma vie. J'ai encore à lutter contre le ressentiment. Mais je crois cependant que durant cette vingtaine d'années, je n'avais conscience que de mon indignité. Je me projetais alors dans ces personnes qui me semblaient avoir réussi leur vie, parce que pourvue d'un métier, affichant leurs passions, parlant de leur cercle d'amis ou de leur famille. J'aurais voulu faire comme elles, avoir leur vie. On peut aussi concevoir ce sentiment de jalousie comme un progrès par rapport au début de mes années d'études où je n'imaginais rien, même pas la vie des autres.

Je progresse dans ma lutte contre ce ressentiment. Preuve en est qu'il y a deux ou trois ans, je me suis surpris à lire enfin avec un réel enthousiasme des poètes et des philosophes dont mes amis partageaient les idées dès l'adolescence. Je n'avais jusqu'ici pu les apprécier complètement sachant que si j'adhérais formellement à leurs idées, j'étais incapable de les partager réellement. La conscience d'un sentiment de tristesse chez moi rendait impossible l'adhésion à la joie qu'ils défendaient. Tout se passe comme si je me trouvais enfin en phase avec la façon dont mes amis lisaient ces mêmes auteurs à l'époque où nous étions à l'université.

J'ai trouvé un équilibre. Parallèlement à mes lectures et à mes sorties, je suis régulièrement des cours de taiji quan et si cette activité fut au début surinvestie, au point de devenir un des thèmes de mes dernières bouffées délirantes, je m'adapte maintenant à mes possibilités physiques réelles. Je n'acquerrai jamais une grande souplesse et un sens de l'équilibre comme les meilleurs. Tant pis !

Cet équilibre passe aussi par un investissement, minime il est vrai mais réel, dans cette association ayant pour but de lutter contre la stigmatisation de la schizophrénie. Ma mission consiste essentiellement à accueillir des malades ou des parents à la Maison des usagers de Sainte-Anne. En partageant mon expérience avec des personnes concernées par la maladie, j'apprends aussi beaucoup moi-même sur la schizophrénie. En un autre lieu, pour le compte de cette même association, il m'arrive aussi d'animer un petit atelier d'écriture. J'ai pour ambition de le développer. C'est une façon pour moi de renouer, de manière plaisante, avec mes études et mes anciennes fonctions.

Si je me laissais gagner l'enthousiasme, je dirais volontiers que j'ai mis fin à une période où je répétais stérilement mon passé.

Aujourd'hui je le reprends. Tout ce que j'avais appris peut enfin me servir. La différence que je fais entre répétition et reprise est celle de tourner en rond et de se projeter vers l'avenir. Aujourd'hui je veux aller de l'avant. Cela passe sans doute par la rupture avec des distinctions si tranchées. Je sais fort bien que ce qui me mena à ma dernière bouffée délirante fut justement la distinction rigoureuse entre ces deux concepts. Je crus encore une fois prendre mon envol vers une nouvelle vie. Aujourd'hui je sais que je dois composer avec mon passé et ma maladie, même s'il est difficile d'avouer que l'on est schizophrène et en invalidité. Ce terrible secret aurait plutôt tendance à vous enfoncer un peu plus dans le mutisme et à vous empêcher de nouer de nouvelles amitiés. Je le sais par expérience. Alors pourquoi pas ne pas dire tout simplement que je souffre d'une schizophrénie comme d'autres souffrent d'autres maladies ? Cela me permettra enfin de parler de moi et de ce que je fais. Comme tout le monde.

Août 2011

Annexe

LIVRES

La biographie à la française de Michel Crouzet

Stendhal le tagger

PAR PASCAL QUIGNARD

Il n'a jamais été question pour l'auteur du « Rouge et le Noir » d'écrire bien, mais de graffiter furieusement dans les marges

Qu'est-ce que faisait Stendhal le 14 juillet 1789 ? Il émerveille le grand-père Gagnon en écrivant son nom sur les plâtres des cloisons. Son grand-père lui dit : « *Comme un Romain sur un arc de triomphe.* » Puis ce furent les bretelles, les ceintures, l'intérieur des pantoufles, les marges des livres. Ou encore à Pompéi, dans le temple d'Isis. Qu'est-ce qu'un graffiti ? Une inscription griffonnée à la main sur un mur. Qu'est-ce qu'un tag ? Un graffiti qui invente son écriture pour mieux sceller sa conjuration sur les monuments du pouvoir et imposer la marque d'un nouveau nom inaltérable. Michel Crouzet a ajouté à l'œuvre de Stendhal un roman : la biographie qui aurait fait plaisir au principe de plaisir. Ce livre est magnifique. Et si c'est le meilleur de Crouzet, ce n'est pas le moins bon de ▷

7-13 JUIN 1990 / *133*

169

Stendhal. C'est le contraire d'une biographie à l'américaine comme font les rats. Il ne s'agit pas de ronger et ruiner un souvenir, dans l'exactitude que la haine seule sait nourrir et dans la sagacité dont cherche à faire preuve l'inspecteur qui se venge de sa condition. Il s'agit de revisiter une vie dans l'exaltation pour s'unir à la pensée de celui qu'on admire. La thèse de Crouzet est simple : Stendhal n'a pas « vécu » sa vie, il l'a « voulue » comme celle d'un héros qui livre une bataille contre la mélancolie et la mort. L'imagination élargit le réel comme le bonheur le soulève, comme la passion le précipite, comme la haine l'accélère. La vie de Stendhal racontée par Crouzet, c'est le « Roland furieux » suivi à la lettre, c'est le Paradis de Dante en marche, c'est la joie de la Causa sui de Spinoza en acte.

Michel Crouzet montre à quel point la « Vie de Henry Brulard » est loin de l'autobiographie ; ce sont les Enfances d'Héraclès ; comment j'ai mordu le sein d'Héra, comment j'ai étranglé les serpents dans mon berceau avec mes poings nus, comment j'ai tué avec un tabouret mon maître de musique, comment j'ai coupé le nez des habitants d'Orchomène et les ai enfilés sur une corde.

Qui est Stendhal ? C'est d'abord un enfant qui dit tout le temps non avec une tête énorme et beaucoup de joues. Il mord qui demande à l'embrasser. A 5 ans, le 7 juin 1788, il est à la fenêtre avec son grand-père et ils applaudissent en voyant couler le premier sang de la Révolution. Il ouvre son premier livre, c'est l'Arioste ; le « Roland furieux » fut sa première et sa définitive lecture. Lorsque son père lui annonce, la figure défaite, la décapitation de Louis XVI, il est ivre de joie. Death of father. Il écrira plus tard qu'il n'a jamais eu le cœur comblé par une jouissance aussi pure que celle du 28 janvier, au point qu'il avait fermé les yeux de bonheur. Il se met à réciter la liste des tyrannicides. Il est amoureux fou de Charlotte Corday. Dans l'Arioste, Charlemagne avait promis Angélique au guerrier le plus brave. Un petit Grenoblois orphelin dit dans sa langue secrète : « *Je serai le guerrier le plus brave. Je prête serment que je tuerai tout ce qui est triste et qui rapproche de l'enfance. Il faut sortir de l'enfer de l'esclavage.* » Le 3 novembre 1799, il monte dans la diligence pour Paris. Son père l'embrasse avec des larmes aux paupières, l'adolescent hausse les épaules et détourne la tête. A l'étape de Nemours il apprend le coup d'Etat : enfin un jeune homme de la bande, un zoulou, est premier consul.

Le projet de Ludovico Ariosto, c'était la France devenue Italie, l'intrigue prestissimo, les héros qui couvrent les rochers, les grottes, les vitres, les arbres de leurs chiffres, la passion énergique et merveilleuse. Toute sa vie Stendhal s'est référé à l'anneau d'Angélique. Chaque fois qu'on lui arrache ses vêtements qu'elle est sur le point d'être violée, elle s'ôte du doigt, le met dans sa bouche et disparaît plus promptement que l'éclair. Tous les héros, sexe dressé, étreignent l'air tandis qu'invisible elle rit et les voyant la mendier, mange des poulets qu'elle vole dans les fermes, dort dans le lit des autres, se met nue dans les ruisseaux, s'empare des chevaux et fonce. Crouzet à chaque page administre les preuves de sa thèse : c'est la vie elle-même de Stendhal qui est soumise à un conte imaginaire où il tient le rôle fabuleux. Quand il découvre l'Italie avec l'armée de Napoléon, il entre dans le jardin d'Armide. A 17 ans, habit vert, des revers écarlates, un casque doré. Il est comme l'Arioste devenu lui-même capitaine du duc Hercule terrassant les

Henri Beyle, dit Stendhal (1783-1842), en consul, par Valerio Silvestro

bandes qui hantaient les forêts des Apennins. Le 27 mars 1811 il conseille à sa sœur d'inscrire au diamant sur une vitre de Thuellin : « *Nous ne sommes pas de la même espèce que ces animaux.* » De même, quand la folie furieuse l'entraîne vers Métilde, le 2 janvier 1829, il achète des lunettes vertes en se persuadant qu'elles vont le rendre aussi invisible qu'Angélique. Le 3, il débarque à Volterra muni de ses lunettes : Métilde le reconnaît quand même, le repousse. Il lui dit qu'il est là par hasard. Elle lui demande : « *Qu'est-ce que c'est que ces lunettes vertes ?* » et l'injurie. Il trottine tout embêté au bas de la ville dans les grands bosquets de chèvrefeuille qui embaument.

Toute famille est un tombeau qui cherche à reproduire ses morts. La pensée de Stendhal est celle d'Œdipe le tyrannicide. Tout est binaire :

Toutes les préfaces qu'a rédigées Stendhal s'ingénient à éveiller l'hostilité du lecteur

tyran contre tyrannicide, père contre fils, noir contre rouge, vieux contre juvénile. D'un côté l'ordre, la religion, l'Etat, le style académique, Grenoble, les Beyle, les honneurs, être dupe, pleurnicher, Rousseau, la peur. Du côté du fils : Brutus, la Révolution, les gribouillages dans les marges des livres, Milan, les Gagnon, les coups de folie, n'être la dupe de personne et de rien, être gai, Shakespeare, la vie vitalisée.

De là le style tag. Il n'est pas question d'écrire bien, c'est-à-dire comme un père, comme un procureur, comme un vendu. Dans la famille le moi est toujours un égaré, un affolé dont on exige la sujétion volontaire. Le tagger est un Roland qui pourfend les graffitis des bandes rivales. Qu'est-ce qui rendit Orlando *furioso* ? A l'instant où, dans une prairie, il s'approche d'une rivière pour faire boire son cheval, Roland voit par hasard l'écorce des arbres couverte des chiffres et des lettres entrelacés d'Angélique et du pâle Médor. Il regarde les rochers : couverts de la marque. Il entre dans la grotte : toute la voûte empreinte de leurs noms à la craie, à la pointe du couteau et au charbon de bois. Il pénètre dans la chaumière : les portes, les fenêtres répètent sans cesse leurs signatures. Alors Roland devient fou, se met tout nu, sort Durandal : arbres, grottes, rochers, cloisons, il fracasse tous les tags qui les ornent, arrache la tête des paysans, etc. On n'est plus à Ferrare en 1516. On n'est plus à Milan en 1811. On est à Los Angeles ou à Paris en 1990.

Quelle est la théorie du tag selon Stendhal ? Le tagger se méfie comme de la peste du langage convenu et de son inscription conventionnelle : c'est encore un tyran imposé au langage self. Il faut mettre au point une langue de tyrannicide, où le langage établi soit écorché et s'approche le plus possible de la cryptographie, de la signature anarchique, du mot de passe qui fait entrer dans l'insubordonnable, dans l'exclusivité farouche entre soi et soi. Toute sa vie Stendhal fut un Roland furieux. Il fut un enfant à l'étude, la tête penchée, la lèvre protruse, absorbé par la tâche d'un essai de signature, d'un barbouillage, d'un cryptogramme, d'un rébus, d'une anagramme, d'un sabir, suroccupant les marges et les versos des pages de petits dessins. Il y a deux lignées du roman moderne : Flaubert contre Stendhal, c'est-à-dire Cervantès contre l'Arioste. Celui qui casse le roman de chevalerie contre celui qui le porte aux nues. La déconstruction pleine de ressentiment face à la renaissance des contes et de tout ce qui privilégie l'imaginaire. Le lento, la méfiance, la mélancolie contre le prestissimo, la foi et la chasse au bonheur. C'est la moribonderie contre la furibonderie.

Je commence seulement à m'expliquer la violence de l'emportement de Flaubert contre Stendhal. Il haïssait l'homme, il exécrait son style. Il l'appelait en pinçant les lèvres : « *Monsieur Beyle.* » En avril 1880 Zola confia au « Voltaire » que tous les amis, y compris lui-même, les Goncourt et Tourgueniev, en étaient venus à éviter de prononcer le nom de Stendhal devant Flaubert. Pour Sainte-Beuve, pour Mérimée, pour Ampère, pour Custine, pour Ingres, pour Constant, Stendhal était un essayiste et un bel esprit mais ils n'évoquaient qu'avec beaucoup d'embarras le fait qu'il eût écrit des romans. Les arguments de la presse à la sortie des livres de Stendhal étaient constants : le style passait pour vieillot, subtil, quintessencié, gourmé, prétentieux ; et la conception qu'il se faisait du roman paraissait réactionnaire, XVIIIᵉ siècle, sèche, cynique, voltairienne. Un critique le traita même de « versaillais ». George Sand était scandalisée par tant de cynisme. Victor Hugo a jugé l'homme : « *Un homme d'esprit qui était idiot* », et a porté ce jugement sur « *le Rouge et le Noir* » : « *Cette chose informe rédigée en patois.* »

Il est vrai que ce n'est pas séduire que veut le tag : c'est blesser. C'est laisser une trace. Plaire, ce serait s'intégrer. Toutes les préfaces qu'a rédigées Stendhal s'ingénient à éveiller l'hostilité du lecteur. L'animosité et la malveillance avec lesquelles ce qu'il écrivait était accueilli l'emplissaient d'enthousiasme comme s'il ne cherchait au monde chose au monde : un certificat de non-ressemblance. Stendhal traversa le XIXᵉ siècle comme un Monsieur Perrichon ou un Monsieur Prudhomme. Il se ruina en redingotes olive et en culottes de casimir noisette. Il s'empiffra de café et de punch, souffrit d'hémorroïdes, considéra la musique comme le seul amour dont la durée fût sans usure. Il n'a jamais écrit sous son nom. Il n'a jamais écrit pour son temps mais pour un tribunal de modèles intérieurs (Que penserait Cimarosa ? Que penserait l'Arioste ?).

On peut faire mieux que des lunettes vertes pour être vu sans être vu. Cela s'appelle prendre un pseudonyme. Voltaire en a 160 pseudonymes. Crouzet, à ce jour, a répertorié 347 pseudonymes de Marie-Henri Beyle. Il ne s'est appelé Beyle que sur sa tombe – et en mentant sur son prénom et sur le lieu de sa naissance. Le nom secret de Beyle, c'est Werther. C'est l'ennemi absolu. C'est la tristesse. Un homme a caché son chagrin à force de joie et supplanté sa laideur à force d'esprit.

Il vieillit mal et déprimé. Un derrière d'éléphant, un ventre devenu une poire, un toupet postiche et teint. Il dut se faire faire sur mesure un fauteuil par un maître ébéniste qui coûta 150 francs. Parfois il retournait le fauteuil et sculptait au couteau autour des clous de cuivre « *SFCDT* » (se foutre carrément de tout). On dit qu'Alexandre lui-même, dans Babylone, fut saisi de la frayeur de la mort à en perdre le souffle.

En septembre 1835, au-dessus du lac d'Albano, près d'un petit mur rond, avec le bout de sa canne, dans la terre qui est sous le banc, Stendhal trace les douze initiales des femmes qu'il a aimées durant sa vie. Il a la goutte et la gravelle. Il commence à tomber. Il ne parvient plus à gravir les marches du consulat. Il a des moments d'aphasie et des vertiges. Il écrit : « *Je trouve qu'il n'y a pas de ridicule à mourir dans la rue quand on ne le fait pas exprès.* »

En 1831 il avait formé trois souhaits : « *Etre réimprimé en 1900, avoir 6 000 francs de rente, tenir le secret de bander à jour fixe trois fois par an.* » Le 10 avril 1840, il finit le dernier livre qu'il ait achevé, « les Privilèges ». C'est l'adieu à l'Arioste : « *Vingt fois par an le privilégié pourra se changer en l'être qu'il voudra. En serrant une bague à son doigt il rendra la femme qu'il désire amoureuse. Il jouera parfaitement au whist. Quatre fois par an il pourra se changer en l'animal qu'il voudra. Il pourra tuer dix êtres humains par an. Tous les jours à 2 heures du matin le privilégié trouvera dans sa poche un napoléon d'or. Un drapeau indiquera au privilégié les statues cachées sous terre...* »

« Les Privilèges » sont du 10 avril 1840. Le 28 septembre, il compose l'état définitif de la pierre tombale : « *Arrigo Beyle Milanese, Visse, Scrisse, Amo.* » Cette signature est du « faux monnayeur vrai » disposé comme une carte à jouer. C'est l'ultime tag. Un gros homme tombe rue des Capucines dans l'imaginaire pur.

PASCAL QUIGNARD

« Stendhal, ou Monsieur Moi-même », par Michel Crouzet, Flammarion, 798 pages, 179 francs.

Pour aller plus loin

BOURGEOIS, Marc Louis. *Les schizophrénies*. Paris : PUF, 1999. (Coll. Que sais-je ? dernière édition 2011.)

BOTTERO, Alain. *Un autre regard sur la schizophrénie*. Paris : Odile Jacob, 2008.

FRANCK, Nicolas. *La schizophrénie : La reconnaître et la soigner*. Paris : Odile Jacob, 2006.

Site Internet : Schizo ? Oui !

Association souhaitant faire connaître la schizophrénie. Présente ses activités et publications. Paris (75), France.

www.schizo-oui.com

Sommaire

SUCESOS DISPERSOS

Óscar Millán Vivancos

© 2017

Editado por Ediciones Alféizar

C/Francisco de Borja Pavón 1 - 1º - 2

14002 - Córdoba - España

Telef.: 34 600 792 762

Diseño portada. Enrico Pitton

Email: edicionesalfeizar@hotmail.com

Web editorial: www.edicionesalfeizar.com

ISBN: 13-978-84-947409-4-7

Depósito Legal: CO 1573-2017

A Mallorca y sus habitantes

ÍNDICE

NEREA NO SONRÍE

Aviso: esto no es el Diario de Bridget Jones. Segundo aviso: esto no es el Diario de Anna Frank. Tercer aviso: tampoco es esto el diario de Anaïs Nin. Esto (diario o lo que sea) es de Nerea, una servidora.

No me baja la regla. Llevo retraso. Tenía que haberme bajado ya hace un par de días y nada. No quiero pensar en lo peor. Claro, con Nacho hay mucha cosa, últimamente (por no decir que no paramos). Y claro: mola mucho la marcha atrás. (A él, él controla). Por ahora no quiero decirle nada. No quiero preocuparle. Bueno, realmente la única preocupada soy yo. Tal como es él posiblemente empezaría a dar saltos de alegría: le encantaría ser padre. Ya nos ves: los dos sin un duro, y con diecisiete años. No somos ni mayores de edad todavía, pero me juego lo que quieras a que Nacho estaría contento si supiese lo que me pasa. Qué horror. Qué fuerte.

¿Cómo le contaría a alguien cómo es mi país, cómo es la sociedad en la que vivo? Me refiero a alguien que no es de aquí, o que sí que es de aquí, o lo será, pero que aún no es de ninguna parte. Por intentarlo… No se puede describir como si fuese de un modo único. Es decir: algunas personas son de un modo, y otras son de otro. De hecho, pueden ser opuestas y mucho, unas a otras, hasta el punto de provocar una guerra civil que dure incluso tres años. Al menos lo fueron, fueron así. En ese sentido este es (o fue) un país dividido. Hay cosas que se pueden contar, pero que, si lo piensas, es difícil imaginarlas. He oído hablar a los más viejos (a mis abuelos) de cosas como las cartillas de racionamiento, y alucino. Alimentarse de unas pocas cosas, y que te tengan que durar una semana, o los días que sea… Sabemos cosas, pero son difíciles de imaginar. Eso de vivir en un país donde lo normal era todo eso debe ser muy raro. También oí hablar de que a los bebés se les daba torrijas con vino. ¿Me han traicionado mis recuerdos u oí de verdad aquello alguna vez? Y si era así, ¿para qué era?, ¿para que se durmieran y no llorasen, o para qué?

Todo me parece muy fuerte, muy raro. Oír hablar de bestialidades, de hombres que atacaban, o asesinaban a miembros de las familias ricas (solo por esa razón: porque eran gente adinerada) y se jactaban de ello ante los miembros restantes, o niños, o más o menos niños, que participaron en la guerra, "La Quinta del Biberón", donde podía haber chavales de dieciséis años, por ejemplo... Que algunos tuviesen que renegar de sus amadas ideologías o demostrar que no eran aquellos a quienes estaban buscando, para salvar la vida... Todo eso pasaba, realmente. En fin: oyes historias pertenecientes a diferentes maniqueísmos. Unos te explican que los otros eran unos criminales monstruosos, y los otros te explican exactamente lo mismo (pero al revés: que los malos eran los buenos, y que los buenos nunca lo fueron).

Todo esto le contaría a alguien... por ejemplo, si fuese a haber alguien a mi lado desde ya hasta el resto de mi vida (o sea: hasta que se independice, claro, cada cual quiere buscar su camino en cuanto tiene su oportunidad). Al grano: como me haya quedado embarazada y haya ya un ser dentro de mí, puedo ir comenzando a ensayar mis explicaciones acerca del mundo en que vivimos. (Y eso estoy haciendo).

... Y el padre desaparecido. La hora que es y Nacho que todavía no me ha llamado. Eso es que debió salir con algún amigo ayer noche. Habrá estado de marcha, se debió encontrar con alguien y se fue a hacer unas cervezas por ahí... Y está sobando todavía a estas horas. Anda que no... Seguro. Y yo con estos nervios... Qué fuerte.

¿Qué pasará en cuanto le cuente a Nekane lo que me está pasando?: Que hará una lista de clínicas abortistas que encontrará en internet, me cogerá de los pelos y me llevará a alguna de ellas a que me saquen lo que sea. ¿Qué pasará en cuanto se lo cuente a Federica? Que me llevará de compras, ilusionada, a visitar tiendas pre-mamá. Estoy hecha un puto lío, ¡Dios mío! Que solo tengo diecisiete años, ¡que no estoy preparada todavía para estos trotes! Jolín.

Y tú duermes ajeno a todo, como tu padre. Y yo aquí hablando con no sé qué. ¡Me estoy ya volviendo majareta y esto no acaba ni de empezar!

El mundo podría ser mejor de lo que es. Tu madre no es una conformista. He ido a alguna manifestación con Nacho (tu padre) y hemos gritado un poco. Nos hemos quedado afónicos alguna vez luchando por el planeta, para que puedas vivir en un mundo que todavía sea bonito y acogedor.

UNA DOCENA DE HUECOS

A veces alguien me pide que le cuente una anécdota. Repaso mi infancia con la memoria ágilmente y le cuento algo divertido que recuerdo al respecto. A veces es algo simpático que ocurrió debido a una situación en que aparecían expresiones ambiguas. Lo humorístico se puede producir debido a pequeñas equivocaciones. Una letra basta.

Cuando era pequeño, un día mi madre me apuntó algo en un trozo de papel, y me dio dinero. Quería que le hiciese un recado: me enviaba a la tienda de ultramarinos de la esquina a comprar. Bajé por las escaleras, que para bajar las prefería al ascensor, y salí a la calle. Enseguida llegué al pequeño y antiguo comercio. Al llegar allí y ver la nota que yo le mostraba, el tendero se fue pensativo a la trastienda a buscar alguna cosa, murmurando:

—No sé muy bien a qué se estará refiriendo esta buena mujer...

Pero aquel señor hizo lo que buenamente pudo, como veréis. Me trajo doce objetos diversos: una pieza de madera, otra de metal, una bolsa de plástico abierta vacía, una pelotita de ping-pong, etc. Puso las piezas de madera y metal delante de mí sobre el mostrador y dándoles golpecitos, me dijo:

—¿Ves cómo suenan? No hay nada dentro, solo aire... Están huecas por dentro.

—Sí... Ya...

Yo pensé que me estaban explicando algo raro y no entendía demasiado bien de qué se trataba. El comerciante, seguidamente, me dio un ticket y me cobró. Realmente parecía dudar, como si no supiese cuánto debía cobrarme, pero al final simplemente aceptó las monedas que yo le ofrecía. Volví a casa con todo aquello en los bolsillos y en cuanto llegué lo puse todo sobre la mesa de la cocina. Mi madre me puso cara rara en cuanto vio los objetos que yo acababa de adquirir para ella.

—¿Qué es todo esto? —preguntó.

—Lo que tú me has pedido —respondí yo encogiéndome de hombros.

—¿Yo? —su expresión era de asombro total.

Para colmo, llegó mi padre en ese momento, y nada más llegar se cayó en un agujero nuevo que había junto a la puerta de la sala de estar.

—Pero, hombre… ¿Por qué, de repente, hay un hueco aquí? —protestó mi progenitor levantándose.

Mi madre me pidió su nota, la que me había escrito para mandarme a comprar… y entonces, con ayuda de mi padre que era un fenómeno para resolver acertijos, comprendió el malentendido y todo lo que estaba ocurriendo a consecuencia de ello: ella lo que quería que le trajese era una docena de huevos, pero con las prisas había escrito: "una docena de huecos". Claro, ya lo entendí: el tendero no me dio huevos, sino huecos: agujeros, cosas huecas (una bolsa vacía, una pelota de ping-pong, un trozo hueco de madera…). Por suerte yo no había tirado el ticket. Así que mi madre bajó con todo aquello a la tienda, y pudo devolver esas cosas y cambiarlas por los huevos nuevos de gallina que ya necesitábamos en casa. Años después alguien me explicaría que "c" y "v" eran fonemas distintos, que intercambiándolos daban lugar a palabras distintas: una cosa son huevos, y otra huecos. Incluso el granjero puede encontrar cada mañana nuevos huevos de sus ponedoras, y esos huevos son siempre nuevos, pero también "huevos" y "nuevos" son palabras distintas, aunque solo las diferencie una letra. Moraleja: hay que fijarse bien en todo lo que se hace para no meter la pata.

EL MÁS SATISFECHO DE LOS HUÉSPEDES

El contraste era increíble. No parecía real. De día aquello era un caos, aparentemente. Cada verano iba a la isla más gente que el verano anterior, y de día los hoteles se veían tan transitados, y con tanto movimiento, como los grandes centros comerciales de la ciudad. ...Y, sin embargo, de noche... al menos allí, no se veía ni un alma. La tranquilidad era asombrosa.

Aquel huésped llevaba ya un largo par de años viviendo en aquel cuatro estrellas de primera línea de playa. Pasaba allí la temporada turística entera, desde que se abría el establecimiento hasta que lo cerraban para que sus empleados descansasen unos pocos meses. Se estaba muy a gusto, y el trato era bueno, de primera. Nuestro amigo se relacionaba principalmente (o únicamente) con algún trabajador del comedor, del turno de mañana, y con el conserje de noche. Ellos parecían entenderle más que nadie. Lo cuidaban con ganas. Se podría decir que lo mimaban.

De día se llenaba la zona de la piscina de turistas, así que este huésped, el más satisfecho de todos, el que más tiempo entre todos ellos pasaba anualmente en el hotel, huía del bullicio deambulando por el paseo de la playa hasta que llegaba la noche. Y, claro, tras el deambular, el hambre acecha, y, sigilosamente, uno se puede meter en el comedor cuando ya no hay comensales, a ver si hay algo por el suelo, e incluso en la cocina, una vez se han ido ya los cocineros, los ayudantes de cocina, los pinches y el fregaplatos.

Se acercó al hotel. Tenía hambre, como cada noche. Y allí estaba, como siempre, el conserje nocturno, recogiendo algunos vasos y ceniceros sucios que habían quedado sobre las mesas de la terraza. Esperó a que el chico volviese hacia recepción y entonces se tumbó sobre una de las hamacas vacías para hacer una siesta. La temperatura era agradable, y se podía estar muy a gusto durmiendo fuera.

Un par de horas más tarde, aprovechó que la puerta de cristal que daba salida a la piscina estaba abierta para refrescar el hall del hotel, y se coló dentro para pedir algo de cenar. Como no había nadie por allí, aparte del recepcionista de noche, nadie repararía en unos maullidos fuera de contexto.

El joven se dirigió al gran comedor. Allí echó una ojeada a las mesas vacías en las que habían cenado las últimas llegadas del día, buscando algo que poder dar a su amigo. Recordó haber visto gente que los alimentaba con restos de embutidos blandos, así que cogió algunos trozos de mortadela y de lonchas de pechuga de pavo que habían sobrado de las cenas frías y aún ocupaban los platos, y los colocó en un cenicero limpio, que iba a usar a modo de comedero. El felino lo estuvo siguiendo, muy pegado a él, desde el comedor hasta la zona de la piscina y las hamacas. Y se puso a comer el sabroso regalo, tan glotón. Estaba muy rico. Allí estuvo alimentándose hasta que oyó maullar a una gata en celo al otro lado de la piscina y, olvidándose repentinamente del manjar de charcutería, se fue hacia ella. El recepcionista nocturno suspiró al comprender la escena y recogió el cenicero con las sobras antes de que pudiera verlo algún cliente. Tiró los restos alimenticios en el cubo de los desperdicios de la cocina, frotó una servilleta de papel por dentro del cenicero para limpiarlo, y lo volvió a dejar sobre una mesa de la terraza susurrando para sí mismo: "Pues nada, amiguito, hasta mañana".

Aquel era un huésped diferente a los demás. No dejaba ni dejaría ninguna propina nunca. Pero era al que más apreciaba de todos el muchacho, ya que era el que más lo entretenía cada noche.

EL PUNKY

Todo lo que voy a contar a partir de ya, ocurrió hace algún tiempo, y es bastante lo que quiero expresar. Como de alguna forma ha de ser el comienzo, lo haré así:

Se abrió la puerta. Una silueta simpática, de nombre Miguel Angel, entró en la habitación. Era un chico de la misma edad que Leopoldo, el que había sentado viendo la tele. Lucía una desorientada media melena de un color oscuro y azulado, un color de fantasía. Se había distribuído el cabello a mano en mechones cónicos, acabados en punta, bañados totalmente en gomina extrafuerte. Con algo de imaginación, su cabeza podía recordar en forma y color a un erizo de mar o a un puercoespín terrestre, no se podía quejar. Aquel día se había vestido a conciencia. Entró sonriendo.

—Hala, ¡qué pinta! —profirió Leopoldo, dejando de mirar por un momento hacia el televisor.

El de aspecto más moderno cambió la sonrisa por un gesto de desaprobación hacia el comentario de su amigo.

—¿Qué pasa, no hay libertad para que cada cual pueda vestir como mejor le plazca?

—Por supuesto que sí, y ¿no la hay para que yo dé mi opinión?

Aunque dijese estas cosas, lo cierto es que a Leopoldo le había producido cierta emoción ver a su amigo Miguel Angel así embutido. Nacía en él un sentimiento que describiremos como envidia.

Así se comenzaba a anunciar cómo sería pronto el aspecto de ambos. Leopoldo también optaría por llevar el pelo revuelto (tenía otro estilo. Su amigo era más "académico", gomina, ropa cara, tintes...y él más artesano y natural.), los pantalones rotos con imperdibles incrustados y botines negros con cordones. Comenzó también a transitar por antros donde se apilaban fanzines, e incluso a redactar los suyos propios, opinando sobre todo lo que se le ocurría y añadiendo las noticias de su ambiente más próximo (tal día hay una fiesta, tal noche hay un concierto...).

Una tarde Leopoldo fue a buscar a Miguel Angel y se fueron a tomar un refresco. Se decidieron por la terraza de un bar para lucir sus nuevas imágenes, que ya incluían teñido de color y ojos pintados con rimel corrido y botas estilo militar en los pies.

Un camarero les preguntó y trajo enseguida unas bebidas. Estrenaron cenicero y paquete de tabaco rubio, prometiendo que pronto dejarían de fumar.

Miguel Angel introdujo un tema.

—Como te veo ansioso de criticar mi nuevo aspecto y de buscarle sentido o algún significado, te diré que he buscado estos días, y he encontrado mucha información acerca del llamado "movimiento punk", que además he leído para saber de que va esto que ahora represento.

—Eso está bien —aceptó Leopoldo.

—Ya sé que es algo que estuvo de moda hace más de 30 años.

—Lo cierto es que de vez en cuando nos recuerda que nunca se fue del todo.

—Sí, aunque con variantes, con novedades. Tal vez primero fue únicamente como un fenómeno musical. Durante otra temporada se comenzaron a ver los pelos de punta y con fijador, laca, con gomina vamos. Después también mientras unos iban de cuero y con gafas negras, otros comenzaban a raparse las sienes y a vestir de negro. Aunque realmente eso en Londres quería decir que el punk se consideraba acabado, agotado. Fue a partir de 1979, entonces se habló de "After-punk", o "post-punk", "siniestros", "góticos"... Musicalmente hablando me refiero a Bauhaus, Joy Division , The Cure, Echo and the Bunymenn, The Psichedelic Furs...

—A mí siempre me gustaron mucho The Cure.

—Pero posiblemente sólo has conocido su faceta comercial y discotequera.

—The Cure es The Cure. Los conoce todo el mundo.

—Pues ahí donde los ves comenzaron haciendo música post-punk —Miguel Angel parecía ser una de esas personas que lo saben absolutamente todo.

—Pues vale, y todo eso —comentó Leopoldo ya algo aburrido—, ¿no tiene gran parte de comida de coco?

—Como todo. Porque fue una movida, o un movimiento. De hecho, puede que tenga que ver con las antiguas vanguardias artísticas.

—¿Eso qué es?

—Lo sabes, aunque puede que no te acuerdes. Pero seguro que lo has estudiado en el instituto. Habrás oído hablar del Expresionismo, del Dadaísmo, del Cubismo...

—¡Picasso! —exclamaba ilusionado Miguel Angel.

—Sí. Del Surrealismo...

—¡Dalí!

—Correcto —continuaba Leopoldo con su exposición—. Es decir: algo sabes de las vanguardias artísticas. Los punkis fueron como unos locos anti-todo que reivindicaban y rendían homenaje a las vanguardias. Y a la que más al Dadaísmo, posiblemente.

—¿Y qué decía el Dadaísmo? —se interesaba Leopoldo, ya más receptivo.

—El dadaísmo surgió tras la Primera Guerra Mundial y fue muy crítico. "Viva lo ilógico y lo irracional", decía, "viva el absurdo", más o menos, "ya que La Razón nos lleva a la destrucción de la civilización". Los dadaístas eran anárquicos, y muy bromistas. Uno pintaba unos bigotes a una copia de La Gioconda y ya decía haber creado un cuadro nuevo que antes no existía.

—¡Qué cara más dura! —protestó Leopoldo.

—Ya te digo. Como otro que cobró entradas para una exposición de cuadros invisibles, que eran más bien inexistentes.

—Imaginación había…

—¡Sí! Eso es. Eso es lo que quiero que comprendas. Que todo esto ha sido atacado, criticado, pero te aseguro que aquellos chicos de Londres de 1977 tenían mucha imaginación. Si vieses como he visto yo documentales sobre aquel año y los peinados y vestidos que se hacían verías que tenían muchas ideas, creatividad y vitalidad, y lo demostraban, y no hay porqué satanizar a los que eran poco más que niños.

—Dices 1977, pero ya había punkis antes —Leopoldo también parecía saber algo del tema.

—Yo creo que había punkies más o menos desde el 68, desde la época hippy. En el 74 los Ramones ya tenían una canción que se llamaba "Judy is a punk".

—Muchos dijeron durante años que los primeros punkies, los creadores de la movida habían sido los Sex Pistols, pero otros hablan de Lou Reed, de Patty Smith y de Iggy Pop.

—Ni idea —reconoció Miguel Angel.

Otra tarde, en la terraza de un bar en que coincidieron comenzó nuevamente un diálogo sobre el mismo tema.

Esta vez comenzó Leopoldo:

—Ya me he dado cuenta de que te ha contagiado de verdad la fiebre del "movimiento Punk".

—Estoy informándome mucho al respecto.

—¿Sabes que esto con lo que te identificas para pretender tener apariencia de joven moderno, tiene más de treinta años, que está pasado de moda, que tuvo su auge en Londres en 1977?

—Últimamente siempre te oigo decir lo mismo. Digamos que eso es verdad. Y, sin embargo, es relativo —esta vez fue Miguel Angel el que trajo algo de emoción.

—¿Qué quieres decir?

—Que si el punk estaba de moda en el 77, no nació ese año.

—¿Cómo que no? Johnny Rotten y Sid Vicious fueron sus padres, y la clínica de maternidad se llamaba los Sex Pistols.

—Pues no. A finales de los años 60 ya se hablaba de los punkis. Hay muchos que dicen que la cosa se barajó entre Lou Reed, de la Velvet Underground, Patty Smith e Iggy Pop.

—¿Los americanos? Creo que esto te lo dije yo el otro día —se acordó Leopoldo—. Lo cierto es que parece ser que los Ramones comenzaron a trabajar en este estilo antes que los Sex Pistols. Pero no tenían pinta de punkis, tal como esta palabra ha pasado a la historia, pelos de colores, crestas...

—Digamos —iba corrigiendo Miguel Angel, quien se había afeitado las sienes— que en Norteamerica el punk fue más un movimiento musical, una vanguardia del rock, mientras que los ingleses fueron más juguetones y carnavalescos, más payasos o tal vez más "choris". Los pelos de colores fueron ingleses. Aunque los Sex Pistols hicieron alguna versión de músicos americanos, rockeros como Eddy Cochran.

—Lo cierto es que esas pandillas que vestían de negro y tenían el cabello tipo palmera eran ingleses.

—Sí, pero eso ya se consideró after-punk, o post-punk —completó Miguel Angel—. En España se llamaron "siniestros", o "góticos" como los de hoy en día. Era algo más oscuro, de gentes que se paseaba por los cementerios y eran aficionados a las películas de terror. Gente un poco rara, vamos, pero que tendían a ser muy profundos y poéticos en sus razonamientos. Y ciertamente las pintas de los americanos que hacían "punk" o "garage" no se distinguían mucho de los amantes del rock duro o la música heavy. Los ingleses sí que tenían en el punk todo un modo de vida. El famoso punk de Londres de los años 70 se había extendido entre las clases más desfavorecidas y marginales, como en España el cantar flamenco, por ejemplo. Eran también punkis esos adolescentes que iban haciendo el gamberro por la calle. En aquella época había crisis fuerte en Inglaterra, y los trabajadores hacían muchas huelgas. Oye, me tengo que ir, que tengo ensayo.

—¿De qué? —preguntó Leopoldo mirando hacia arriba a un Miguel Angel que se incorporaba— ¿De teatro?

—No es el caso. Canto en un grupo.

—Pues, ¡mucha mierda, de todos modos! Como en el teatro.

—Ya. Pues muchas gracias.

Miguel Angel clicó en la máquina del autobús que hizo una señal en su bono, y se desplazó hasta el fondo del vehículo, donde miraría un diario gratuito.

Cuando algunos meses después se volvieron a encontrar Leopoldo y Miguel Angel, y se fueron a tomar algo la conversación fue diferente. Ambos ya conocían muchos grupos musicales. Ya bastante gente escuchaba música punk sin necesidad de adoptar ninguna estética determinada. Incluso era algo aparte de ideologías. Era bastante frecuente y normal en la juventud mayoritaria.

—Pues sí, sé que vinieron los Toy Dolls —comentaba uno de ellos apasionadamente.

—A esos sí que me hubiese gustado ir a verlos. Debe ser un concierto de los que no olvidas.

—Me pusieron las pilas para algún tiempo. Animan a los muertos.

—Sí sé que son muy rápidos y divertidos. Yo ahora me he grabado una selección de Nina Hagen.

—Alguna cosa buena tiene esa mujer. Tiene voz, por ejemplo. Yo estoy buscando las letras de las canciones. Me gusta saber qué canto. "Candy" de Iggy Pop me parece muy bonita.

—Búscate si quieres la versión en video de los Killer Barbies. No está mal.

—¿Has visto buenos conciertos últimamente?

—Estuve en uno de Sociedad Alcohólica, también en uno de hardcore en Barcelona, donde tocó un grupo británico y uno canadiense, y otro de La Polla Records y grupos de aquí.

—En ese estuve. Fue hace años.

—Han abierto un bareto que está bien. Ponen mucho punky. Pero igual te ponen a los Exploited, que a los Pixies.

—Ya no me gustan esos ambientes. Hay muy malas pintas.

—A mí eso me da igual. Yo solo voy a oír la música. Que se pueda oír Siouxie and the Banshees todavía en algún sitio, y Juliette Lewis and The Links está bien.

—Vaya. Claro que sí.

—Yo estoy contento porque ahora hay tres o cuatro radios libres nuevas, y ponen mucha música de ésta. Ayer tarde pusieron un concierto de Siniestro Total. Me lo grabé casi entero.

—¡Qué suerte! Si es el que editaron el año pasado, lo tengo, me lo compré. ¿Has oído un grupo de hace años de chicas que se llamaban "el seven"?

—¿"Ele siete"?

—Sí, "el seven", o algo así. Eran muy cañeras. Gritaban mucho, y metían mucha distorsión. Te lo grabaré.

—Yo últimamente escucho mucho a Jello Biafra, el que era cantante de los Dead Kennedys.

—Pues yo me compré barata una recopilación de punk alemán y un concierto de Die Toten Hosen, que es de lo que más sonó siempre allí.

—¿Qué quiere decir eso?

—"Los pantalones muertos", o "los pantalones asesinados", o algo así. No es que sepa cantar mucho el hombre, pero la música está bien. Tienen aparte de lo propio, alguna versión de los Ramones y sé que el cantante tiene una grabada con el de Bad Religion.

—Pues yo me voy mucho hacia esto, el punk americano: Bad Religion, Offspring…

Se vieron, y ¡mira que hacía tiempo que no se veían! Uno que seguía con la pinta que solía llevar, como para tranquilizar al resto. Como para que dijesen, "al menos hay los que nunca cambian". Y otros que no, que se aplicaban aquello de "renovarse o morir".

—Ey, ¡Leopoldo!

—¿Qué tal, Miguel Angel? ¿Tienes un momento?

—Sí. ¿Nos tomamos algo?

—Vale.

Y volvieron a aquella conversación sobre el Punk en la que tanto gustaban de enfrascarse.

—Estoy guardando todo lo que puedo de cosas antiguas que eran muy cañeras.

—Yo tengo aún cassettes de esos que hacían que eran recopilaciones.

—¿Qué grupos había?

—Yo qué sé, de todo: Código Neurótico, los Nikis, Eskorbuto, Parálisis Permanente...

—Anda esos sí que eran buenos...

Una noche se decidieron a meterse en ambiente y se fueron a un concierto. Era en un bar céntrico de la ciudad. Tocaban varios grupos. Era un concierto que se hacía para recaudar fondos para el mantenimiento de una radio libre. Se podía prever en este caso que los grupos que tocarían, podrían no tener instrumentos muy caros, pero posiblemente serían músicos con vocación de verdad, y buena gente.

Iban por la calle hablando. Miguel Angel le exponía a Leopoldo:

—Últimamente me he dedicado a escuchar The Clash.

—Buena elección. Los veo más serios que a los Sex Pistols —respondía Leopoldo.

—Digamos que apenas los conocía —proseguía Miguel Angel emocionado—, pero ha constituido un verdadero descubrimiento para mí. Es lo que dices, que parecen más serios que los Sex Pistols, más adultos, más tranquilos, menos agresivos.

—…Y no dejan de ser dinámicos. Porque si escuchas "Should I Stay or Should I go", es una pasada.

—Esa que dices y "London Calling" son las mejores.

—Tienen más canciones buenas: "Jimmy Jazz", "Spanish Bombs"…

—Sí —decía Miguel Angel a Leopoldo empujando la puerta de madera y cristal del local urbano al que llegaban—. Esa es muy interesante, "Spanish Bombs", la que habla de la Guerra Civil Española, que menciona a Lorca incluso…

—"Spanish Bombs in Andalusía —canturreó Leopoldo también entrando al bar—, yo te querda, ma corazón"… ¡Anda, qué ambientazo!

Realmente, el bar era pequeñito pero estaba hasta los topes. Charcos pringosos en el suelo, vasos abandonados a medio beber, luces azules y rojas contra la negra oscuridad de escenarios y altavoces, eran la decoración del momento; brillos de piercings, mechas de pelo de colores, botas, muñequeras y collares de perro, chaquetas y pantalones ceñidos, el vestuario.

En ese momento en el escenario dos chicos de un grupo cantaban a la vez, berreaban a dúo, desde un solo micrófono. Tocaba un batería, que marcaba ritmos rápidos, parecía increíble que alguien pudiese tocar tan rápido sin equivocarse. Tenían un guitarrista que hacía efectos especiales extraños (rasgaba las cuerdas con la púa produciendo unas vibraciones y distorsiones especiales, por una parte, y por otra, algo más tarde durante otra canción con unas percusiones de la mano derecha sobre todas las cuerdas a la vez consiguió un sonido similar al de las campanadas de una iglesia, con el público muy atento). Los que estaban cantando cuando se añadieron al concierto Leopoldo y Miguel Angel, eran el cantante y el bajista del grupo, y tenían buena voz los dos.

La mayoría de la gente, de pie, inexpresiva, no perdía un segundo de la actuación. Unos pocos, los más cercanos al escenario, bailaban, saltaban o movían la cabeza siguiendo el ritmo. No había pausa entre las canciones, iban encadenadas. Preguntaban Leopoldo y Miguel Angel, y nadie sabía el nombre de este grupo, no eran malos, que tocó algún tema propio e hizo unas cuantas versiones, de los Ramones, de Offspring, y de Nirvana. Cuando acabaron estos y tras despedirse ("Somos Underground, ¡hasta pronto!") subió a escenario un grupo constituido únicamente por chicas, que hizo vibrar realmente el local. Eran tres: una cantante, una guitarrista y una bajista. Se presentaron como Mala Leche y sus potentes descargas despertaron hasta a la última polilla. Y la suerte para los dueños del bar fue que tras su actuación todo el mundo fue a la barra, sudorosos como estaban de tanto moverse, a pedir algo de beber. Estaban agotados de tanto bailar y sedientos. El cuerpo les pedía líquido.

—¡Joder, qué buenos son todos! —comentó en la barra Miguel Angel a Leopoldo.

—La verdad es que sí, que yo estoy disfrutando de lo lindo — respondió su amigo.

—Tengo ganas de con mi grupillo tocar ya en algún sitio, pero se cortan mucho. Son unos "cagaos". No se atreven. A este paso nunca saldremos del local de ensayo.

Siguieron un rato hablando hasta que unas notas avisaron de que comenzaba a actuar el último grupo, y el más enigmático: Los Negativos, y todos los presentes se acercaron de nuevo al escenario para escucharlos. Al final Miguel Angel y Leopoldo volvieron a sus casas con la sensación de que aquella noche había valido la pena.

EL ADIÓS DE NEKANE

Vaya disgusto. Me habían dado (metafóricamente hablando) un buen mazazo ese día. Y a mala leche. Incluso había llorado (cosa rarísima en mí).

Había muerto Nekane, la que fuera mi mejor amiga. Nekane, la utopía personificada. Eso sí que no me lo esperaba. No se lo esperaba nadie. Habíamos sido muy colegas en la época del instituto. Éramos "Los poetas de la clase". (Luego ya formamos el grupo, pocos años después). La realidad no estaba siendo mágica ni placentera, nada de lo que habíamos proyectado en nuestra época más rica en ilusiones. La crisis nos había dejado huellas a todos.

La muerte, el adiós de Nekane. Se había suicidado… Ya. Primero parecía que había sido un suicidio. Eso se dijo.

Se había emborrachado y se había tirado por un puente de esos que hay en las autopistas. No necesitó que ningún coche la atropellase. Había muerto del golpe contra el suelo gris, o tal vez de infarto durante la caída, como Jane, la novia de Spiderman cuando el Duendecillo Verde la soltó desde lo alto de un edificio. Spiderman consigue cogerla con sus telarañas (leí en un tebeo, de pequeño) antes de que su cuerpo se estrelle contra el suelo, pero ya es tarde: ella ha muerto de infarto durante la caída. Tal vez algo así le había ocurrido a Nekane. Lo suyo era genético, hereditario. La suya había sido una familia de suicidas. Estaba maldita. Una tía suya se había cortado las venas. Otra persona cercana a ella había bebido un limpiador químico. Otro (un tío, un primo, qué sé yo…) que se había ahorcado…

Mi amiga era de lo más interesante que había surgido entre las últimas generaciones de escritores mallorquines. Y ya tenía nombre internacionalmente. A sus veinticuatro años ya había publicado doce libros: cuatro novelas, siete poemarios y un libro de relatos y micro-relatos.

Alguien habló de suicidio, claro, porque realmente era auténtica su adoración de ciertos poetas suicidas, como Sylvia Plath (la del oscuro poema "Lady Lazarus"), o Ian Curtis, el cantante de Joy Division, aquel grupo alter-punk de finales de los 70 que había inspirado a The Cure, Bauhaus, Psychedelic Furs y tantos siniestros y góticos de la escena musical. Nosotros por otra parte (Nekane, yo, Róber, Néstor, Ana, Julia, Guillem, Margalida…) éramos un grupo de poetas muy interesados en la literatura y hacíamos tertulias literarias con mucha frecuencia. Y ella, Nekane, brillaba siempre porque era la que aportaba la nota más oscura.

—Sí, ya —le dije a Guillem—. Aquello a veces, por las conversaciones parecía más un club de suicidas que un grupo de poetas.

—Bueno, vale, porque muchos eran góticos. Yo no creo que nuestra amiga se haya suicidado.

—¿Qué quieres decir? —me quedé boquiabierto— Lo de suicidarse es algo "típico" en su familia. Lo han hecho algunos de sus familiares, un tío suyo…

—Déjate de jodiendas. Conocí a esa chica. No tanto como tú pero lo suficiente como para saber que no es de esas personas que no aprecian la vida. Escúchame, Bernardo, hostia. Siempre se ha hablado de la rivalidad que hay entre escritores. Unos consiguen la fama, otros no tanto. A unos le publican cada cosa que escriben antes incluso de que la hayan acabado, y otros no se comen nada. Como mucho son bohemios que viven en la miseria y serán famosos cuando ya no estén.

—Dios… ¿Estás hablando de Néstor?

Guillem asintió con la cabeza.

—Tú sabes tan bien como yo que Néstor era el poeta preferido del grupo hasta que llegó Nekane. Todos pensábamos que Néstor sería un gran poeta, que publicaría libros, que tendría fama…

—Eso es verdad. Lo había olvidado completamente —reconocí.

—Todos lo habíamos olvidado completamente menos Néstor, diría yo. Y lo cierto es que la noche del supuesto suicidio Róber fue el último que estuvo con Nekane. Se fueron de copas juntos y él la dejó sola en un bar. Eso dice. Por cierto, comentó él que en algún momento se cruzaron con Néstor por la calle y lo saludaron. Era la una y media de la noche cuando él, Róber, volvió a su casa, supuestamente. Y ella se suicidó (si es que se suicidó), a las tres.

—Pero… ¿Qué quieres decir? ¿Crees que Néstor ha matado a Nekane? ¿O Róber? ¿O ambos compinchados? ¿Por qué? Todos adorábamos a Nekane… Bueno, es verdad que Néstor y Nekane no se llevaban muy bien. Chocaban mucho. Sí que había algo de rivalidad entre ellos. Pero de ahí a que Néstor desease, o peor, provocase, la muerte de Nekane… ¿Seguro, Guillem?

—Era una broma. Olvídalo —Guillem sonrió, cortando el tema, a su manera—. Me tengo que ir.

"Vaya broma, cabrón", pensé yo. Broma o no broma me di cuenta de que todo lo que había dicho Guillem lo había estado rumiando concienzudamente durante algún tiempo. Se estaba comiendo el coco y no paraba de hacerlo. Nos había jodido vivos lo que había pasado con nuestra amiga.

Me fui a casa rumiando el tema yo también. Recordé una conversación extraña que había tenido con Néstor algunos años atrás.

—No entiendo a la gente que se suicida. Pero los veo valientes. Que ellos deciden. Si el mundo no acepta tu voluntad, eres tú el que decides si quieres quedarte o irte —decía yo.

—Déjate de rollos —me contestaba Néstor—. No te vas a ninguna parte. No hay más vida que ésta, y si te suicidas se acabó todo. Yo lo tengo muy claro: antes que suicidarme porque los demás me estén haciendo la vida imposible... me vengo: me llevo por delante al que me está jodiendo (me suicide luego o no).

¿Acaso se había llevado Néstor a Nekane por delante porque consideraba que ella le estaba jodiendo la vida? Dios...

Nuestro grupo de poetas, nuestra tertulia... Todo comenzaba a ser sospechoso. Lo empecé a ver todo de otro modo. De un modo muy feo. La armonía había sido un espejismo.

O alguien denunciaba al que tuviese que denunciar, al resto entero, por si acaso, o, a este paso, todos seríamos culpables de la muerte de Nekane. Nosotros, tan buenos, tan punkies, tan hippies, tan anarquistas... Por lo general éramos pacifistas totales (alguno del grupo se había declarado insumiso en la época en que aun existía el servicio militar obligatorio, la mili)... Y, sin embargo, me venía a la cabeza la defensa fanática que solía hacer Néstor de los revolucionarios violentos, de los que defendían una revolución obrera con sangre, si era preciso: Bakunin, Durruti... "Dios ha muerto", dijo Nietsche. Pero Bakunin afirmaba "Dios no existe. Pero si Dios existiese habría que matarlo".

Ya no era todo tan hermoso. Ya no era cuestión de paz y flores. Ya no podías decir públicamente que eras anarquista y sentirte orgulloso de ser una buena persona, si acababan de dar la noticia en la tele de que un grupo anarquista había puesto una bomba en un metro de Italia y otro similar, algo más modesto, había sido detenido en Barcelona justo en el momento en que iban a atacar también con explosivos algún edificio eclesiástico o militar.

Alguien sabía algo más. Todos sabían algo más pero nadie parecía dispuesto a hablar.

Comencé a ser devorado por serpientes internas. Me negué a ello.

Me dirigí al edificio de la Policía Nacional. Me apetecía charlar un rato. Me sentía como el detective que resuelve un caso que ya ha quedado cerrado, que ya nadie se espera. Sin embargo, en tal caso era Guillem el que lo había resuelto. Tal vez ahora éramos él y yo los que estábamos en peligro. Tal vez (como se suele decir) "sabíamos demasiado". Me sentía como un traidor. Como si fuese a traicionar a mis compañeros, porque iba a delatarlos. Pero si realmente iba a delatarlos entonces eran culpables. Si no tenían nada que esconder comprenderían que mi miedo, o mis ansias de justicia, me llevaran, como me estaban llevando, hasta comisaría.

IRINA, TATIANA Y LA OMNICORRUPCIÓN

*"Este mundo es
un campo de concentración,
pero piensa que
es posible la evasión".*
Barón Rojo

Irina y Tatiana se conocieron a finales de los 80 (según ellas en una época mucho mejor, en la que había "más vidilla"). Enseguida fueron consideradas pareja (por ellas mismas y por los demás). Sobrevivieron a problemas varios: falta de dinero, ataques en forma de desprecio por parte de sus familias, coqueteo con algunas drogas, posesividad, celos... Y así, como compañeras inseparables, cruzaron juntas de un milenio hasta el siguiente. Entonces empezaron a encontrar cosas con las que no contaban y que, aunque normalmente se habían movido siempre a otros niveles, de repente eran omnipresentes y podían llegar a influir en la vida de cualquier persona: era la época de la crisis y de la corrupción política. A la crisis acabó acostumbrándose un país como aquel en el que ellas vivían (tal vez el haber permanecido bajo una duradera dictadura lo había hecho un país de verdadera resistencia), sin embargo, nadie se acababa de acostumbrar a la palabra "corrupción". Hasta las personas como ellas, que intentaban vivir su vida sin quebraderos de cabeza políticos ni económicos, acababan hablando de temas que normalmente no les motivaban lo más mínimo. Ellas eran más bien progres, hippies (incluso cercanas a la mentalidad punk), interesadas en el arte y la cultura, en ser dueñas de su destino e intentar vivir su propia vida sin molestar a los demás y sin que nadie las molestase a ellas. Les aburrían los diarios, la radio, la televisión, todo tema de actualidad… Pero llegó un momento en que la invasora realidad era tan preocupante que hizo a todos acabar hablando un mismo lenguaje.

Empezaban los ciudadanos a estar hartos porque todo tenía cada vez más mala pinta. Y es que todos, los del poder, los gobernantes, eran unos corruptos. Las grandes empresas hacían sus chanchullos engañando a los controles sobre su producción de toxicidad (la empresa del automóvil, por ejemplo). Los alimentos se elaboraban de la manera más barata posible (la salud del consumidor no era lo importante para el fabricante)... Irina y Tatiana acababan alucinando con el día a día y sus noticias (la expansión de la delincuencia política, el pasotismo de los nuevos gobernantes ante el desastre ecológico, el auge de la derecha en el poder, la homofobia oficial en países tan enormes y aparentemente modernos como Rusia…). Como es lógico, ellas también acabaron sintiéndose muy indignadas. En el país había muestras de corrupción por doquier: corrupción política, pruebas de corrupción policial, corrupción administrativa... Incluso los representantes del conocimiento empezaban a dar señales de corrupción, usando su nivel intelectual para estafar a los incautos. Diosmíoadóndevamosallegar…

Un día, no soportando más el metafórico hedor, Irina y Tatiana decidieron emigrar. Continuar tranquilas con su historia de amor en otro país que les permitiera seguir siendo ellas mismas era el objetivo. Hicieron las maletas, pagaron lo último que debían a su casero, compraron billetes de avión y marcharon en autobús hacia el aeropuerto.

Tras un vuelo muy agradable, en que planearon su futuro próximo, fueron interceptadas y detenidas en la frontera.

IDEAS OPUESTAS

Nacio Torres, el torero, se acercó a la manifestación que se estaba celebrando delante de la plaza de toros. Unos gritaban a otros. No entendía cómo podía ser que alguien estuviese insultando a aquellos como él que en otro sitio eran vistos como héroes. Incluso a veces se iba más lejos. En algunas de esas manifestaciones había habido agresiones, golpes, peleas…

"¡La tortura no es arte ni cultura!" se oía gritar a la multitud. Como vio que empezaba a tener ganas de responder a esa gente tan borde, Nacio prefirió alejarse y pasar desapercibido.

Encendió un cigarrillo y caminó hacia la plaza de España.

"A las 5 de la tarde…" decía Lorca en su poema. Era un homenaje a su amigo Ignacio Sánchez Mejías (otro "Nacio", precisamente). Aquel gran poeta granadino había inmortalizado lo que otros criticaban hoy en día. ¿Acaso no era de izquierdas Lorca? Una voz pura, del pueblo. El alma más original y creativa que había producido España. Nacio se sintió derrotado, y se dirigió a su casa dando un paseo. Se fue contemplando su ciudad. Habían pasado los buenos tiempos, esos en que grupos como Mecano habían compuesto canciones como "La Fiesta Nacional". Ya no era igual. Ya no había respeto alguno. Los toros habían sido prohibidos en Cataluña recientemente (aunque al final aquella ley fue anulada). Luego estaba eso de criticar los San Fermines, como si las fiestas fueran las culpables de que algunos jóvenes sinvergüenzas se hubieran propasado con algunas muchachas.

Así, unos a favor y otros en contra, iban todos hablando de los toros, de lo que muy pocos conocían tanto como él. Del mundo de la tauromaquia.

"A mí también me gustan los toros, pero me gustan... ¡vivos!", le decía a veces su sobrino. Poco importaba que él le explicase que el toro de lidia se extinguiría si no fuese porque lo criaban, lo mantenían gracias a que había corridas de toros. Y entonces su sobrino le salía con que había que protegerlo como se protegían otras especies (las águilas, el buitre negro...), y no había que matar ningún ejemplar. Y si él decía que luego se comía la carne, del mismo modo en que matábamos otros animales para comerlos, su sobrinillo, siempre con la palabra en la boca le contestaba que a esos animales, a esos otros, no se les torturaba, mientras que al toro sí. Qué barbaridad, decir que al toro se le tortura, con lo bien que vive en el campo hasta que llega el momento de la corrida. ¡Con la nobleza que le da al toro una buena plaza de toros! ¿Acaso no era una tortura inflar el hígado de una oca para extraer más paté, o masificar las granjas de gallinas y encenderles la luz varias veces de noche para que pusieran más huevos...? Y luego se hablaba hasta de vegetarianos y veganos... A él le habían enseñado desde pequeñito que se dejase de tonterías, que había que comer de todo si se quería estar sano de verdad.

Nacio siguió paseando. Recordó a su tío Roque, aquella sabiduría que tenía, aquel carisma, aquella elegancia, aquel porte, y su mirada altiva, cuando daba aquellas interesantísimas conferencias sobre tauromaquia en el Club. De su tío Roque había aprendido todo lo que sabía de los toros. (Hasta que llegó el cuerpo a cuerpo, el torear).

La vida lo había llevado por ese camino del mismo modo en que a otros los lleva por otros. Cada cual es libre, hoy en día, de elegir su camino. Ya había toreado en unas cuantas plazas y, si Dios quería, torearía en unas cuantas más.

Le dolía que algunos de esos jóvenes "tan sensibles" amasen a los animales pero se burlasen, al menos aparentemente, cuando un toro cogía un torero. Le parecía ridículo. De nazis. (¿Acaso no era vegetariano Hitler?) Ahora bien, si él moría en una corrida, cogido por un toro agresivo, la verdad es que le iba a dar igual lo que pensase cada uno. Él ya no estaría para verlo, y "ojos que no ven"... El mundo estaba cada día más loco. Nadie era del todo bueno y nadie era del todo malo. Todo dependía del punto de vista.

En su caso, y en su casa, no había habido elección. Ya desde muy pequeñito había tenido siempre las corridas de toros en la televisión. Les gustaba verlas a sus abuelos, y a sus padres también. Pronto, además, le habían llevado a la plaza, a ser parte del público ya siendo solo un niño. Estaba hecho así como persona. Cada uno es como es.

A él le gustaba sentirse un hombre abierto de ideas. Poder hablar con cualquier semejante sin problemas. Pero siempre con respeto. El respeto era lo más importante.

Pasó al lado del Auditórium y recordó que la última vez que había estado allí había visto un concierto de "Los Toreros Muertos". Vaya una casualidad. Sonrió débilmente. Parecía un golpe bajo. "Malos tiempos para la lírica", cantaron otros antes, hablando de golpes bajos...

La ciudad era bonita así, bajo ese sol no agobiante y con aquella brisa suave. Pero ya no tenía ganas de andar más. Prefería llegar a casa. Aquellos gritos de los manifestantes en la plaza de toros le habían hecho sentir distinto. Le habían bajado la moral. Él tenía sus sentimientos. Y ahora tenía ganas de llorar.

DUENDECILLOS NAVIDEÑOS

Hace unos años estaba pasando las navidades con Adrián, un amigo que había venido a verme. Era mi mejor amigo en la época de estudiantes de instituto, y aunque la vida ya nos llevó hace tiempo a uno por un camino y a otro por otro, nos buscamos, de vez en cuando, como mínimo para saber cómo nos van las cosas.

Como contaba, estábamos pasando juntos aquellas navidades. Un día, ya el día de reyes, habíamos ido a ver la cabalgata, a pesar de que no tenemos niños, como si fuésemos nosotros los niños (hay gente que dice que somos como niños grandes). Habíamos ido a ver los desfiles, las carrozas pasar. Y de paso, a llenarnos los bolsillos de caramelos (hay que ser sincero). Después, cuando la gente se iba retirando a sus casas, porque ya había acabado la cabalgata, nos sentíamos tan llenos de aquella energía infantil que no nos apetecía todavía volver a casa, por lo que propusimos ir a un bar a tomar un café con leche (o lo que fuese) y a charlar un rato. Nos metimos en una cafetería a la que íbamos de vez en cuando. Por esos días, como es lógico, estaba decorada con motivos navideños, aunque ya estaban a punto de ser retirados. En aquel rincón había un árbol de navidad decorado con bolas todas doradas, por ejemplo.

—Hablando de todo un poco… ¿Sabes qué significan las bolas con las que adornan los árboles?, ¿de dónde viene la costumbre de poner bolas de colores en los árboles de Navidad? —preguntó Adrián. Él leía mucho y siempre estaba contando todo tipo de historias y anécdotas. Es de ese tipo de personas a la que le puedes hablar de cualquier tema, que siempre tendrá una respuesta para lo que le digas.

—No sé, ¿eran para hacer juegos malabares? —pregunté luciendo mi sonrisa más patética.

—Tú las usarías para eso, pero no. Lo leí el otro día: parece ser que eran más naturales, antiguamente. Las ponían de algodón. Y ese colorido era para dar luminosidad al invierno y a la Navidad. Era un modo de recordar a la gente que no se preocupase y que tuviera esperanza, que después del frío iban a venir tiempos mejores, más cálidos. Es decir: esas bolas eran para que la gente pensase en la primavera y el verano.

—¡Anda! ¡Eso sí que no lo hubiera adivinado nunca!

—Nunca te acostarás sin haber aprendido algo más.

—Ea.

Llevábamos un rato en la cafetería. El local estaba vacío casi. En una televisión no muy grande y que se hallaba en alto, sobre el rincón donde estaba el arbolito de Navidad mencionado anteriormente, estaban echando una película antigua en blanco y negro. Iba de caballeros medievales, o algo así. Nos dimos cuenta de ello porque alguien, desde una mesa a nuestro lado comenzó de decir:

—¡Písalo, písalo! —curiosamente se lo decía al protagonista de la película, que era un guardián de un castillo y alguien, algún enemigo, estaba escalando el muro, ya iba llegando arriba y sus dedos, enfocados en primer plano, en un plano detalle, intentaban buscar un punto en que apoyarse para hacer fuerza— ¡Písale los dedos, rápido!

Aquello nos hizo mucha gracia a Adrián y a mí, así que nos pusimos a reír. Los chicos de la mesa de al lado nos miraron y sonrieron. Recuerdo solamente a uno de ellos. Su pelo era cano. Eran mayores que nosotros (nosotros andábamos en nuestros veinte años y ellos en sus cuarenta), pero aun así se veía en ellos personas jóvenes. El del pelo cano iba de negro y era delgadito. Nos preguntó si se podían sentar con nosotros. Se veía que estaban algo aburridos y querían hablar con alguien. Les dimos permiso. A partir de ese momento todo fueron risas. No recuerdo muy bien de qué hablamos, de nada en concreto, y de todo en general. Pero contaban cosas muy graciosas, muy atípicas. Solamente recuerdo que el del pelo cano dijo una frase en serio, como si hiciese un paréntesis entre tantas risas:

—La vida puede estar muy bien si eres capaz de reírte un poco de todo.

Adrián y yo nos miramos el uno al otro. Aquello nos llamó mucho la atención. Ahí parecía haber un mensaje oculto. Para que la vida fuese más soportable, con sus problemas, convenía reírse un poco de todo. Además, aquel que sabía reírse un poco de todo, parecía ser más simpático, muy agradable para los demás, menos serio, menos agresivo. Era un modo de ser bueno, como una fórmula para conseguir ser una buena persona.

El otro se despidió y se fue. Nos quedamos tres (Adrián, "Pelocano" y yo) hablando en la mesa. La película pronto acabó, aunque ya no interesaba a nadie.

Recuerdo que, en cuanto aquel chico se fue, ya en la calle, volviendo a casa, me dijo Adrián:

—¿No te ha parecido especial esta persona?

—Sí. Era todo un personaje. Muy majo, pero no paraba de decir chorraditas aposta. Te partías de risa con él.

—A eso me refiero: no me ha parecido una persona real. Era como si fuese un duendecillo. Como si viviese en otra realidad. A su lado por un momento, todo ha sido mágico. Y eso que ha dicho de que en la vida hay que reírse un poco de las cosas...

—Sí. Está bien. Parece que él aplica esa filosofía a su propia vida. Anda... mira esto —dije yo desenroscándome un cordelito de plata, decorativo, que acababa de encontrar alrededor de mi muñeca. Ese collarcito de hilos plateados lo había quitado "el duendecillo" de pelo cano del árbol que había en el rincón bajo la televisión. Pero, simplemente, lo había dejado sobre la mesa. No tenía sentido que ahora yo me lo encontrase enroscado en torno a mi mano. Era imposible.

—Increíble –sonrió Adrián—. Yo no he visto cuándo te lo ha puesto.

—¡Es que no me lo ha puesto en ningún momento! –respondí yo—. Seguro que no. Lo ha dejado en la mesa.

Al principio habíamos salido del bar los tres (Adrián, Pelocano y yo). Y nos habíamos metido en el 24 horas de enfrente, a ver la tienda, tal vez a comprar unos chicles...

Pelocano se acercó al mostrador de caja, sacó una botella del interior de su abrigo y la dejó allí encima. Adrián y yo sonreímos. La cajera también. Era como si "Pelocano" nos gastase una broma, eso hacía. Como si quisiera demostrar que podía haber robado esa botella que nadie le había visto coger y esconder en su abrigo, si hubiera querido, pero que no había venido a eso, que él era buena persona. Que lo suyo era una simple broma. Lo que sí estaba comprando era unas revistas. Mientras la cajera estaba tecleando el importe, Pelocano le preguntó, ante nuestra sorpresa:

—Oye, ¿y tú de qué planeta eres?

—¿Yo? De Marte —respondió la chica sonriendo, para seguirle el juego.

Adrián y yo nos miramos divertidos. Eso de que Pelocano le hubiera preguntado a la cajera que de qué planeta era nos había pillado por sorpresa. Aquel joven era una fuente inagotable de bromas. Era increíble.

Pelocano se despidió de nosotros diciéndonos un "ya nos veremos" que por ahora no se ha cumplido nunca y nosotros nos fuimos ya con sueño hacia casa. Lo que había pasado aquella noche no nos lo creíamos. O éramos nosotros, que todo nos llamaba la atención, o dos duendes navideños se habían sentado con nosotros esa noche. Nos quedábamos con el mensaje de Pelocano: la vida podía ser bonita, podía estar muy bien, bastaba con saberse reír un poco.

Han pasado algunos años y yo aún pienso en aquel día de vez en cuando, ya que no me ha pasado nada como aquello nunca más (o digamos que yo no lo he vivido del mismo modo).

LA CHICA DE LA CAFETERÍA JUNTO AL MAR

Todo tiene dos caras: la externa, que es la que ven los demás, esa imagen de escaparate, digamos, y la interna, que es cómo se ven las cosas desde dentro. Una cosa es el mundo visto desde fuera y otra cosa es visto y vivido por los que habitan en él.

¿Cómo son las costas españolas?, sobre todo... ¿cómo es la costa mediterránea, las Islas Baleares, Mallorca en concreto?: una cosa muy soleada y llena de guiris, pensará la mayoría, tan invadida como está por millones de alemanes e ingleses cada verano, y cada vez más, que se pasean de noche borrachos, canturreando en grupo, pero sin meterse con nadie, sobre todo por el Arenal (eso los alemanes), o liándola en la calle y los locales y escandalizando a la prensa nacional y extranjera, sobre todo en Magalluf (eso los ingleses). La gente se mata porque se tira a las piscinas desde los balcones, y si eso de por sí es peligroso, ¡imagínate estando borracho!... Así hablaríamos de estos lugares si los vemos desde fuera. Pero si los vemos desde dentro, aquí los españoles nos buscamos la vida como en cualquier otra parte. Que lo sepáis. Todo es más tranquilito en la otra cara de la moneda, y la verdad es que nosotros, ni siquiera los que la tenemos más cerca, no comulgamos en nada con toda esta fiesta que vemos y he intentado describir hace un momento.

Dejemos atrás esas cosas que la gente seguirá leyendo en los periódicos, que de ello se alimentan, y hablemos, por fin, de ti y de mí.

Tú estabas ya un poco de vuelta de todo, y yo realmente nunca había tenido nada, pero la verdad es que tampoco iba buscando nada. Te habías casado muy jovencita y muy jovencita (poco después) te habías separado. De estar mantenida y trabajando únicamente en casa, en "tus labores", pasaste a buscarte la vida lo mejor que supiste, así que conseguiste entrar en una cafetería de primera línea de playa y ahí te quedaste, de camarera y además pinche de cocina, capaz de elaborar cada día un par de tapas con las que alimentar a los hambrientos que por pereza, o por lo que sea, prefieren todo lo que no se cocine en su casa.

Yo me buscaba la vida dejando fotocopias de mi currículum por todas partes: en bares, restaurante y hoteles. Me ofrecía para cualquier cosa. Me daba igual si me cogían para fregaplatos (me parecía muy digno), para ayudante de camarero, o para conserje de noche en algún hotel. No me atrevía a presentarme para nada mejor. No me sentía digno de ello.

Recuerdo que un día llegué al bar en que trabajabas y te di mi currículum a ti. Te dije:

—¿Te puedo dejar esto?

—¿Para qué? —preguntaste con mi currículum en la mano. Se veía claramente que no te lo querías quedar.

—Es por si necesitáis a alguien para trabajar aquí…

—No… —comenzaste a responder mientras hacías un gesto de negación con un movimiento de cabeza. Yo te interrumpí.

—Me da igual de qué trabajar. Estoy disponible para cualquier cosa y a cualquier horario. Soy estudiante, estoy en el instituto. Pero necesito comenzar a trabajar. Puedo estar de fregaplatos (toda la vida he limpiado los platos yo en mi casa), pero también puedo hacer la limpieza en general del local.

—Lo siento chico —me dijiste devolviéndome el papel—. En este bar estamos únicamente otra chica y yo, y estamos para todo. Quiero decir que somos las camareras, pero también las cocineras (para los aperitivos y tapas que cocinamos), y las fregaplatos, y las chicas de la limpieza. O sea que, me sabe mal pero aquí no necesitan a nadie. El local es muy pequeñito. Que tengas mucha suerte.

—Gracias. A ver si encuentro algo. Porque como tenga que irme a Alemania o a Londres a trabajar…

Allí y así nos conocimos. Y aunque no resolvías mi futuro me caíste bien. Me gustaste, supongo. Y comencé a frecuentar tu cafetería pocos días después de aquel primer encuentro. Durante un tiempo estuve yendo a verte (ya puedo reconocer que en el fondo solamente iba allí a verte a ti, jé, jé, jé…). Yo iba cada mañana a tomarme un café con leche y a escribir ideas para mis poemas en ese cuaderno pequeño que siempre llevo conmigo. Luego me iba al instituto, pero volvía después de comer para tomarme otro cafetito. Desde allí veía el agua azul, la espuma blanca de las olas (que a veces había), la arena de color crema… y a ti. Tú cerca, trabajando ahí. Me traías las consumiciones, pasabas con una bayeta para limpiar mi mesa y las demás, te llevabas mis tazas vacías, los ceniceros llenos, me cambiabas el azúcar por sacarina, si te lo pedía…

Supongo que era por nuestra juventud (éramos la gente más joven que solía verse en tu bar) por lo que nos unía cierta complicidad.

Después, por fin, conseguí aquel trabajo en aquel hotel. El país estaba en crisis, y yo encontré uno de esos trabajos que nadie quería: conserje de noche en un hotel. Trabajar de conserje de noche suponía que eso de que "la noche se ha hecho para dormir" le sirve a todo el mundo menos a ti, tu noche se ha hecho para que estés despierto, para que trabajes. Ya dormirás de día, si es que lo consigues.

Aparte de que iba a descansar menos de lo normal, me preocupaba un tema: ¿cómo iba a verte ahora en el bar, si durante la mañana y la tarde estaría durmiendo para descansar de mi jornada nocturna? Pronto tuve la solución. Comencé a ir al bar por las tardes, a una hora en que tú todavía estabas allí. Como cada día tomaba café para no dormirme en el hotel, aprovecharía el bar para tomarme cada tarde un buen café americano con hielo. Para no pasarme de cantidad de café diario, si luego de madrugada tenía sueño en el hotel, ahí me tomaría un té. Era cuestión de tener cuidado, que todas estas cosas te pueden estropear el estómago.

—Ya no vienes por las mañanas —comentaste en cuanto tuviste ocasión.

—No, porque ahora trabajo en un hotel de noche —te respondí.

—Vaya, me alegro. Por fin te ha salido algo.

—Gracias

Y yo seguí con mi fidelidad. Y cada tarde iba a ver el mar desde el bar donde trabajabas tú, y a tomarme un café hecho por ti. Hasta que…

Dejaste de trabajar ahí, de repente. Me lo dijo un día una compañera tuya. Por supuesto pregunté yo, después de dos días sin verte. Un día que no vinieses podía ser cualquier cosa: el médico, un día libre, algún compromiso familiar... Me dijo que habías dejado de trabajar ahí. Le pregunté qué había pasado, si te habían despedido o había sido porque tú habías querido irte. Me dijo que realmente no sabía nada más.

Un día, varios días después, cuando yo estaba a punto de dejar de ir a ese bar, ella de repente me avisó de que tú le habías preguntado por mí. Querías saber si aún iba "tu amigo" al bar, ese chico que iba por ahí cada tarde y se pedía un café americano con hielo, ese, el que escribía en el cuaderno.

Gracias a ello conseguí que, ya que ella estaba en contacto contigo, te pasase mi email. Hubiese sido demasiado atrevido pedirle tu número de móvil. Hubiese sido algo invasivo hacerte llegar el mío. Parecía como estar exigiéndote que me llamases. ¿Y si no te apetecía tanta intimidad? Si eso te agobiaba la única alternativa era que pasases completamente de mí, lo cual no solucionaría el problema, la tristeza, de perderte. Pensé que hacerte llegar mi correo era lo más romántico que podía hacer, lo más coherente, un poco más neutral y menos directo que el móvil, algo acorde con la imagen de friki, de poeta, o de lo que fuese,

46

que tú ya debías tener de mí. Por suerte te gustó el detalle, y me escribiste un email para saludarme enseguida. Además, ya me contaste en él muchas cosas. Vi que te gustaba mucho escribirme. Eso me dio mucha vida. Así comenzó a haber correspondencia entre tú y yo. Hubo un colegueo, algo guay, algo muy majo. Se ve que a los dos nos apetecía mucho hablar un poco. Y ya un día nos decidimos, por fin, a vernos, y comenzamos a quedar para tomar un cafetito, de vez en cuando. Posiblemente era lo normal. Sin darnos cuenta nos habíamos hecho el uno al otro, así que estábamos ya acostumbrados a vernos. Llevábamos unos pocos años viéndonos cada día. Habíamos hablado de cualquier tema, de todo lo actual, habíamos comentado las noticias del mundo juntos, las que aparecían en los periódicos que había siempre en el bar o las que daban en la tele cuando yo estaba por allí. Lo nuestro era una relación cotidiana. Ya nos necesitábamos. Unas pocas semanas sin vernos nos habían hecho añorarnos. Y empezamos a quedar, una vez a la semana, en otro bar de por ahí al lado (no querías aparecer por tu antigua empresa). Es curioso, porque ahora hablamos de verdad. Ahora sabes más cosas de mí y yo de ti. Ya sé quién eres, y todo lo que había imaginado durante mucho tiempo acerca de tu vida: si estabas casada, si tenías un hijo o una hija, si tu marido era un maltratador, o lo contrario, si tenías un príncipe azul en casa… Todo eso va desapareciendo en el aire ante mis ojos según hablo contigo, según me cuentas cosas de ti que me hacen completar tu imaginaria ficha de huésped ("cardex"), de mi hotel mental. Ahora yo sé de ti que te gusta el vóleibol y tú sabes de mí que jamás leo poesía, por ejemplo.

Cada semana nos tomamos un café y charlamos al lado del mar. Ya eres alguien a quien quiero y que siento que también me aprecia a mí. No sé si surgirá algo más. No lo parece. Pero me da igual. No lo busco. Me basta con lo que nos ha unido. Tú, un café, el mar… ¿Qué más se puede pedir?

NO QUIERO SER UNA DEMENTE MÁS

Tenía mucho miedo.

Tenía miedo porque había comenzado a ver cosas raras. Y también a oír cosas raras. Era como si no estuviera despierta. Como si fuera una extraña pesadilla. Pero las pesadillas acaban. No se sabe si comienzan alguna vez, pero te despiertas y así acaban.

Pero aquello no acababa. La realidad se doblaba y se iba alimentando de nuevos elementos distorsionadores, surrealistas, que llegaban por casualidad y se hacían un hueco para quedarse.

Se sintió mal y comenzó a reaccionar con ira. Sus conocidos, la gente que la quería, incluso su familia, no se portaban bien, porque se integraban en esa realidad extraña y cambiante, en lugar de tranquilizarla.

Solamente necesitaba que alguien le dijera "tranquila, yo te conozco desde siempre, y sé que no eres mala, algo te está ocurriendo que es nuevo".

Pero no la entendían, creían que se había vuelto mala y la atacaban. Los malos, entonces, eran ellos.

Los muertos ya no se iban. Antes se iban, pero ahora se quedaban para hablar con ella, porque sabían que ella los seguiría escuchando si querían aliviar su tristeza por haberse ido.

Ella era una persona muy sensible. Simplemente le pasaba eso.

Fue a la cocina, cogió un cuchillo y comenzó a atravesar con su filo una y otra vez el cuadro que ya estaba a punto de acabar. No le gustaba.

No pasa nada por romper una obra de arte que no te convence si eres tú su propio creador.

Siguió rompiendo el cuadro, rasgando su lienzo. Se sentía bien así, descargando su agresividad. Hacía tiempo que no se sentía tan bien.

Puso la televisión. Una escena muy violenta captó su atención. Estaban echando el telediario, en ese momento. Apagó el aparato enseguida. No intentó ni cambiar de cadena.

Se estaba quedando sin amigos, si no se había quedado ya sin ellos por completo. El teléfono nunca sonaba. Nadie le enviaba ningún sms, ningún email, ningún wasap… Ninguna carta escrita con papel llegaba a su buzón. Publicidad sí, Publicidad llegaba a todas partes: a su buzón, a su email, a su móvil en forma de sms…

Claro, ya sabía lo que había pasado: su vida era de todos menos de ella misma. Se había quedado sin intimidad hacía algún tiempo.

Los miedos infantiles se habían vuelto a apoderar de ella desde que su última pareja la había dejado. Por eso, cada noche, antes de dormirse, miraba todos los rincones de la casa: dentro de los armarios, debajo de las camas…

Si había algo a lo que siempre había tenido pánico era a la locura: a perder el juicio, a oír voces, a ser poseída por demonios, y reaccionar horas después. A perder el conocimiento y a recuperarlo de pie, en medio de la calle, sin saber cómo había llegado hasta allí.

Por suerte, su mejor amiga se dio cuenta de lo que estaba pasando, aunque no fue ella la que se lo contó y la llamó una tarde. Ella se dejó llevar. Por fin alguien había venido a rescatarla.

INFLUENCIAS

Su hermano hizo sonar en el reproductor de cds la canción de Aute "Más cine, por favor", y mientras escuchaba la letra (..."que toda la vida es cine, y los sueños cine son"), se sintió identificado con lo que oía. Pensó que era verdad: que a veces sentía que no vivía su propia vida, que le debía mucho a aquellos personajes. El John Travolta de Grease ("Danny Zuko") le había ayudado a ligar, en alguna ocasión. No se podía decir lo mismo de Woody Allen: cuando, involuntariamente, imitaba su estilo intelectual, fracasaba normalmente con las mujeres de su edad, que se aburrían enseguida de su extraña verborrea. Que todo sea relativo o se pueda poner patas arriba no seduce a todo el mundo. Su pre-adolescencia había estada influída por los movimientos de baile que aparecían en películas como "Beat Street", "Break Dance" y "Electric Boogaloo". Eran los 80. En España llenaba los videoclubs las películas marginales por un lado ("Navajeros", "Colegas", "El Pico", "Perros Callejeros"...) y por otro el trío Ozores-Pajares-Esteso, y aparte del cine nacional los sonidos de percusión Spencer-Hill, la sucesión de "Rambos" y "Rockys"... Pero a veces aparecía alguna de sus pelis favoritas, de esas de amor, a la vez inteligentes, como "Hijos de un Dios Menor" (una de sus nunca olvidadas), la de la escuela de sordomudos, ¡qué preciosidad!, y años después "Mejor Imposible" la de Jack Nicholson. El amor, llegó a su vida con "Rebeldes y Temerarios" (Daryl Hannah y Aidan Quinn), esa fue su primera "película preferida". Un par de años después tuvo otra "película preferida" que le duró algún tiempo, una española: "La Hora Bruja" (la vio casi diez veces), de José de Armiñán, con Concha Velasco, Victoria Abril, Paco Rabal...El cine español moderno le encantaba. Se hizo una buena colección en vhs grabando las que emitía Versión Española ("Martín Hache", "Éxtasis", "Pasajes", "Salto al

Vacío", "Familia", "La Buena Estrella"…) Esto era ya a finales de los 90. Por esa época conoció a Jim Carrey y comenzó a reír con él, con "Dos Tontos muy Tontos", y "Ace Ventura, Operación África"… Poco después, comenzó otra colección, esta de terror, y esta vez la componían dvds: "Misery", "La Matanza de Texas", "El Proyecto de la Bruja de Blair", "Lo que la Verdad Esconde"…

Se dio cuenta de que hacía ya un buen rato que había acabado la canción de Aute. Fue a por un periódico: quería saber qué estaba en cartelera por aquellos días.

EL NUEVO AMIGO

—He conocido a un chico por internet.

—Ah.

—Sí, nos hemos hecho amigos por facebook. Es muy majo.

Me estaba contando todas estas cosas de golpe porque sabía que ya no le quedaba más remedio. Era un modo de evitar interrogatorios. Además, ya era lógico, puesto que ya me estaba diciendo que...

—Hemos quedado para tomar un café un día de estos.

—¿Tú y él solos?

—O sea, él tiene novia, y la idea es que tú también vengas.

Eso ya me hizo sentir algo más tranquilo.

—Vale. Me parece bien.

—Le he dicho que escribes.

—Ah, ¿sí?

—Sí, porque llevaba días diciéndome que él lo que quiere hacer es ser escritor.

—Ah, bueno.

No sé si es que estaban pidiendo, o querían ofrecer, mi consejo, pero lo cierto es que ya me estaba picando la curiosidad.

Pocos días después estábamos ya por fin los cuatro charlando dentro de un bar, sentados a una mesa. Yo hablaba con Leopoldo (nuestro nuevo amigo), y mi novia hablaba con la suya.

Leopoldo tenía algo atractivo que no se sabía muy bien qué era. Parecía menor que su edad, unos diez años menos, como si fuese todavía un adolescente barbilampiño. Tenía una mirada muy viva, de intelectual inconformista puro. Tenía tablas. Se le adivinaba mucha cultura, y de la buena. Era una persona muy moderna, con la que daba gusto hablar.

De repente, muy bajito, como si me dijese algo al oído, dos palabras salieron de su boca. Era una explicación de ayuda que me daba, porque se suponía que yo ya debía haberme dado cuenta de algo de lo que en absoluto me había dado cuenta:

—Soy andrógino...—susurró.

Anda...Qué extraño. Y sin embargo, era normal...El chico me estaba dando a entender que era una chica. O no, o eso: que era "andrógino"...

Nada cambió. La charla, nuestra charla acerca de literatura, siguió como si nada.

Cuando nos separamos las dos parejas, un rato después, vi que mi novia se sentía un poco decepcionada. Comentamos todo, todo... Ella ya sabía lo que pasaba, también, y parecía que se sentía engañada por él. Pensaba que él no tenía que haberse hecho su amigo en facebook sin decirle la verdad. Pero yo pensaba "¿desde un principio? ¿Pretendes que las personas vayan contándole a los desconocidos, nada más llegar, sus secretos más íntimos? ¡Tú flipas! Qué absurdo. Qué tontería".

Yo no me sentía decepcionado. Algo me hacía un poco de gracia: yo había sentido celos en principio y ahora todo aquello quedaba lejos, y cuanto más "decepcionada" se sentía mi novia más lejos quedaban los celos de mí.

...Y lo más importante: me sentía muy bien. Me sentía bien, porque si Leopoldo me había confesado su secreto era porque algo en mí le había arropado, le había protegido. La vida es dura, y aquel chico había visto en mí alguien en quien podía confiar: un colega...

Pues nada, colega…cuídate.

RECUERDOS DEL RÍO CHELO

Ya no podía contrastar mis recuerdos con mi padre. Ya no estaba.

Mi madre sí que me ayudaría, sin embargo, a distinguir realidad de fantasía, pero esa noche tenía más prisa.

Mis padres me habían dicho muchas veces, durante mi vida, que de pequeño me llevaban al río Chelo, y que allí nos bañábamos. Hasta ahí bien. Pero yo quería estar seguro de una cosa: tenía recuerdos, o creía tenerlos, de un lugar paradisíaco, un lugar de agua dulce y limpia, un oasis de aguas tranquilas en medio de parajes verdes verdísimos, como de cuento de hadas. Y sólo había un modo de comprobarlo.

Cuando era pequeño vivía en A Coruña, que en esa época se llamaba La Coruña.

Ya sabéis que esa ciudad se encara con el océano Atlántico (de hecho, yo vivía en la playa de Riazor), pero tal vez no sepáis que allí, en esa zona hay un río.

Cuando era pequeño mis padres me llevaban, nos llevaban a mí y a mi hermano mayor a bañarnos al río Chelo. Recuerdo un río de aguas paradas, o al menos tranquilas, en medio de un paraje verde.

Me suena que podía haber sanguijuelas. Eso era lo que también podía ser ya un producto de mi imaginación, tras 40 años de recreación de aquellos recuerdos.

Y sé, porque me lo han contado, que un día mi padre, por allí, en alguna fuente natural, se puso a beber agua y dijo "¡está riquísima!".

Yo lo imité. Comencé a beber agua y dije "¡está riquímala!". Tenía cuatro años. Eso es algo que a mi padre le hizo mucha gracia… "¡Está riquímala!" "¡Está riquímala!", y me lo estuvo recordando toda la vida.

La verdad es que del episodio del agua riquímala, en una de esas fuentes que bajaban de la montaña, con agua buena, que había en ese lugar, al lado del río Chelo, yo nunca me he acordado. Es decir, sé que mis padres me lo han contado siempre, pero no tengo imágenes en mi memoria de aquel momento, como sí que las tengo de aquel bañarse en aquellas aguas oscurecidas por las sombras de toda aquella vegetación. Tenía imágenes de agua dulce y oscurecida, posiblemente por las sombras en ella proyectadas, y de verme rodeado por la montaña verdosa.

Pues bien, después de 41 años me decidí a buscar en una fuente fiable. Enseguida, gracias a google, encontré mi objetivo. El río, al que toda la vida habíamos llamado río Chelo, parecía haberse llamado siempre río Mandeo, pero sí que estaba (está) en una zona que parece llamarse Chelo, en algún rincón de Galicia. Por las imágenes que internet me ofrecía, aquello era precioso: mis recuerdos infantiles me habían guardado fidelidad durante 40 años, aquellos parajes eran tal y como yo los recordaba. Me sentí muy bien al verlo.

Y entendí, por otras imágenes, algo que no sabía: que por aquellos lugares se cogían truchas y salmones enormes.

Todo ello se lo comenté al día siguiente (anteayer) a mi madre. Ella ignoraba que el río posiblemente se llamaba Mandeo, en lugar de Chelo, pero lo aceptó sin problema alguno. Y me confirmó algo de lo que yo no estaba del todo seguro: sí que había sanguijuelas. Mi padre se quejaba porque aquellos pequeños seres oscuros se le pegaban a las piernas.

Lo natural tiene su precio.

NADÁNDOTE

Como tantas tardes, la pareja había quedado para tomar una infusión y escapar, únicamente teniendo como vehículo las palabras, de un mundo aburrido y gris, tan necesario como monótono: el mundo en que vivían.

En un momento de silencio, en que Noelia no decía ni mú, y únicamente movía la cucharita interminablemente, la inspiración poseyó a su amigo.

—¿Te imaginas si viviésemos dentro de una taza de té? ¿Cómo sería eso? —preguntó de repente Nacio mirando hacia el interior de su taza— Yo bucearía de un lado a otro por enmedio del caliente líquido pardo.

Noelia también demostró tener buena imaginación:

—La pepita de limón se me resbalaría de la mano, y yo me intentaría escapar, subiéndome por la cucharita.

—Eso si hubiesen dejado la cucharita dentro de la taza, cosa que no sabemos. Bucearíamos y no veríamos el fondo. Tal vez ni siquiera podríamos abrir los ojos, estando sumergidos, puesto que si el té estuviese caliente nos haríamos daño.

—Hombre, si estuviese muy caliente, nos estaríamos abrasando la piel, al estar dentro de la taza. Se supone que no estaría más que templado o calentito. Recorreríamos la taza por dentro, nadaríamos, y deslizaríamos la palma de nuestras manos por la blanca superficie curva de nuestro recipiente. Y caminaríamos sobre un fondo arenoso de azúcar no disuelta.

—¡Es verdad! ¡El azúcar del fondo sería como el fondo arenoso en una playa! —Nacio parecía disfrutar con sus ocurrencias— A mí se me ocurre que nuestra piel, de estar ahí dentro, se iría oscureciendo.

—Pues yo creo que no estaríamos tanto tiempo dentro —respondió Noelia—, porque pronto el té se iría enfriando, y a ver quién aguantaba eso. Así que, si hubiese cucharita, yo enseguida subiría trepando por ella, y, si no la hubiese, tú juntarías las manos, yo pondría un pie sobre ellas, y apoyándome en ti, cogería impulso para agarrarme al borde de la taza e ir saliendo de allí.

—¿Y yo?

—Podrías salir pronto también, porque yo comenzaría a coger objetos que hubiese encima de la mesa y los arrojaría hacia dentro de la taza de té, para que tú pudieses, subiéndote encima de ellos, llegar también hasta el borde y salir.

Los chicos se abrazaron emocionados y, por primera vez, se besaron, contentos de estar juntos. Aquella tarde en que, imaginariamente, habían buceado dentro de una taza de té no la olvidarían nunca.

ELLOS ME ACEPTARON

(Relato autobiográfico)

Cuando era pequeño y pensaba en mi futuro no lo veía muy claro. Veía a los adultos y me parecían realmente extraños. No me identificaba en absoluto con ellos. Me parecía imposible que yo pudiese nunca llegar a ser así, un adulto, como ellos. ¡Los veía tan diferentes a los niños…! El contraste entre esos seres grandes, que vestían de gris y que no jugaban, y los pequeños, era enorme. No veía posible, según era mi sentir, según lo que pensaba en esos momentos, que yo pudiese llegar a ser mayor jamás. Tal vez por ello uno de mis ídolos principales durante mi adolescencia fue Peter Pan. Ese hombrecito vestido de verde no quería, o no podía, crecer. De algún modo estaba incapacitado para ser un adulto normal. Tuve algunas ideas parecidas más tarde (que nunca llegaría a ser adulto porque me moriría a temprana edad, en plena pubertad, que sería un adulto extraño, etc.). Pero no eran esos mis pensamientos, normalmente. Eran imaginaciones que venían a visitarme en algún momento, y que, tal como venían, después se iban.

Cuando tenía doce años, una tarde sufrí un accidente al salir del colegio, mientras jugaba al pilla-pilla con algunos compañeros en un gran columpio. A consecuencia de aquello tuve que pasar unas cuantas veces por quirófano. La cosa se complicó una y otra vez y parecía que no iba a acabar nunca. Estuve dos años seguidos de hospitales y médicos. Por aquellos días volví a albergar la idea de que yo no iba a ser un adulto normal, pero esta vez aquel pensamiento era mucho más realista. De hecho, algún doctor me llegó a comentar esa posibilidad, porque hubo instantes en que no se veía otra. Por suerte, la cooperación entre dos doctores encontró una buena solución, y una operación quirúrgica definitiva, que duró cuatro horas, puso fin a mi

59

sufrimiento y al de mis padres. Todo aquello, ese infierno vivido durante mi pubertad, iba a comenzar a quedar atrás y yo, por suerte, iba a ser una persona que pasaría desapercibida entre el resto. Sería un adulto como cualquier otro.

He hablado alguna vez con otras personas de sentimientos parecidos o que pueden tener algo que ver. Hablé en época adolescente, en años de instituto, quiero decir, con otros jóvenes que también tuvieron la duda de si serían adultos como los demás, personas serias y normales. Surgió una vez, en clase de ética, de segundo, el llamado "síndrome de Peter Pan" (por ahí comenzaba a aparecer ante mi curiosidad el ídolo anteriormente mencionado). Se trataba del miedo a crecer, a aceptar las responsabilidades del mundo de los adultos. Por esa época, casualmente, para ayudar a todo esto, se hablaba de tribus urbanas: "rockers", "heavies", "hippies", "punkies"... Algunos de estos colectivos querían automarginarse, distanciarse del ciudadano diario. Ese era el modo de socializarse de muchos jóvenes. Querían sentirse parte de algo, porque no se sentían parte del mundo. Acaso todo aquello supuso en cierto modo una revolución, y gracias a tantos rebeldes, hoy en día los adultos no son como yo los veía de pequeño. No somos así. Puede que otros niños como el que yo fui sintiesen lo mismo que yo, tuvieron miedos parecidos a los míos, y gracias a ellos hoy en día los adultos seguimos jugando, no somos tan serios como eran nuestros padres y nuestros abuelos.

El mundo, por tanto, ha cambiado. Puede que, con tantos padres intentando hacerse amigos de sus hijos, ya no se pueda, o no se deba, hablar de abismo generacional... Pero esto ya no tiene mucho que ver con lo que quiero contar.

Si unos conseguimos lo que ansiábamos: llegar al mundo adulto e integrarnos, ser personas normales y corrientes y no llamar la atención de nadie, tal vez otros no tuvieron tanta suerte. Otros llegaron al mundo con algún problema o lo adquirieron viviendo y de esto es de lo que sí que quiero contar algo. Voy centrándome, voy a contaros una historia que me gusta mucho pues habla de unas experiencias reales vividas por mí en un entorno tal vez "especial". Y esto puede empezar contándose así.

Hace un par de meses entré a comprar unos cómics a una tienda especializada de Palma. Al ir a pagar vi que había en el mostrador un par de muestras gratuitas. Pregunté y me dijeron que me los podía llevar. Uno de ellos me llamó mucho la atención cuando lo estuve leyendo en casa (me lo leí todo seguido en menos de media hora). Contaba la historia de una persona, "Teresa Perales" (ese era el título, además). El cómic, narrado en primera persona, hablaba de una nadadora real que conseguía muchas medallas. Después de leerlo pensé: "¿Qué está pasando aquí?, ¿cómo puede ser que esta mujer haya conseguido tantas medallas y yo no sepa ni quién es?".

Hace unos días conseguí, después de buscarla durante mucho tiempo, una película que me encanta, que ya había visto varias veces hacía unos veinte años y que tenía ganas de volver a ver: "Hijos de un Dios Menor". Pues bien, la localicé, la pedí por correo y la compré. Y vi, no recordaba, que su actriz principal, sorda, tiene un Óscar. Sí: Marlee Matlin tiene un Óscar por esa película. Ha hecho algunas películas más y ha aparecido en programas de televisión también. Y la verdad, no sé en Estados Unidos, pero aquí, ¿sabe alguien quién es Marlee Matlin?, ¿se ha oído ese nombre alguna vez?

…Y, en cambio, tristemente, seguro que ya todo el mundo sabe quién es el tal Óscar Pistorius, señor que se hizo más famoso por ser acusado de matar a su novia en 2013, que por sus marcas mundiales en el mundo del atletismo. Así es la vida.

Hubo una época no muy lejana de mi vida (no muy lejana, digo: hará seis años como mucho) en que me sentí bien porque me acerqué todo lo que pude a un colectivo que hasta ese momento me resultaba totalmente desconocido. Creo que eso fue positivo, muy válido para alejar desconocimiento, prejuicios, y todo tipo de discriminaciones. Posiblemente, ese colectivo tiene fama de ser dependiente o de necesitar ayuda del resto de la sociedad... Yo solo puedo decir que conocí unas personas muy, pero que muy íntegras.

Toda la vida hemos oído hablar de discapacitados...O no, de acuerdo: es un término más o menos actual, de ahora. Estamos acostumbrados a unas palabras como "inválidos", "paralíticos"... esas sí las hemos oído siempre, pero nos vamos familiarizando con otras más modernas, como ya incluso "parapléjicos", "tetrapléjicos"...y claro, también está esa: "discapacitados". Pero, ¿a qué suena esa palabra? Parece que nos quieran contar que alguien no es capaz de hacer algo, ¿no es cierto? El caso es que hemos de hacer un esfuerzo para entender qué significa ese vocablo. ¿Se referirán a trabajo o a qué concretamente?

Uno va completando su diccionario y sus archivos internos con la información que le llega de aquí y de allá. Una chica, compañera de un curso gratuito sobre rehabilitación y fisioterapia que comencé hace tiempo pero que ninguno pudimos acabar pues fue anulado a las pocas semanas de empezar, habló de su pareja: comentaba que su novio tenía discapacidad, y que le reconocerían una pensión por discapacidad si ésta alcanzaba o superaba el treinta y tres por ciento, si no no. No sé qué pasó con aquello pues no la volví a ver desde nos quedamos sin ese curso.

Nunca he tenido relación muy directa con nadie que socialmente se considere "discapacitado", excepto una persona que fue mi pareja durante algún tiempo, y que hoy en día, a causa de una enfermedad mental, se considera socialmente como discapacitada. Aparte de ella, tuve los compañeros de clase de informática, a nivel usuario, de un intensivo que también empecé, pero no terminé, hace algunos años.

Para que nos situemos, estoy hablando de la época más dura de la crisis. Fue un periodo de tiempo que comprendió entre el año 2008 y el

2011. No recuerdo las fechas exactas, pero estuve dos años completos en el paro, uno de ellos ya sin ningún tipo de ayuda económica por parte del estado.

Un poquito antes, solamente unos pocos años atrás, yo era fijo en un restaurante alemán de la Playa de Palma. Era una sucursal de un restaurante del cual había varias en Alemania (en Berlín y Köln). Entré en 2005 en un momento en que aprovechaba que vivía en una zona turística para buscar trabajo en hoteles y restaurantes como fregaplatos. Allí comencé a utilizar y seguí utilizando, durante muchos meses, una máquina grande y cúbica (que también he visto en hoteles), que se empleaba para lavar grandes cantidades de vajilla repetidamente, al mismo tiempo que pelaba cubos y cubos de patatas, limpiaba mejillones o gambones (les hacía un cortecito detrás para extraer el cordoncito de excremento bajo el grifo, cosa que no había visto en la vida y que me parecía ridícula), envolvía en papel de aluminio, con algo de sal gruesa y un pellizquito de comino, patatas crudas que acababan cocinándose en las brasas de la barbacoa, ayudaba a mis compañeros de cocina a elaborar tiramisús de grandes dimensiones (cuando tocaba disfrutarlo como postre del menú), pelaba y cortaba en trocitos muchas piezas de fruta que acababan en jugo de naranja de tetrabrick en un gran recipiente para el bufé de los domingos, cortaba, en la máquina charcutera, col para ensalada, láminas de carne congelada para platos de carpaccio, láminas de pato cocido para platos de Vitello Tonnato, y un largo etc. En definitiva: entré en aquel restaurante como fregaplatos en 2005 y salí en 2008, cuando ya habían hecho de mí todo un pinche de cocina. Como os decía, yo era fijo en aquel momento, llevaba más de un año siéndolo, y me las prometía felices y eternas, tenía seguridad para pagar la hipoteca y de paso estaba sacándome el carnet de conducir…Pero todo se torció. De repente se comenzó a hablar de crisis. Y algo noté. Para mala suerte, tantos esfuerzos en la cocina de aquel restaurante acabaron por producirme una hernia de la que preferí operarme. Tuve que estar un mes de baja. Fue el mes de agosto, normalmente el mes de más trabajo. Se ve que me echaron mucho de menos, ya que después de un mes de reincorporarme al trabajo ya todo el mundo aceptaba que había crisis, no en España sino en todo el mundo y, como había que eliminar a alguien de cocina, de repente me vi en la calle. Decidí que el carnet de conducir ya me había hecho gastar mucho dinero así que dejó de ser mi objetivo y me puse de nuevo en busca del trabajo perdido. Estuve un año cobrando del paro, y medio cobrando la llamada "ayuda familiar" (es mucho menos dinero pero algo ayuda, realmente). Estuve, y estuvimos todos, percibiendo como el trabajo no solamente era algo en peligro de extinción, sino algo que se estaba extinguiendo de verdad, y estuve, para acabar, un año sin trabajar y sin cobrar absolutamente nada. Por esa época comencé a salir con alguien. No tenía mucha más suerte que yo, pero alguna más sí.

Por suerte alguna ayudita familiar hacia las cosas algo más llevaderas. Mi madre me preparaba una bolsa de comida semanal. Hacía mucho que ya no me quedaba ni rastro del finiquito. Tras unos pocos años de cobrar un sueldo digno había pasado a no tener nada. Me estaba acostumbrando a ser pobre.

En esa época vi que había un cursillo de ordenador a nivel usuario. Como era para parados sería gratuito. Qué bien. Menos mal. No era dinero, pero te lo acercaba un poquito.

Lo vimos mi novia y yo en un diario. (Digo "mi novia", aunque en la actualidad, cuando hablo de ella ya digo "mi ex", todo cambia). Era gratis, y era justo lo que yo necesitaba para ponerme al día en cuestiones informáticas básicas y poder así encontrar trabajo. Cuando dos años antes tuve que operarme a consecuencia del esfuerzo realizado para el Restaurante XII Apóstoles decidí que ya se había acabado para mí eso del trabajo físico. Ya bastaba. Me merecía algo mejor.

Pero…fijándome en el anuncio reclamo del cursillo, enseguida me di cuenta del detalle que antes no había percibido: era para discapacitados. Y así se lo dije a mi compañera.

—Oye…aquí pone que esto es para discapacitados…

Pero ella me respondió:

—Yo que tú iría de todos modos a intentarlo, por si acaso. El no ya lo tienes.

—Ya verás como no puedo hacerlo. Va a ser perder el tiempo. Ahí pone muy claramente que es para discapacitados —le dije.

Pero nosotros dos, como pareja, ya sabíamos eso de que "cuando la miseria entra por la puerta el amor sale por la ventana" (o algo así dicen). Y yo cada día tenía menos ganas de discutir. Ya habíamos discutido mucho. Cuando hay dinero todo es muy bonito. Puedes comprar cosas variadas, necesarias o no, salir, entretenerte, comer en este sitio, cenar en aquel, gastar por aquí y por allá y, en general, pasártelo bien… Cuando no hay mucho dinero, pero al menos hay trabajo, esto cambia ligeramente: los dos trabajáis, no hay de qué preocuparse, porque que haya trabajo quiere decir que siempre va a haber dinero, se puede poco a poco comenzar a ahorrar, y te sientes seguro, que ya es mucho…Si ya uno está en el paro y solo trabaja el otro, la situación, en cambio, es un poquitín más tensa: uno se siente como un esclavo al que le están tomando el pelo, están viviendo a su costa…pero con cierta dosis de generosidad y de respeto mutuo la cosa aun es llevadera. Uno va dejándole, prestándole, dinero al otro, para no que no se sienta deprimido de tanto ir por el mundo con los bolsillos vacíos (dinero que se devolverá alguna vez o puede que nos perdonen la deuda y no sea necesario devolverlo)… Ahora bien, cuando ambos estáis en el paro todo ya es un horrorcillo. Esa situación viene a ser un sálvesequienpueda. Da igual discutir o no, de hecho parece que es mejor discutir a cada momento, como si así se viesen, tras cada discusión, las cosas más claras, como si todo se agilizase, como si el discutir nos ayudase a ponernos las pilas. Se pasa más bien mal, pero, al menos, hay emoción porque hay un objetivo, algo a conseguir, una ilusión, una meta: encontrar trabajo. Incluso, que te llamen para hacer una entrevista laboral ya es una lotería, algo de lo que alegrarse, es como, por lo pronto, cantar línea…He oído decir a veces, me lo dijo mi tía abuela, por ejemplo, que en la época de la guerra civil la vida era más mucho más intensa que en esta época. Pues esto debe de ser algo parecido. No hay tanta intensidad, pero como hay más riesgo cuando se está en el paro y hay que estar buscándose la vida en todo momento, te aburres porque no trabajas, a menos que te vayas de paseo y busques quehaceres, pero no te aburres en tanto a que tienes que estar pensando y buscando soluciones. Tienes que controlar el gasto, el poco que puedas hacer.

En fin, que como mi ex sabía mucha más informática que yo, mejor que yo no discutiese e hiciese algo por ponerme a su nivel. Había informática gratis disponible y no se podía desperdiciar esa oportunidad. Había que hacer lo posible por recogerla. Al menos, había que intentarlo. Era de tontos no hacerlo.

Mi novia y yo vivíamos en un estudio que estaba comprando yo solo en el Arenal de Llucmajor, en la zona del Club Náutico del Arenal. Era una casa muy pequeña: aunque parezca mentira, no llegaba ni a veinte metros cuadrados, y sin embargo nos bastaba para vivir a nosotros dos y al pequeño e inteligente yorkshire que vivía con nosotros. Yo pagaba una hipoteca mensual y me quedaban unos cuantos años para seguir pagándola, pero lo cierto es que pagaba poco. Si alguien se fuese a vivir a un estudio en alquiler, no pagaría una mensualidad menor de la que yo pagaba de hipoteca, y, además, yo estaba comprando, mientras que el otro no compraría nada. Yo pagaba, y mi novia de entonces vivía conmigo gratis, nunca le exigí nada, si acaso yo intentaba que al menos ella limpiase y cuidase mi casita tanto como yo. Tampoco puedo quejarme, porque algún tiempo después yo estaría viviendo con ella en una casa de su familia tal y como ella vivía en ese momento en la mía.

Pensándolo bien, iba a hacerle caso. Lo iba a intentar. No creía que me dejasen entrar en el curso (si era para discapacitados era para discapacitados, y yo no era ningún discapacitado) pero me presentaría allí y preguntaría, diría que estaba muy interesado en ello, a ver qué pasaba. Era informática lo que se impartía y hacía tiempo que ese era uno de mis objetivos primordiales. Tenía que volver a trabajar en alguna oficina o algo así, como cuando mis padres me tuvieron de secretario en la inmobiliaria familiar. Eso era lo ideal, pero cualquier trabajo me iba bien. El problema es que, por mucho que lo solicitase cuando entregaba un currículum, no me estaban llamando de ninguna parte ni para ser pinche de cocina ni para ser, ni siquiera, un simple fregaplatos.

Yo había tenido un par de trabajos buenos... máximo tres: había sido jardinero, o "peón de mantenimiento de jardines", durante año y medio. Ese fue mi primer trabajo con contrato (antes de eso había estado unos meses de repartidor de diarios nocturno, jugándome la salud a la intemperie). El trabajo en jardines consistía, básicamente, en hacer junto a otro, en un motocarro, una ruta de guardia por la tarde, yendo a revisar todos los principales jardines municipales. Más que nada nos ocupábamos de su limpieza, aunque en verano también los regábamos, y alguna vez plantábamos alguna cosa (repoblábamos grama por esquejes, llenábamos las rotondas de petunias de colores...).

También había trabajado de auxiliar administrativo durante siete años en la inmobiliaria de mis padres. Contestaba el teléfono, hacía la publicidad, conseguía ofertas, actualizaba las que ya teníamos comprobando si seguían a la venta y mantenían el mismo precio o no... Alguno de nuestros vendedores se quejaba de lo poco modernos que eran nuestros equipos informáticos: a mediados de los 90 no debían quedar ya muchas oficinas como la nuestra que en vez de ordenadores siguiesen utilizando procesadores de textos de esos de pantalla oscura en que todo se escribía con letras verdes luminosas... En esa época, además, cuidaba a mis abuelos paternos, ya muy viejecitos, por las noches. Viví con ellos un par de años en un piso alquilado por mi padre cerca del suyo (y de mi madre) para tal fin.

Y por último, mi otro trabajo bueno fue el de fregaplatos-pinche de cocina, aunque lo mejor que tenía aquello fue simplemente que me hicieron fijo. Era un trabajo duro, más bien. Lo mejor que me llevé de ahí fue la receta del Vitello Tonnato. Lo hago de vez en cuando en casa cuando hay invitados. Me encanta y les encanta. Mmmmmmm, ¡qué bueno! Otros, con más curiosidad y ambiciones que las que tenía yo en esa época subieron algo más en la empresa y acabaron de cocineros, bastaba poner máxima atención a todo y saber hacer la pelota en los momentos apropiados, pero algo era algo.

También había sido "repartidor motorizado de comida a domicilio" (recordado textualmente de mi contrato), fregaplatos y/o ayudante de cocina en distintos hoteles y por espacios breves de tiempo, aparte había hecho una promoción navideña de herramientas para bricolaje en un gran centro comercial, y también había sido reponedor, por unos días, en un gran centro comercial. Total: un desastre. Y, para sumar pequeños desastres, al principio de todo aquello había abandonado dos carreras sin haber llegado ni a la mitad de las mismas. Todo ello había ocurrido en épocas mejores, social y económicamente hablando. Pero, tal y como me había dicho una ex—suegra, ya no estaba el horno para bollos. Se hablaba continuamente, y tan solo, de crisis y ya le habíamos visto todos las orejas al lobo, como se suele decir. Había que irse situando (tonto el último).

La organización que iba a impartir la formación en colaboración con el SOIB (Servicio de Ocupación de las Islas Baleares) era Asprom, asociación balear de personas con discapacidad física. Su local se hallaba situado en las faldas de la Torre Madrid. La Torre Madrid, que se halla en la Plaza Madrid, es el edificio más alto de Palma. Tiene veintidós pisos. Otra ex mía (que solamente fue mi novia por un mes) vivía en uno de sus pisos veintiuno. Su familia posiblemente siga viviendo allí hoy en día.

Iba a tener que recargar un poco mi tarjeta ciudadana. La tarjeta ciudadana la vas recargando en algunos estancos y papelerías y hace las veces de bonobús perpetuo. Nosotros vivíamos en el Arenal, una zona construida en torno a una playa de 4 kilómetros y medio, que se hallaba a 15 kilómetros de distancia de Palma. Tendría que ir cada mañana en bus hasta la ciudad y volver de ella cada mediodía en autobús también. Hay tres líneas de autobús que unen El Arenal con Palma: la 15, la 25 y la 23. Los autobuses de las líneas 25 y 23 llegan más rápidamente a Palma que los de la línea 15 porque los primeros van por autopista y los de la línea 15 no. Había una parada de la línea 23 muy cerca de casa, mientras que para coger un 15 o un 25 tenía que caminar unos quince minutos hasta la parada más cercana, que estaba en el paseo de la playa, al lado de un McDonalds y un Burger King, en el Balneario 1 (El Arenal está dividido en 15 balnearios. Se empiezan a contar desde la parte del Arenal de Llucmajor, donde está el Club Náutico, y terminan en la parte del Arenal de Palma, donde va a comenzar Ca'n Pastilla). Teniendo esto en cuenta, y que la línea 23 tenía precio diferente a las otras dos, según el tiempo que tuviese yo cada día, ya decidiría a cada momento qué bus me interesaba más coger para ir a Palma o cuál para volver.

No sé si fue un día después de ver el anuncio en el diario en aquel bar o varios días después, pero no pasó mucho tiempo hasta que me hallé en el local en que se iba a impartir aquel cursillo de informática pidiendo información e intentando inscribirme.

Me presenté y me vinieron a decir, al inscribirme, que en principio, efectivamente, era un cursillo pensado para discapacitados, que aun así, me aceptarían por el momento, pero que darían preferencia a esas personas que tenían que hacer algo más de esfuerzo para integrarse socialmente. Expliqué que estaba buscando trabajo, que estaba en el paro desde hacía tiempo sin ningún tipo de ayuda, y que creía indispensable adquirir conocimientos básicos de informática para integrarme en el mercado laboral. Su mensaje era positivo: no se opondrían a que yo lo realizase mientras no hubiese otros solicitantes que pudiesen quedarse fuera por culpa de mi intención. Creo que posiblemente vieron con buenos ojos que una persona no considerada discapacitada participase de aquello como uno más: eso por sí solo ya era integrador y antidiscriminatorio.

Sabía, por tanto, que corría el riesgo de verme excluido del proceso de formación, pero el caso es que pasaron los días, comenzó el cursillo un uno de febrero y yo me vi, por suerte, haciéndolo junto a unos catorce compañeros más.

El cursillo era muy bueno. Lo primero que hicimos fue escuchar a una orientadora laboral que estaba ahí para animarnos a encontrar trabajo y que nos dijo un secreto importante: nos habló del "currículum oculto". El currículum oculto es una parte del currículum que no debemos enseñar. Es decir, se trata de guardar una parte de nuestros conocimientos y experiencia laboral. No hace falta contar cada paso que hemos dado. Siempre hemos de tener más riqueza que la que mostramos, saber más de lo que decimos, de ese modo pueden buscar si hay puntos débiles o lagunas entre lo que mostramos, pero no podrán dejarnos en ridículo. No hemos de aparentar ser más de lo que somos, más bien al contrario: hemos de aparentar ser un poco menos de lo que somos realmente. Así se llevarán, conociéndonos, una agradable sorpresa.

El cursillo iba a durar unos tres meses. Sería intensivo, de lunes a viernes. Se trataría de entrar cada día a ese local de Asprom de la Plaza Madrid de Palma a las 9 de la mañana y salir a las 2 del mediodía.

El segundo día de cursillo era un dos de febrero y yo no aparecí por allí. Mi padre había muerto, inesperadamente, de madrugada.

El día siguiente lo dije a mis nuevos compañeros. Y todos me dieron el pésame. Lo agradecí. Por cierto, entonces, un día después de la muerte de mi padre, era mi santo. Fue extraño para mí.

Me di cuenta de que tenía suerte de estar comenzando un cursillo en esos momentos: de ese modo estaría distraído haciendo algo.

Me vi ahí, en aquel aula de aquel local, rodeado de aquellos compañeros estupendos, hombres y mujeres, unos más jóvenes y otros más mayores, todos entre los 30 y los 50, hablando con ellos en las pausas entre clases. Unos se tomaban un café en el bar, otros se comían el almuerzo que traían de casa, alguno fumaba de pie en la calle junto a la puerta del centro y hablaba de todo un poco…

Enseguida hubo "buen rollo" entre todos. Una de las apuntadas al módulo me conocía de vista de mi instituto… o sea que había estudiado BUP en el mismo centro educativo que yo. Se llamaba María Jesús.

—Me acuerdo de ti, de haberte visto alguna vez por el Ramon Llull, pero entonces vestías de negro. Ibas diferente. Tenías otro aspecto.

—Ah, pues sí, es cierto –reconocí—. En esa época era punky, siniestro.

—Sí, algo así.

Comenzamos a hacer prácticas con Word, vimos también Access, Excel, adquirimos cada uno una dirección electrónica en Gmail… Aproveché que había que enviar un Gmail a todos los demás, como práctica, y les envié archivos con mis trabajos literarios.

—Aquí va una novela corta…

—Ok.

—¡Qué bien!, ¡qué guay!

—Esto que os envío ahora es un poemario gótico-humorístico…

Etc. No sé por qué, pero tengo la impresión de que ninguno de mis compañeros llegó nunca a abrir ni uno solo de aquellos archivos que les envié. Es una corazonada. Será porque no me llegó nunca ninguna opinión ni ningún comentario al respecto. Creo que nadie debió prestar atención a aquellos trabajos literarios. Así que nadie leyó nada, sospecho. Supongo que enseguida, también como práctica informática, borraron esos gmails recibidos y aquello fue así, en un momento, desintegrado.

Belén es como se llamaba nuestra profesora. Era una buena docente. Había estudiado en alguna universidad de monjas de la península y decía tener dos carreras, o más, no lo recuerdo bien. En seguida nos cogió aprecio, y nosotros a ella. Era una mujer bastante simpática.

A todos los parados les gusta que les regalen cosas. Está bien poder hacer cursillos de formación, y si en ellos te regalan algo, mejor. Belén nos dijo enseguida que tenían algo para nosotros: estaban a punto de llegar unos libros de informática muy buenos. Habría uno para cada uno. La verdad es que resultaron ser unos gruesos manuales de lectura amena donde se explicaba muy bien todo lo que veríamos de Excel, Word, Access, correo electrónico y alguna cosa más. Recuerdo que me leí el mío de un tirón. No tardé ni una semana en acabarlo. Eso demuestra que estaba perfectamente motivado en ese momento. Tenía ganas de aprender informática de una vez, y tenía ganas de estar ya trabajando de nuevo en algún lugar. La verdad es que si a esa edad no tenía más que un portátil y no sabía casi nada de ordenadores sería porque había sido de esos que se habían opuesto al progreso tecnológico, considerándolo alienante y deshumanizador. No me habían caído bien los ordenadores nunca, del mismo modo en que tampoco me entusiasmaba la idea ni de tener ni de conducir un coche, y por eso tampoco me había sacado el carnet de conducir. Siguiendo en esa línea, creo que fui la última persona de la tierra que se compró un teléfono móvil, y lo hice cuando ya hacía tiempo que todos iban por el cuarto o el quinto. La verdad es que el primero que tuve lo "heredé" de una vendedora de la agencia de mis padres que era bastante amiga mía, con la que hablaba frecuentemente de libros. Intercambiábamos novelas actuales. Era una buena crítica literaria aquella mujer. En cuanto a móviles, como ella se acababa de comprar uno nuevo me regaló a mí el suyo viejo, un aparato enorme de color verde fofi muy feo y muy cantón. Dado que era el primero que iba a tener, me pareció hasta hermoso el zapatófono aquel. En fin… Como decía, nos regalaron un buen librote informático de tapas blandas y muy buena pinta, de esos que apetece consultar y hasta leerse. Aprendí bastantes cosas en el curso y alguna más gracias al libro. Aquel tocho no se volvió a abrir nunca más, después de esos días, pero al ser recibido fue leído íntegramente de una vez.

Respecto a elaborar textos en Word me doy cuenta de que sé cosas que no sabe mi novia (la de ahora, no mi ex), y supongo que es gracias a ese cursillo y a alguno más que lo completó. Los profesores que se dedican a enseñar informática suelen ser exhaustivos. Son muy concretos explicándote todo lo que puedes hacer. Eso es muy bueno. Ella, por ejemplo, sabe muy poquito de las celdas de una página de Excel, y yo recuerdo algunas cosas, como por ejemplo hacer la "autosuma" de una columna de datos, cosa muy útil a la hora de llevar la contabilidad de nuestros gastos mensuales.

También nos regalaron una memoria USB a cada uno. (Un pendrive, vamos). Enseguida le cogí el gustillo a trabajar con un pendrive. Guardaba en él tantas cosas que era como si tuviese un ordenador propio diminuto para mí solo que llevaba conmigo a todas partes. En otro cursillo que hice meses después me regalaron otra de esas memorias USB. Y aquella aun la conservo y utilizo. Me ha ayudado mucho en la organización de mis estudios: de la carrera que ahora estoy acabando.

Yo pensaba a veces en mis compañeros como personas individuales al margen de aquella experiencia educativa. Intentaba comprender qué era lo que les hacía diferentes al resto de la sociedad. Alguna chica era un poco cojita, un chico tenía uno de los dos brazos algo atrofiado, alguien hablaba un poco raro… Pero otros suponían para mí una incógnita, un misterio total que tampoco apetecía resolver.

Las clases eran tranquilas. Tras los primeros minutos, en que costaba llegar al silencio, todos, casi al mismo tiempo, comenzaban a dejar de hablar y a dedicarse a las actividades del momento. Cooperaban unos con otros y ya hasta el final prestaban máxima atención.

Aquellos compañeros eran como yo. Si acaso, pensaba, estaban mucho más integrados en la sociedad que yo: algunos conducían su propio coche, quien más quien menos estaba casado y tenía hijos (pero mi novia y yo teníamos muy claro que hasta que no se arreglasen un poco las cosas económicamente para ambos no habría niños), algunos vivirían ya por su cuenta, pero era posible que otros viviesen eternamente con sus padres, quien más quien menos, por lo que oía, tenía un buen ordenador en casa, mientras que yo, por esa época, como mucho, tuve un gran portátil, medio inservible, que me había regalado un amiguete en el momento de comprarse otro mejor, y después un portátil más pequeño y bonito con el que comencé el Grado de Estudios Ingleses y que todavía me dura.

Sí, eran como yo. Eran como nosotros, como el resto de la sociedad, para lo bueno y para lo malo. Eran buena gente, inteligentes y habilidosos con la informática, por una parte, y por otra, también podían tener vicios humanos como el resto de los mortales.

Recuerdo que uno de los compañeros tenía un ligero problema de alcoholismo. En las pausas salía a tomarse algo al bar, y con frecuencia volvía a clase algo bebido y acababa poniéndose muy pesadito. Aunque al principio del curso no lo notamos, muy pronto eso ocurría día sí y día también. Pero, tras algún roce incómodo con alguien, todo volvió a la normalidad, o al menos, fue más discreto.

En general me gustó mucho hacer ese cursillo. Me sentía bien. Parece que tenemos la idea de unas personas que en teoría serían diferentes al resto (como si el resto fuese un grupo homogéneo) porque tuviesen más limitadas que el resto algunas de sus capacidades, pero el caso es que aquel cursillo se había preparado para ellos y ahí el que menos pintaba era yo. Y sin embargo no tuve ningún problema en adaptarme al curso y aprender sus contenidos. Hicimos una veintena de prácticas de Word. Recuerdo aquellas grafías de colores, líneas y autoformas, el insertar flechas y cuadros (lo recuerdo muy bien, además, porque lo tengo todo en un pendrive todavía y alguna vez he mirado por encima todos aquellos contenidos). Practicábamos con textos modificando su presentación en dos, tres y cuatro columnas. Jugábamos con tipos, colores y tamaños de letra. Después de estar una semana estudiando todo lo que se podía hacer con Word (el principal sistema con que se escriben textos), vimos, un día o dos, Access. Para que conociéramos Access, Belén nos preparó una muestra de ejemplo que consistía en la organización del préstamo de libros que se podía llevar a cabo en una biblioteca. En nuestra biblioteca ficticia escribíamos títulos de obras literarias, su autor, su año de edición (creo recordar), y si estaban disponibles o prestados.

Me suena que hicimos alguna cosa más con Access, tal vez gestionar un estanco imaginario también.

Después de hacernos una idea de las posibilidades de Access (cosa que no he vuelto a usar en ninguna parte por el momento, durante estos seis años transcurridos) comenzamos a vérnoslas con Excel. Quien más quien menos conoce Excel, hoy en día. Esas hojas de cálculo están en todas las oficinas del mundo. ¿Qué hicimos con Excel? Recuerdo varios ejemplos, varias actividades: hicimos las tablas de multiplicar, aprendimos a insertar funciones (cosa que ya he olvidado completamente), probamos un recordatorio de las fechas a sellar la tarjeta del paro… (Es cada tres meses: insertabas una fecha al azar y aparecía la misma fecha más tres meses, más seis meses, más nueve meses…), vimos una posibilidad que avisaba de los medicamentos que iban caducando según la fecha, aprendimos a insertar gráficos…Todo aquello era muy bonito. Lo poco que recuerdo de todo lo que aprendí allí lo sigo empleando hoy en día. Es bastante, diría yo. La contabilidad de los gastos domésticos, por ejemplo, la llevamos en un libro (se llaman así, "libros") de Excel. Cada nuevo mes que pasa lo hacemos abriendo una nueva página del Excel del libro de nuestra contabilidad (de mi pareja y mía).

Es curioso: la crisis sirvió para ponernos las pilas. Hoy en día trabajo como recepcionista de hotel, y la verdad es que gran parte de la preparación que tengo viene de cursillos del paro. Me apunté a todo lo que pude apuntarme. Iba haciendo cursillos intensivos de todo: inglés, informática a nivel usuario, alemán, internet, recepción en alojamientos, iniciación al ruso…Si bien no te pagaban nada por hacerlos, cosa que sí que se había hecho alguna vez a finales de los años ochenta, al menos eran completamente gratuitos. Lo que sí que te pagaban, si la pedías, era una beca por desplazamiento. Cobrabas más si vivías en otro municipio distinto a aquel en que ibas al cursillo. Rellenabas un impreso que se pedía en el local donde se impartía la formación, lo entregabas ahí mismo y te decían que tal vez tuvieses que esperar un par de años, pero que el dinero de la beca por transportes lo acabarías cobrando, seguro.

Pues sí, éramos catorce o quince, y la mayoría eran mujeres. Había más chicas que chicos. Un par más.

María Jesús, aquella chica que decía recordarme del instituto (y de la que nunca supe, como de la mayoría de mis compañeros, en qué consistía su discapacidad) vino un día algo alterada al cursillo y enseguida estaba contando qué le había alterado.

—Jolín, ¡qué fuerte! ¿Sabéis eso de que encontraron hace un par de días a una mujer muerta a la que le faltaba la cabeza?

—Sí —dijimos algunos prestando la máxima atención.

—Pues resulta que la policía lleva un par de días entrando en mi finca. Se ve que la mujer era vecina mía, del cuarto piso, aunque realmente no la conocía de nada ni la tenía vista. Parece que la asesinó y le hizo eso un señor con el que llevaba unos pocos días saliendo.

Realmente, la historia era para no dormir. A María Jesús, sin embargo, parecía divertirle el asunto ligeramente. Su alteración parecía deberse a miedo ante un asunto tan terrorífico más que a pena o compasión por la víctima, pero pensé que era normal una reacción así.

Alguna cosa más pasó en el curso: uno de los alumnos desapareció. Nunca se nos explicó qué había ocurrido ni porqué. Alguien había estado atravesando una mala racha y no nos enteramos hasta que fue demasiado tarde. Se nos informó simplemente de que había ocurrido una tragedia. Nos sentimos incómodos y apenados y tampoco quisimos saber más. Tal vez hubiese unos que tuviesen más información al respecto que otros, pero el caso es que nadie volvió a referirse a todo aquello nunca más en lo que duró el cursillo, si no fue muy indirectamente. Fuese lo que fuese lo que le había ocurrido a aquel chico quedó claro que lo mejor era ni mencionarlo.

Pero no todo eran cosas malas. Recuerdo haber comido tarta o ensaimada alguna de esas mañanas. Se trataba de alguno de los apuntados al curso, que celebraba su cumpleaños así, invitándonos a ese buen desayuno.

…Y así fue pasando el tiempo, entre prácticas de windows, entre cafés con leche en el bar durante las pausas, entre chistes, entre sonrisas y buen humor. Los temas cotidianos también aparecían en las conversaciones que pudiese haber. En general, podemos decir, como se dice hoy en día, que había bastante "buen rollo". Yo hacía dos trayectos diarios de bus, de unos 45 minutos. Por la mañana iba desde el Arenal hasta la Plaza España de Palma. De la Plaza España caminaba unos 20 minutos hasta la Plaza Madrid. Al medio día recorría el mismo camino a la inversa. Ante el ordenador, sin embargo (teníamos uno para cada uno), es donde más tiempo pasábamos cada jornada. No mirábamos apenas a Belén. Ella nos iba diciendo cosas, nos explicaba lo que fuera, y nosotros, mientras la escuchábamos, aunque preguntásemos cualquier cosa, siempre estábamos de cara a nuestra pantalla. Estábamos sentados en forma de "C", mirando hacia afuera, y la mesa de Belén estaba en el centro de la abertura de dicha C. Como estábamos sentados no mirando hacia la abertura de la C, sino hacia afuera, para mirar a Belén teníamos que girar la cabeza, pues no la teníamos delante. Solamente los que estaban sentados en el lado trasero de la C miraban hacia Belén.

Pasaban las horas y pasaban los días, y el estado de ánimo colectivo iba cambiando de la decepción a la ilusión. Habíamos entrado ahí algo desilusionados e incrédulos ante la situación económica del país, era imposible acostumbrarse a lo que ni nuestros padres habían vivido: no estábamos preparados para ello. Pero sabíamos que lo que parecía aburridamente eterno más pronto o más tarde llegaría a su fin. Nuestro futuro, inevitablemente, sería, por suerte, estar trabajando en alguna parte. Ocurriría. Aunque solamente fuese porque se fuesen a dar ayudas a las empresas que contratasen a los alumnos de cursos como el nuestro, ocurriría. Y si se sabía, o se creía saber que ocurriría, que la rueda de la fortuna volvería a girar de nuevo, el estado de ánimo mejoraba.

Supongo que la gente discapacitada también estaba pasándolo mal. Un colectivo de personas como ese, que normalmente toca verse ayudado por el estado, debía pensar: "Si las cosas se están poniendo así de mal, y comienza a haber recortes para todo el mundo, por mucho que se nos intente proteger como colectivo débil que somos, más tarde o más temprano todo esto nos va a afectar también a nosotros, puede que recibamos menos ayudas de las que recibimos… Quién sabe adónde nos llevará todo esto". Y lo cierto es que un año o dos después de estar yo ahí con la gente de Asprom recibiendo conocimientos informáticos, casualmente estaba con mi ex, cuando aún era mi novia, en casa una tarde con la radio puesta cuando oí una voz conocida por mí. Era un amigo que estaba siendo entrevistado por un locutor porque que en ese momento era portavoz de una campaña reivindicativa que intentaba ayudar al colectivo de los discapacitados ya que, según se informaba, de repente les estaban quitando ayudas económicas. Con tanto recorte finalmente había llegado la sangre al río.

Es bueno hacer algo cuando no se está haciendo nada. Mejor que estar en casa sentado en el sofá viendo una televisión que no habla más que de crisis económica y la prima de riesgo y el posible rescate y…es hacer algo. Por suerte acabamos dándonos cuenta, y durante los años fuertes de la crisis la gente volvió a los estudios. Volvimos a ser niños, volvimos a ser púberes, volvimos a ser adolescentes, volvimos a los colegios y a los institutos, volvimos a estudiar, volvimos a dar agilidad a nuestra mente. No había otra cosa que hacer. O eso o irse a Alemania, como en los años 60. Mi novia, que ya es mi ex, un par de años después sufrió la crisis igual que yo, en principio yo perdí la suerte y ya no me llamaban de ningún sitio, mientras que a ella sí, pero finalmente cayó en desgracia ella, perdió la suerte ella al mismo tiempo que yo comenzaba a trabajar en un hotel.

Aquel curso no lo acabé. Lo hubiese acabado, pero cuando quedaba menos de un mes, ella, mi novia (mi ex), que era la que mandaba en casa, me vino a decir que yo ya había aprendido mucha informática, la suficiente para poder trabajar en cualquier parte (nadie me iba a exigir más), y que estábamos sin un euro y más nos convenía pasar las mañanas dejando currículos por toda la ciudad. Ella mandaba, estaba claro. Ella pensaba por los dos. A ella, que había decidido al principio que yo podía hacer un cursillo para discapacitados, sin serlo, ahora se le ocurría que ya iba siendo hora de que lo fuese dejando, cuando apenas llevaba dos meses en él. En fin. Lo cierto es que en eso de la urgencia que teníamos por encontrar trabajo consideré que tenía mucha razón, así que tampoco quise discutir esta vez.

¿Sería 2010? Mi madre lo sabrá, si le pregunto. Sabe exactamente cuándo se murió mi padre. Pero no quiero preguntarle eso.

Llamé a secretaría del centro a la mañana siguiente para avisar de que dejaba el cursillo y de paso me despedí.

—No te darán el título si no lo acabas, no conseguirás el diploma que dan. Has de completar como mínimo el ochenta por ciento de asistencia…Y es una pena, porque lo llevabas muy bien.

—Ya lo sé, pero da igual. No puedo hacer otra cosa. Ya no cobro ni ayuda familiar ni nada y estoy pagando una hipoteca, así que tengo que moverme ya. Dentro de un par de meses ya estarán cogidos todos los puestos de trabajo del verano de esta temporada. Me conviene moverme ya. Muchas gracias por todo, he aprendido muchas cosas.

—¡No, no, no —aquella secretaria, de reducida estatura, era algo paternalista—: el cursillo hay que acabarlo!

—Lo cierto es que me gustaría, te lo aseguro, pero ya poco más voy a aprender. No puedo esperar más, tengo que ponerme a trabajar ya de lo que sea, es urgente.

—…Bueno —lo aceptó finalmente—. Que tengas mucha suerte.

—Gracias. Que os vaya todo muy bien.

—Gracias. Adiós.

—Adiós.

No llegué a saber cómo acababa aquella preparación, qué pasaría al final. Se nos había prometido, o se pensaba, que después de la misma haríamos prácticas (los que la acabasen) en oficinas privadas. Un mes de prácticas, y, posiblemente, luego esas empresas nos darían trabajo. Eso era lo previsto, eso era lo esperado, y de eso, tal y como estaban poniéndose las cosas, yo no estaba tan seguro, no acababa de fiarme. Por tanto, no podía dejar pasar tres meses más sin un mínimo de seguridad.

No acabé el curso aquel de informática y mientras buscaba trabajo hice algún cursillo más. También nos presentamos a unas oposiciones para subalterno del ayuntamiento mi ex (mi novia de entonces) y yo. Casualmente encontré en ellas a una compañera del curso para discapacitados, pues también se presentaba para probar suerte.

He trabajado en varios hoteles desde entonces, y he pensado varias veces, y he de reconocer, que lo poco que sé de ordenadores lo aprendí aquellos días junto a aquella buena gente de la que ya he hablado. Tuve suerte, mucha suerte. Puedo asegurar que, fuese para discapacitados o no, aquel cursillo, impartido en aquel lugar concretamente, fue algo que me ayudó muchísimo a mí, personalmente, en mi capacitación profesional. Todo aquello que aprendí sigue siendo válido. Es más, sigue siendo, realmente, la base de todo.

Creo que en este mundo en que vivimos, muchas veces hablamos de cosas que no conocemos en absoluto, incluso comerciamos con información acerca de personas que no sabemos realmente como son, como si las conociésemos de toda la vida. Olvidamos que no conocemos el mundo, que lo único que conocemos, como mucho, son las palabras. Y las paseamos tanto de aquí para allá que a veces nos olvidamos de que todas van conectadas a referentes, todas representan algo, algo que deberíamos intentar conocer por nosotros mismos, para saber de qué hablamos cuando hablamos.

Este país tiene un problema enorme con las altas tasas de paro que tiene. (Al menos, para los parados sí que resulta problemática su situación). Puede que en este tema veamos que hay, o puede haber, una especie de discapacidad, o incapacidad, que se puede resolver como yo he escrito.

Pero si empezamos a recortar por aquí y por allá y cada vez hay menos cursillos gratuitos para parados, estamos produciendo más de la mencionada discapacidad o incapacidad, o como mínimo la estamos perpetuando.

No sabía qué me iba a encontrar en aquel local. No sabía cómo iban a ser mis compañeros, si vería muletas, sillas de ruedas, extraños artefactos… La verdad es que vi gente normal y corriente que abría su corazón y se dejaba llevar por su curiosidad. Vi gente joven que era como éramos todos los jóvenes españoles en aquel momento. Tenían las mismas preocupaciones que teníamos todos, o muchos, en 2010 ("¿Cómo lo hago para salir del paro de una vez y poder estar mucho tiempo sin volver a él?", "¿Encontraré trabajo?", "¿Les gustaré?", "¿Me querrán?", "Si encuentro trabajo, por fin, ¿seré capaz de mantenerlo?", "¿Me pagarán un sueldo digno en vez de aprovecharse de lo mal que está todo y mis miedos?", "¿Llegaré a cotizar todos los años que tengo que cotizar para poder alguna vez jubilarme teniendo una pensión digna?", "¿Me servirá de algo todo esto en lo que vuelco tanto tiempo?", etc.).

Supongo que debí ser el único que dejó el cursillo sin terminar. Ellos se volcaron más que yo. Eso, si lo pienso, me dice algo muy claro. Posiblemente yo confiaba más en mis posibilidades de encontrar trabajo que ellos, aunque luego, de todos modos, seguí en el paro un tiempo considerable con el que no contaba. Aquellos años fueron terribles de verdad. Aquel no parecía el país que yo conocía, aquel en el que había crecido. No nos habían preparado para algo así.

Ellos se aferraron a ese cursillo porque había lo que ya he comentado: la seguridad aparente de que una serie de empresas los iba a integrar, primeramente en un corto periodo de prácticas y posiblemente después les diese trabajo. Se suponía que iba a ocurrir eso. Puede que al contratar discapacitados aquellas empresas fuesen a recibir algún tipo de ayuda, paga o subvención, por parte del estado, como premio a su labor integradora. De ser así, como yo no tenía ninguna discapacidad oficial (ni no oficial), ninguna empresa iba a recibir ningún premio si me contrataba a mí, por lo cual era absurdo esperar más meses en ese entorno: tenía las mismas posibilidades de encontrar trabajo si terminaba el proceso educativo que si lo abandonaba en aquel momento. O no: posiblemente tenía más posibilidades si me iba a la calle a dar currículos en mano. El Arenal, mi zona, estaba plagada de bares, restaurantes y sobre todo hoteles. No todo el mundo podía alardear del conocimiento de la lengua alemana que a mí me había proporcionado un intensivo que había realizado cinco años antes. Tampoco todos tenían un nivel medio de inglés como el mío…Era un buen momento para comenzar a buscarse la vida. Estábamos en abril, y ya tocaba irse situando. En junio ya estarían todos los hoteles abiertos, como cada año, con su plantilla provisional ya formada. Los currículos ya se enviaban preferentemente por correo electrónico a muchos sitios, pero aún había quien quería verte y saber cómo eras y qué pinta tenías antes de hacerte siquiera una entrevista laboral.

Creo que lo que más nos capacita para poder trabajar es la aceptación de una rutina. En esto, estos cursillos intensivos, sean de lo que sean, siempre son muy válidos. Estás de lunes a viernes en una rutina de cinco horas seguidas haciendo un trabajo intelectual. Ya esto, de por sí, es como estar trabajando a media jornada. Has de ir cada día, no puedes fallar (puedes, pero normalmente no fallas). Aceptas la autoridad de un profesor, un tutor o un monitor que imparte el cursillo (a veces más de uno). Ya esto es como tener un jefe que va haciendo de ti alguien disponible, que escucha, que obedece realizando las tareas o actividades que se le piden que realice. Además, vas a hacer todo esto sin cobrar. Esto te integra, te ayuda mucho, ya que preferirás estar trabajando y cobrando a cambio un sueldo mensual. Por tanto, espabilas para encontrar ese premio relajante y merecido cuanto antes. Esta rutina te ayuda a seguir activo, a seguir sintiéndote trabajador. Te prepara para que, en cuanto haya una oportunidad, seas un parado menos. Te capacita para la vida en sociedad, en definitiva…

…Y otra cosa que nos ayuda a sentirnos capaces de todo, que nos da seguridad, que nos sube la autoestima y que nos facilita todo aquello que queremos emprender, es que se nos acepte tal y como somos, que nuestra persona obtenga la aprobación social.

Yo no era como ellos, pero me acerqué hasta allí. Fui hasta su terreno. Visité su refugio en un momento determinado de mi vida en que necesitaba ayuda. Era cuando buscaba desesperadamente algún oasis donde guarecerme de la intemperie económica y únicamente encontraba puertas cerradas por doquier. El caos de la vida se me mostraba más hostil que nunca…

Y solamente puedo decir al respecto que, cuando llegué hasta su cuartel general y me vieron, distinto a ellos y tan perdido, ellos me aceptaron.

APÁTRIDAS DEL PRESENTE

Desperté… Y volvió aquel sentimiento de tristeza de los últimos meses que el sueño de aquella noche había conseguido alejar y hasta hacerme olvidar. Vi las paredes de plástico de color naranja de la tienda. Ya sabía dónde estaba. Un rayo de sol me estaba calentado los pies. Se oían voces de otros niños que jugaban fuera. Pero no me apetecía jugar con ellos. No me apetecía ninguna cosa. Solo llorar y seguir llorando.

Nos vendieron sitio en aquel barco. Era muy caro, pero suponía la libertad. Después de varios días sin apenas poder movernos, la embarcación, abarrotada de turistas pobres, como nosotros, se hundió, por suerte tan solo a varias decenas de vuestras costas. El salvamento fue bastante sencillo, y no se ahogó casi nadie. Estábamos todos muy contentos: por fin éramos libres. Sin embargo, la policía, los militares, los sanitarios… No sabemos qué pasa, no sabemos porqué, pero no nos dejan irnos. Hay alambradas, vallas metálicas. Y cada vez somos más. Llegan más. ¿Cuándo y cómo acabará todo esto? Hay muchas cosas que prefiero no pensar. Pero yo qué sé…

Me duelen los pies. Llevamos horas en la cola. No avanzamos. O avanzamos tan lentamente que parecemos no avanzar. Y así cada día. Y llevamos semanas así. Ya ni recuerdo para qué era la cola. Otra vez nos han sacado una foto. Los periodistas no nos dan nada, pero sí que se llevan fotografías nuestras. Vienen, se ponen serios y hacen fotos. Después se van. Se alejan charlando tranquilamente. Se ve alguna sonrisa en sus caras. Es la diferencia. Nosotros llevamos ya meses sin sonreír. Nadie sonríe. No recordamos cómo se hacía. Los periodistas vienen, ponen cara seria, por un momento les preocupa el mundo tanto como a nosotros, pero en pocos minutos vuelven a ser libres, pues se alejan. Y de nuevo ya todo da igual. Y quiero volver a casa. Queremos volver a casa hasta que recordamos que nuestra casa hace tiempo que no es más que un montón de escombros.

MICRO-MICRORRELATOS

APRENDIZAJE

Esperó, habló, sedujo, besó, lamió, acarició, lloró, rió… Ligó, propuso una cita, habló, rió, convenció, conquistó, invitó, besó, miró fijamente, besó… La fue a recoger, se la llevó y lo hicieron varias veces. Luego vinieron otras. En ellas entró y de ellas salió. No amó a ninguna, ni ellas a él, pero aprendieron cosas. Creció, maduró. Llegó el equilibrio y ya no tuvo prisa alguna. Ante todo, cuidó. La cuidó de verdad.

ASTUTA IMPACIENCIA

Quiso saber, antes que el detective de la novela policíaca que estaba leyendo, quién era el malo, el asesino. Solamente había un modo de conseguirlo. Consiguió la dirección del escritor en internet y compró en una tienda de productos de broma una serie de artículos. Iba a torturar al causante de su problema hasta que cantase.

IGUALDAD ENTRE COMILLAS

Se habían conocido de muy pequeños. Habían ido siempre juntos al colegio. Los conocía todo el mundo como compañeros inseparables. Pero terminar así… Lo habían compartido todo, absolutamente todo. Pero ahora él no la dejaba a ella, que estaba fuera de sí, llegar hasta el teléfono. Ya no eran iguales. Parecía haber un "sexo fuerte" y un "sexo débil".

Se conocían como nadie conocía a nadie en el mundo. Y que esa relación estuviese acabando así es lo que era una verdadera pena. Tener que colocar fuerzas de seguridad entre ellos… Haber dejado, como dejaron Luis y Ana, que su amor se acabase, que lo suyo fuese una rivalidad sin fin… El respeto hacía mucho que ya no existía, como si uno fuese propiedad del otro, como se posee la ropa interior, lo que se usa y se tira… Era duro comprender que ya no se amaban (¿cómo iban a estar amándose a gritos?), que ya se había consumido y consumido todo. No podía ser real. ¿Es que había una fecha de caducidad? ¿Por qué ellos no tenían la receta, esa fórmula mágica maravillosa que tenían otras parejas, algunos amigos suyos?

Ya nunca estaban de acuerdo en nada. Seguían estando juntos... Pero hacía tiempo que se habían quedado solos, completamente solos.

NO PUEDO DAR MÁS

Era ya por la tarde y, aunque no acostumbro a hacerlo, lo solté en medio de la calle, lo dejé caer al suelo. Enseguida vi que una abeja bajaba de las alturas ante mis ojos hasta el lugar donde yacía mi regalo. ¿Qué se esperaba encontrar?: hay crisis. No nos sobra el dinero. Yo no voy tirando pasteles de nata. Lo mío era un escupitajo. Tras la comprobación el insecto huyó asustado.

PESADILLAS

No volveré nunca más a contar hasta diez antes de abrir los ojos, después de dormir. Es algo que sé desde que era muy pequeño.

MI OTRO YO

Mi otro yo solamente podía ser tú. Lo sabía, lo supuse, mi compañera. Sin ti no completo un todo. Separados no somos mucho. Había que quererse uno mismo, claro, pero eso no podía ser la solución ni estar bien si no servía para juntarnos. No podíamos conformarnos con lo que había. No podemos sonreír si no nos sentimos iguales, igual de libres, mujer.

LIBROS

No recordaba cuándo había comenzado a pasear entre esas páginas, si fue en aquella primera biblioteca de la infancia que recordaba, o convaleciente en cama por alguna enfermedad, o en la escuela, ni a que edad... Pero siempre habían estado ahí, alimentándole el alma, regalándole palabras e ideas humanas. Nunca tendría las palabras suficientes de agradecimiento.

EL PINCHE

Aprendió en un restaurante alemán a hacer tiramisú, patatas a la brasa, ensalada de frutas, vitello tonatto, y pelar decenas de patatas y rebozar decenas de escalope en tiempo mínimo. Limpiaba de excrementos gambones enormes y muchas doradas. Lo que más hizo fue fregar platos y cubiertos, y perolos gigantes. Su salud también aprendió palabras nuevas.

CAMBIO DE SUERTE

Mi madre siempre me está diciendo que deje de mirar el móvil por la calle, que cualquier día de estos me voy a matar. Pues sí... La verdad es que sí, que tiene toda la razón del mundo la buena mujer.

Y mira que hasta en el metro de Londres estuve recordando el maldito escalón de nuestro portal, porque te avisan a cada momento: "Mind the gap between the train and the platform" ("Al loro al bajar del metro no te la vayas a pegar por descontrolar con la altura que hay desde el tren hasta la plataforma de la estación..."). Pues nada: olvidé Londres y las recomendaciones de aquella voz grabada que reproducían una y otra vez en el metro.

...Y se oyó el "pataplaf" que produjo mi cuerpo despistado al chocar contra la plataforma lisa y recién fregada del portal de nuestra finca hasta en el tercero, eso seguro.

Tú, que en ese momento llegabas de la calle, abriste con rapidez y corriste hacia mí.

—¿Está usted bien? —me ayudaste a levantar.

—Sí. No ha sido nada.

Por fin hablábamos. Eso era lo mejor que me pasaba en mucho tiempo.

BODEGÓN

Saltó por la ventana. Sería muy rápido: solamente habría de esperar recorrer los cinco pisos que le separaban de la acera gris.

Cerró sus ojos, llenos de lágrimas, por última vez.

Su exmujer yacía muerta en la cocina. Trenta cuchilladas se habían encargado de ello. Había algunas frutas esparcidas por el suelo y trozos de cristal de una botella de vino, huellas, en definitiva del forcejeo, de la intensa pelea que había habido en el lugar durante la última media hora.

Ella, años atrás, le había perdonado sus primeros insultos. Nunca denunció ninguna de sus agresiones físicas. Pero haber sido asesinada tal vez no se lo pudiera perdonar nunca: la existencia de Dios no es algo demostrado.

CAMINANDO A OSCURAS

Los llamó el misterio. Y no dejaron que la llamada fuese en vano. Cogieron sus mejores armas y se fueron hacia allí a combatir. Los esperaba algo que no conocían pero que tenía buena pinta. Parecía tratarse de un valle, pero de un valle líquido.

Sabían que iban a enfrentarse a muchos otros, pero algo les decía que no había peligro, que no iban a sufrir daño alguno.

No había nada que perder. Probarían suerte.

El camino no era infinito, ni siquiera era muy largo, pero la impaciencia asomaba, al igual que las dudas, aunque el misterio, la emoción y hasta cierta ilusión, seguían tirando de ellos.

"Basta seguir…", se decían el uno al otro, "…sin temer nada, y una vez lleguemos, y sepamos que van llegando los demás a aquellos húmedos parajes, solamente habrá que esperar para saber qué ocurre".

Como la vida es aventura y quien no se mueve se anquilosa y no descubre nada, sabían que estaban haciendo lo correcto. La distancia, al menos, no sería el impedimento. Ya se habían puesto en movimiento, independientemente de que fuesen a tener éxito o no. Por lo menos lo estaban intentando, porque aquel valle de agua valía la pena.

ESPADA MATAFANTASMAS

Entre las sábanas nadie nos ve, ni nuestros padres ni nuestros jefes. Tenemos intimidad. Hay terreno, entonces, para la narrativa que tiene nuestra piel como protagonistas. Ahí estuvo siempre su campo de batalla. Ese fue su taller experimental.

Ellas, las chicas, fueron eternamente sus compañeras, y él había sido el elegante superhéroe, el chico especial de sensibilidad atractiva, aunque, realmente, pensaba, a veces, era repetitivo eso. Lo cierto es que recordándolo, tras haberse sentido un fuera de serie toda su vida, ahora se juzgaba algo sexista: ellas en su perpetuo rol: "su pareja", "su compañera", (y no viceversa), raramente alguna "ella" había sido el personaje principal de esos argumentos amorosos que se interpretan a dúo. No las había escuchado, no se había preocupado de eso. Solamente su propia voz había sido la importante. Nunca hubo diálogo… ¿llamaremos comunicación a lo que fue únicamente monólogo…no interrumpido sino respetado? Pero haberlas conseguido excitar y amar también había sido una proeza digna de admiración.

Era hermoso recordar cómo había ido ocurriendo todo, percibir, saber distinguir y tener conciencia de su progreso en el tiempo, cómo se había ido pasando de la torpeza de los primeros encuentros post-infantiles a esa necesidad corporal-emocional tan bien descrita por la pirámide de Maslow (québienquehabíaunMaslowquejustificasenuestraperpetuabúsquedadese sperladadelauténticoamor).

Debía quererse. Por suerte eso de "quererse uno mismo" era un valor de la época actual, una conquista social irrenunciable. No debía ser demasiado autocrítico. No lo había hecho tan mal. Es que lo había hecho bien. Había consolado, había tranquilizado, había arropado, abrazado, mimado, seducido, convencido, acompañado, lubricado, exorcizado…estaba contento: no se había reproducido, pero sabía, estaba seguro, de que había amado, y, por tanto, había vivido.

ENAMORAMIENTO INTERPLANETARIO

—Que no, mamá: que se cree que soy tonta, que no me doy cuenta de lo feliz que está desde que han puesto a su nueva jefa: un robot, una replicante alimentada por energía solar fabricada en Faetón. Traidor. Ya se sabía qué iba a pasar con estas cosas. Qué rápido renegamos de los nuestros… Mira, la otra noche fui a bajar la basura orgánica y ¿qué me encontré?: un bebé, dentro del contenedor. Claro: lo subí a casa y decidimos que sería nuestro hijo, que no se lo daríamos al Gobierno. Enseguida él mostró sentimientos paternales. Pero le han durado poco…. Ya solamente está pensando en Nekane: ¡la puta extraterrestre esa! ¡Es que como la vea le voy a arrancar de golpe todos los hilos de cobre, alambres…o lo que tenga por pelos!!! ¡Seguro que lo tiene embobadito, hipnotizado y obediente, grabando datos en la oficina más horas que los demás, mirando de reojo sus bases giratorias, imaginando sus tetas metálicas…! ¡Es que los desintegro! ¡No, mamá, no quiero calmarme! ¡Mira tu móvil: mañana o pasado, verás en las noticias que una oficina ha sido destruida misteriosamente, por una bomba casera!

LA LENTEJA REBELDE

Dejó la novela de Orwell sobre la mesa. Dirigió sus pasos hacia la cocina. Echó una mirada a la olla que tenía puesta al fuego. Giró la tecla de los fogones para que el agua comenzase a hervir rápidamente. Tapó el metálico recipiente y volvió al salón para proseguir con su lectura. En cuanto salió de la cocina, la tapa de la olla se movió ligeramente y permitió escapar de un salto a una lenteja inconformista que iba a intentar escapar de su final.

Martín siguió dando brincos por la cocina. Y saltó por la ventana. Botando en línea recta no tardó en salir de la ciudad (se había escapado de un piso en las afueras). Llegó al bosque. Comenzó a organizar una rebelión vegetal en toda regla contra los humanos. Consiguió despistar, tras una asamblea de leguminosas libertarias, a unos escarabajos antidisturbios, que levantaron polvo lacrimógeno. Aprovechó la confusión y semi-enterrándose simuló ser piedrecita del camino. Continuó su peregrinaje implicándose en causas diversas: defendió públicamente a las amapolas que pretendían exhibirse desnudas sin vergüenza alguna… y acabó su vida en el estómago de una rata de campo.

LA CHICA DE CLOROFILA

Una tarde me dejé llevar por la curiosidad. Mi misterioso y gótico amigo Delfín iba cada anochecer a la playa, y esa vez me dio por seguirlo. Se sentó sobre la arena mirando hacia el agua. Una mujer de piel verdosa comenzó a salir lentamente del mar. Su aroma a clorofila, nos invadió. Se besaron. No necesité ver más para saber que el amor los unía. Me fui con muchos interrogantes en la cabeza. ¿Ella existía?, ¿era el espíritu de una mujer ahogada o qué? Días después, volví a seguir otra noche a mi amigo hasta la playa... Y allí estaban, con ojos tristes. Ella se alejó sola y entro en el agua, pero él finalmente se decidió a seguirla, entrando en el mar también. Me gustó eso.

—¡Delfín! —grité.

Se giró. Su piel, de la que también emanaba ese aroma a clorofila, había adquirido un tono azulado. Me sonrió y se desvaneció, toda su figura, en pocos segundos. Al día siguiente el diario hablaba de una tragedia. Yo, feliz, no lloré.

LLUVIA NEGRA

Salió corriendo de su casa. Estaba alterado, porque aquellas manos transparentes, de humo, le habían tocado de verdad en el pasillo. Pero se enfrentaría a ello. Eso le haría más fuerte. Además, no podía ser cierto. Abrió de nuevo la puerta. La sangre goteando del techo, las personas de miembros amputados, los ojos en el suelo, nada de lo que viese sería real.

Su imaginación le iba trayendo imágenes de todo tipo, todas ellas monstruosas. Iba a conocer sus límites, hasta qué punto aguantaría todo el horror del mundo, producido por su mente febril. Cuando sospechase la posibilidad de enloquecer dejaría de recrearse en lo maldito y visceral. Algo le decía que no podía ser real que estuviese viendo esas imágenes proyectadas en las paredes y el techo del pasillo de su propia casa, pero tanta nitidez, esos colores, ese realismo...Sabía que no estaba soñando. No era ninguna pesadilla, ni tampoco eran recuerdos de películas. Nada de todo aquel horror lo había visto jamás. Su deseo era abrir de nuevo y salir corriendo. Pero algo le decía que, si salía de ahí en aquel momento, jamás podría volver. Vomitó sangre y lloró.

LOS 7 HIJOS DE ADRIÁN

Adrián lo tenía decidido: él tendría siete hijos: un músico, un escritor, una bailarina, un filósofo aficionado al billar, un hombre muy generoso, un buen político y un profesor de inglés. El músico sería un creador de obras nuevas que entusiasmarían a todos. El escritor escribiría bestsellers. La bailarina obtendría prestigiosos premios. El filósofo desarrollaría una filosofía "metabolista", basada en el billar. El hombre generoso llegaría a ser un altruista obsesivo, empeñado en compartir hasta lo que no se comparte. El político traería esperanzas a una sociedad que ya habría perdido todas. El profesor de inglés sería un docente inventor de métodos de enseñanza que subirían el nivel profesional del país...

Pero Adrián pensó: ¿Y si no quieren ser como yo he proyectado? ¿Y si quieren ser camarero, doctora, jardinero, oficinista? La vida es impredecible e incontrolable... ¿Por qué pretender condicionar la trayectoria de los demás de antemano sin dejar que desarrollen su propia personalidad?

Ese día Adrián se dio cuenta de que aún era una persona muy joven, y de que, si se lo proponía, él mismo podía ser bailarín, escritor, músico, político, filósofo, una persona generosa, un buen profesor de inglés. Además, tampoco sabía si sería padre alguna vez. Aun así, volvió a casa de sus progenitores feliz y satisfecho de su paseo.

COMICS APETECIBLES

Había un libro en el banco. Tenía buena pinta, pero no lo quiso: le daba manía. Siendo de segunda mano, estando abandonado... hasta asco le daba. A saber por cuántas manos habría pasado. Como para todo hay término medio, tras calcular que tendría tiempo suficiente para ello, se sentó en el banco y se dispuso a leer el tebeo. Se lo leyó de un tirón. Rió, fue feliz por unos instantes, y, cuando acabó con sus cómics favoritos, los abandonó él también sobre el banco y se fue. Mejor hecho imposible.

PUNTOS DE VISTA

Se levantó del silla, apagó lo radio y bajó a la calle a comprar el diario. La sol, con su fuerza, realmente castigaba aquella mañana. Lo niña del kiosko le vendió una copia de la periódico, como cada día. Encendiendo un cigarrillo, pensó que parecía como si el mundo se hubiese vuelto un poco raro desde que había comenzado aquel cursillo intensivo de alemán. (¿o el luna lleno de la noche anterior lo había hipnotizado?).

EL CONSERJE DE NOCHE

Estás ahí siempre, al pie del cañón, para esperar a los últimos que vendrán cada día, cada noche, antes del desayuno, mucho antes del desayuno, "amanece tan pronto y yo estoy tan solo, etc.", como cantaban los Héroes del Silencio, sí, el silencio, tu principal compañero, cuando van bien las cosas, que si no... hay que llamar la atención, sí, vigilante del descanso, así está el tema, si beben no conducen, si beben te dan la lata, y mejor la lata que que te den sustos, que también alguno da un susto de vez en cuando, mi reino por una propina, esos regalos pasaron de moda, están en peligro de extinción. Y estás ahí, nadie te ve, ni siquiera la crisis, (la que hubo, de lo único que hablábamos, ¿recordáis?), pero estás ahí, sigues ahí hasta el amanecer, disponible hasta el amanecer, para ayudar hasta el cambio de turno, un cambio de turno que se espera como esperando a Godot: es decir, nunca llega, parece que nunca va a llegar. Sí, esto se acaba, el verano comienza a acercarse a su fin. Pero aquí estaremos. Aquí nos encontrarás, nosotros somos... los conserjes de noche.

EL HOTELITO DEL INFIERNO

Cenas, vas corriendo, coges el bus, llegas, te cuentan las novedades, comienza a irse el personal, y es que, de nuevo, te vas a quedar solo, cuidando, tú, ese enorme monstruo, tú serás el responsable de lo que cuenten mañana los huéspedes: esos tiquismiquis, esos borrachos, los antipáticos y los decentes, que también los hay. Resistes. Por fin...amanece. Oh. Descansar...

EL DESPERTAR DE ALETA

Aleta será una niña del futuro (aún no ha nacido). Una tarde, en vez de ir al colegio, se entretendrá inspeccionando una cueva profunda a la que tiene echado el ojo. Allí, entre cientos de libros, unos objetos que desconocerá, encontrará a Michu, (el habitante de la cueva), un chico simpático y extraño que le hablará de literatura y libros, e incluso se los dejará leer.

HADAS INSUMISAS

Un día, unas cuantas hadas jóvenes amigas, de bosque y ciudad, casualmente, durante una conversación, coincidieron en que ya no soportaban vivir en un mundo injusto, mediocre, sin magia... En ese momento se pusieron de acuerdo en que habían de crear un grupo de seres inteligentes dedicado exclusivamente a luchar a favor de la tolerancia, de la solidaridad, de la imaginación, del respeto, de la creatividad... Y así fue. Sus voces angelicales, cargadas de contenido, comenzaron a llamar la atención de unos y otros con sus constructivos y revolucionarios discursos. La gente, hostil, comenzó por decir que tenían pinta muy rara, pero eso no les pareció importante. Alguien sabría valorarlas, alguien entendería su misión. Muy decididas a romper el aislamiento comenzaron a contactar con ongs, cooperativas, radios libres, fanzines, asociaciones sin ánimo de lucro... de todo el mundo. Y así fue naciendo toda una red alternativa. Y de las calles, y de los medios de comunicación, comenzaron a desaparecer progresivamente la violencia gratuita, la incultura, la inhumanidad, la intolerancia, la superficialidad...

EVOLUCIÓN

Diario de David, 14 de octubre de 1995:

"Yo puedo hacerte disfrutar. Yo puedo hacer que te sientas mimada como nunca te has sentido. Entrar en ti y acariciarte por dentro, y besarte a la vez y rozar toda tu piel con las yemas de mis dedos, y que nuestras lenguas jueguen en nuestras bocas y... Sí, sí: que pierdas la noción del tiempo entre mis brazos. Si te digo todo esto, ¿por qué, si me escuchas, no me haces algún guiño, algo que me demuestre que piensas y sientes lo mismo que yo, que me estás deseando, que lo harías conmigo aquí ahora mismo? Es una pena, que, aunque muchos lo aseguren, la telepatía no funcione. Otra mujer, posiblemente necesitada de mi afecto y mi interés, va a perder la oportunidad de su vida. *Escrito en la cafetería de Irene. Las 4 de la tarde y 35 minutos.*"

Diario de David, 2 de febrero de 2017:

"Dejé, por fin, de mirarte como a una diosa. Eras una ambición imposible, mi amor platónico. Me derretía a tu lado. Estaba tenso cuando me hablabas. Volvía a casa soñando con que volviese a ocurrir al día siguiente. Pero, por suerte, todo comenzó muy rápido. Si nos teníamos idealizados, todo cambió. Uno se siente más tranquilo y más maduro simplemente por tener el derecho de manosearte los bajos hasta ponerte a cien. Que sea el pan nuestro de cada día, que me masturbes, que nos chupeteemos todo y que tengamos que cambiar las sábanas con tanta frecuencia, me tranquiliza, me convence de que el mundo no está tan mal. Hay justicia, finalmente. Hay equilibrio. Los cuerpos son del que se los trabaja...Seguimos vivos, después de tantos años. Seguimos haciendo el amor, después de tantas veces. Nos excitamos, nos corremos... Nunca estamos hartos. ¿Qué se más se puede pedir?"

EL MAGO

Recuerdo cómo hice mi primer amigo. Siendo aún un niño (debía tener 7 años) una mañana fuimos de excursión los de mi clase. Caminábamos con las primeras horas de luz por la ciudad, no recuerdo hacia dónde. Otro niño caminaba a mi lado y le confesé un secreto: "Soy un mago". Algo cambió en su mirada. Noté desde ese momento su curiosidad y su admiración. No paró de pedirme sus deseos, "Haz que desaparezcan los profesores", "haz que desaparezca la escuela, por favor"… y esas cosas. Pronto algo me comenzó a decir, por dentro, que debía ser sincero, pero claro, podía perder a mi primer amigo.

QUIEN LA SIGUE LA CONSIGUE

"Quiero ser escritora, ¿qué hago?" —le preguntó tras su recital.

"Nada" —respondió—. "Si le gusta escribir hágalo. Eso le llevará a algún lugar. Estamos en 2016. Dos genios murieron hace 400 años: Shakespeare y Cervantes. ¿Su secreto? No se dedicaron más que a escribir. Cuanto más escriba mejor. A ver si el próximo recital al que asistimos es suyo. Suerte". Pasados unos años, Julián miraba distraído las novedades de una librería, cuando una foto en un libro le hizo recordar aquel diálogo.

SE NECESITA DEPENDIENTE PARA LIBRERÍA

Vio el anuncio. No había número de teléfono. Recortó el trozo de papel que contenía el reclamo. Salió a la calle y corrió hacia la parada de autobús. Tenía prisa. Había de presentarse en la dirección indicada antes de que lo hiciesen otros. Dependían de ello sus futuras citas con George Orwell, Albert Camus, Patrick Süskind, Blas de Otero, Gabriel Celaya, Samuel Becket, Lord Byron, Milan Kundera, Franz Kafka...

HOMENAJE AL TETRIS

...sí, porque videojuegos, consolas, playesteishons, yo la verdad es que no, yo la verdad es que nunca, pero y aquellas primeras maquinitas que manoseábamos, ¿qué me decís de ellas? Nuestras geimbois, sí, y aquel genial tetris, ¿ha habido nunca un juego mejor y más constructivo que ese? La realidad, el mundo, todo se componía, aprendías a pensar, todo encajaba...

¿AMOR AL FÚTBOL?

Siendo yo aún muy pequeño, mi padre quiso compartir algo conmigo: su interés por el fútbol. Yo tendría 5 añitos y me llevó a ver al Dépor. Supongo que debí aburrirme mucho, pero estamos en paz: yo estuve todo el partido preguntando "¿queda mucho, papá?", y él siempre me respondía "Cinco minutos".

BUSCARSE LA VIDILLA

Sabían que no sería fácil vivir de la literatura, a principios del siglo 21. Oh, esos poetas insumisos, sin carrera alguna, ¿qué iban a hacer? "Malos tiempos para la lírica", ¿no? Para poder publicar en diarios ya te exigían Ciencias de la Información... Por mucho recital que hicieses tampoco había tantos interesados. Lo artístico, más que sus escritos, sería cómo conseguir sobrevivir.

LA PRIMAVERA LA SANGRE ALTERA

Sí, cada temporada, la del temprano turismo alemán, en la BierStrasse. Ya no veremos más 15 eMes, ni okupas guays. Y esos teenagers cosidos con piercings, de pelos de colores, half-tatooed, no, no son punkys, ni ya góticos, ya es otra cosa, (como todo). Bruce Springteen se sigue oyendo. ¿Recordáis vuestro primer pico? ¿Sobreviviremos al trabajo, a la crisis...? I hope so!!!! Xxx

¿QUÉ ES SOLIDARIDAD?

No sabría responder a esa pregunta-título, pero seguro que es parecida a "compañerismo". Os cuento...: yo era fijo en un restaurante.

Cuando se admitió que había crisis económica mundial, se decidió reducir plantilla. Un amigo, el pizzero mayor, que trabajaba conmigo haciéndoles ganar mucho dinero, en cuanto me liquidaron él también se autodespidió. ¡Bravo! No sonrieron. Yo sí.

LA HEROICIDAD DE UNA PAREJA

...Y Tristán, ¿venció al Morolt, luchó tánto... por Dios? ¿Buscó el santo Grial, como hicieron otros caballeros? No: Tristán fue un héroe diferente, el único de ellos que luchó y vivió (y murió) por amor, por su Iseo, arrebatada al tío Marc. El error de la criada Brangiel, los unió. Huyendo de Marc, rey, sobrevivieron un año en el bosque, solos. Dios ayudó a los amantes. Petit-Crué consuela a Iseo.

LA MUERTE QUE HAY EN NUESTRAS VIDAS

Tan solo intenté que pudiésemos regalarnos un día entero, como entonces, desaparecer un rato, que no existiese nada más que nosotros. Pero no ha podido ser: había responsabilidades, trabajo, otros compromisos. Me hubiese gustado que no hubiesen aparecido conceptos como la "prisa". Pero claro: vivimos aquí y ahora. Pues nada, me alegro de haberte visto. Cuídate.

LA REALIDAD SUPERA LA FICCIÓN

Eran las tres de la madrugada. Él abrió la puerta. Ella tenía cara de sueño. Él la había despertado. La hizo pasar. "Te he hecho venir para que veas esto". En el sofá había un bebé, dormido. Ella lo miró-interrogó. "Me lo he encontrado en la basura". Ella lloró. Él dijo: "Buscaré trabajo y lo cuidamos nosotros mismos". El escritor rompió de nuevo todo lo escrito. Lo deprimía del todo.

TRIBUS URBANAS Y SEXO DE INSTITUTO

Cómo olvidar aquella clase mágica. Éramos rockers, también hippies; éramos tecno, heavies, postmodernos, breakers y hasta punkies. Tú llevabas aquella camisa enorme dividida en dos colores, verde y rojo: la parte verde con fotos de políticos fascistas, y la roja con símbolos y fotos de héroes de la izquierda. Y enmedio de tanto surrealismo, una tarde que no estaban tus padres en casa, me llevaste a tu habitación y lo hicimos por primera vez.

EL PAYASO

Estaba harto de trabajar como un esclavo alimentando fortunas ajenas, y estaba harto de estudiar para acabar entre los parados de un país que sospechaba aún estaba en crisis. "Soy un artista: me inventaré mi fuente de sustento".

En una tienda de productos de carnaval, se compró unos zapatos de goma enormes y maquillaje.

Delante del espejo comenzó a maquillarse como un payaso. Salió a una plaza céntrica con un monedero grande que dejó abierto en el suelo. Esperó a la suerte.

DESEO QUE SE DESINFLA

Como quien cocina un aperitivo para uno mismo, estaba preparándose algo que fumar. Algo que la relajase, que le hiciese olvidar la última discusión que había tenido con Mario. Es que había sido muy fuerte… Estaban llegando a un punto muy chungo. Ya solo pegarse el uno al otro sería peor que lo que había. ¿Cómo iba así a mantener la ilusión de tener un niño, de ser madre alguna vez? Primero el hogar, luego los hijos.

Había ido mal con Ramón y había ido mal con Paco. Fue mal con Juan también, pues acabaron aburridos los dos después de algunos años juntos haciendo siempre las mismas cosas cada día. Los rollitos de fin de semana nunca habían trascendido, así que para que pensar tampoco en Tadeo, en Miguel, en Iñaki o en tantos otros. Su primer gran enamoramiento en el instituto, todo lo que sintió por Jesús, su primer amor, ya había acabado mal en muy poco tiempo. El fin de aquella relación ya la había llevado a un proceso de autodestrucción que se estuvo alargando un par de años. Acabó muy colgada. Y él feliz de la vida con otra gente. No había sido mutuo ese sentimiento tan intenso.

El deseo de ser madre iba alejándose cada vez más, sin remedio.

Cerró los ojos para intentar dormirse. "Como no me quiera yo misma…", pensó. Y dejó caer la colilla del porro sobre el suelo vacío. Sabía que no había peligro alguno.

ADIÓS, ESCUELA MODERNA

Corría el año 1906. Varias madres comenzaron a comentar, una mañana, ante la puerta de aquel triste local de la Calle Bailén de Barcelona.

—Esto tiene muy mala pinta. Llevan ya varios días sin abrir la escuela.

—He oído cosas muy malas. Todo es por lo del bibliotecario. Dicen que él y Francisco Ferrer quisieron matar a Alfonso XIII.

—No sé. A mí me parece que todo esto es culpa de Maura. En esta escuela hay anarquistas y Maura los odia a muerte. Pobrecitos.

—¿Pobrecitos?

—Te digo que el malo es él. Ya lo verás. Y la iglesia está detrás de todo esto también. Quieren combatir todo este ateísmo que está surgiendo. Pero esto se fundó con la fortuna de una francesa creyente, su amiga la señora Meunier.

—¿Crees que los niños estaban a salvo en esta escuela?

—Sí. Eran muy felices aquí.

—Pobre escuela buena. Adiós.

UTOPÍA EN ARAGÓN

—Eso es una utopía que nunca se podrá realizar.

—Ah, pues yo he oído que hubo en Aragón (también en Cataluña…), durante la Guerra Civil, muchas comunas, que en las ciudades tenían el poder los nacionales, pero en los pueblos llevaban las riendas los anarcosindicalistas.

—¿Es posible?

—No sé, supongo que sí, que habría muchas colectivizaciones de las tierras. Claro: luego la historia la escriben los vencedores, y en España nuestro propio Triángulo de las Bermudas hizo desaparecer toda la información posible… Pero fíjate, por la zona de Huesca aún quedan pequeñas aldeas abandonadas, y gente que intenta rehabilitarlas…

—Sí, por una parte gente con proyectos bonitos que se materializan en campamentos-talleres de verano, y por otra "okupas"…

—Sí, es verdad. Aquí han pasado cosas sin precedente en la historia, cosas que indican que realmente el mundo puede ser de otro modo.

ALTERNATIVOS ENAMORADOS

Se sintieron cada vez más cercanos el uno al otro. Comenzaron a quedar en exposiciones, inauguraciones, recitales y conferencias. Se aficionaron a escribir poemas a dúo, así como a pintar cuadros también entre los dos. Un sentimiento fuerte comenzó a unirlos. Los primeros besos fueron tímidos, los siguientes algo totalmente apasionado. El amor entre ellos no fue eso tan bello que habían oído describir toda la vida y ahora los unía, sino algo que fueron creando ellos por sí solos y según sus apetencias. No había ningún manual escrito, pero como a caminar se aprende andando...

Aún los recuerdo.

DEJANDO DE DISCUTIR

Ya estaban de nuevo discutiendo. Por cualquier motivo saltaba la liebre. Y luego cada cual quería tener la razón y solo eso era lo importante: demostrar al otro que se equivocaba, como siempre. Ambos habían tenido otras parejas anteriormente. Ambos habían fracasado varias veces. Ella se dio cuenta de que posiblemente estaban fracasando de nuevo. Si seguían discutiendo ese tema y en ese modo todo iba a irse por el desagüe. No dijo nada y se dedicó solamente a escuchar lo que decía él. Él fue bajando la voz y se acercó hacia ella. Se besaron suavemente.

DECLARACIÓN

Después de meses enamorada en silencio, decidió declararse. No creía en los finales de película, las cosas eran cada día más complicadas.

No confiaba demasiado en sus posibilidades, por mucho que ensayase a diario ante el espejo.

Estaba harta de envenenarse por dentro sin que los demás se enterasen.

—Me gustas mucho. Creo que me he enamorado de ti. Si te intereso dime algo pronto —dijo eso y se alejó enseguida.

Él no sentía lo mismo por ella, pero tampoco la rechazó. Se quedó pensando. Tenía una duda, un conflicto. Ella, sin embargo, se sentía tranquila y liberada por fin.

ROBOTS

Lo tenían acorralado. Abrió la ventana para intentar escapar, pero no le daba tiempo. Un robot extensible subía, alargándose desde abajo. Se giró nervioso mientras oía como alguna máquina agresiva aporreaba la puerta. Cogió la botella de agua medio llena que tenía sobre la mesa del despacho. Lo único que se le ocurría que podía hacer era atacar a esos engendros electrónicos con agua. Tal vez así pudiera provocarles cortocircuitos y dejarlos fuera de combate. Sonó el despertador.

ALAS DE BARRO

UNO

Ya he decidido su nombre: se llamará "Irene". A mí me gusta. Será rubia, lo máximo posible. Sus ojos serán oscuros, y su nariz pequeña. No hace falta que sea muy alta. No importa, nunca me he ilusionado demasiado con chicas altas. Pero mejor si es delgada: me apasionan las princesas delgadas.

Crearé una historia. La conoceré. Llegaré posiblemente a enamorarme de ella. Nos amaremos... Sí, crearé la historia. Nadie podría realmente, en este mundo, llegar a amar a un enfermo como yo. Además, no voy a encontrar a la persona de mis sueños en los siete u ocho meses que me quedan de vida.

Me lo inventaré yo mismo todo, porque mi imaginación es preferible al mundo real. Estoy en paz conmigo mismo, mientras que la vida en sociedad solo decepciona y angustia.

Conoceré a Irene en una playa solitaria, de noche. O no: tal vez en una cafetería del centro... O puede que me la presente algún amigo, porque en esta historia tendré amigos, alguno habrá.

Esta historia comienza ya, y ha de durar tanto como el resto de mi vida.

DOS

Adornaba la ciudad un fresco atardecer de otoño. Mis pies hacían crujir las marchitas hojas que, decididas, salían a mi paso. Observaba a los demás y no encontraba nadie a quién saludar. Un viento amable movía mi cabello.

Sentía en mi piel la claustrofobia que me producían mis dieciséis años de edad. ¿Había algo que pudiese hacer? ¿Cuándo iba a poder comenzar a pintar mi camino con mi propio pincel?

Adormecido por mis pensamientos tardé en darme cuenta de que alguien me observaba. Era una muchacha de mi misma edad. Su pelo rubio caía ondulado contrastando con la oscuridad de su negro jersey. Sus ojos eran negros, a más no poder. Su diminuta nariz, redonda, resultaba sin duda curiosa. La chica se hallaba sentada en un banco de madera. Junto a ella había un árbol que ya había dejado caer casi todas sus hojas y un gatito dormido sobre el frío suelo. Un par de veces la miré de reojo. También ella me miró, y expresaba tristeza.

Tardé bastante en llegar a decidirme, pero al final me dirigí hacia la muchacha y me senté en el banco a su lado. Necesitaba hablar con alguien.

Ni siquiera contestó a mi sencillo "hola". No hay nada que pueda doler más, en según qué momentos, que te nieguen el saludo. Quedé algunos minutos mirando los cordones de sus botas oscuras y me levanté. Preferí marchar.

A veces, cuando ya siento que la soledad comienza a devorarme vivo, necesito hablar con alguien para desahogarme. Supongo que en muchos casos la melancolía viene a partir de la incomunicación. Sin embargo, hay ocasiones en las que no encuentras a nadie con quien tomarte una cerveza y charlar un par de horas. Puedes hablar contigo mismo: yo lo hago en infinidad de momentos, no hay problema alguno, ni hay porqué pensar que es cosa de locos. No es un gran desahogo, pero prefiero hablar a solas antes que estar con otra persona que sé que no me va a decir nada.

Volví a caminar por aquellas calles de las que la gente comenzaba a desaparecer. De vez en cuando una fría ráfaga de viento helaba mi rostro. Un par de veces tuve la tentación de ver por un momento la imagen de aquella chica, pero no lo hice. (Miento: me giré y la vi cuando ya era una sombra que apenas podía distinguirse.)

TRES

Aquel día era también por la tarde: la misma tarde nublada, el mismo otoño, los mismos árboles desnudos... El banco en el que me senté era el mismo del día anterior. En esa ocasión, sin embargo, no había chica, ni gato. Protagonizábamos la escena yo y un cigarrillo entre mis dedos. Tenía algo de sueño: había dormido muy poco aquella noche. Había permanecido despierto y discutiendo yo solo multitud de temas. Saqué alguna que otra conclusión. Llegué un par de veces a donde quise llegar. Dicha madrugada había finalizado un capítulo más de mi lucha interior, y me hallaba, por tanto, más o menos satisfecho.

Debían ser, según mis cálculos, las seis o las siete. Nunca me gustó llevar reloj. Ya estaba oscureciendo. Yo esperaba pacientemente a la muchacha a la que solo había visto una vez, pero que, aun así, comenzaba a adueñarse de mi pensamiento. No había cita alguna, sin embargo, estaba seguro de que ella acudiría, dejaría escapar un tímido saludo y se sentaría a mi lado. Aparte de eso, no sabía qué podía ocurrir. Tal vez me pidiese un cigarrillo: se hace muy a menudo como excusa para iniciar una conversación.

Lo único que sabía de ella era que se llamaba "Irene". Lo sabía, pues yo elegí su nombre. Irene. Era un nombre precioso, quería decir "Paz" en griego, Eirenen. Ese era el nombre de chica que más me gustaba.

¿Por qué estaba triste cuando la vi sentada en este banco? ¿Habría discutido con sus padres? Quizás le ocurre lo mismo que me pasa a mí: que no tiene amigos. Los que no tenemos amigos en muchas ocasiones estamos tristes.

No sabía nada de esa muchacha y, sin embargo, me llamaba mucho la atención. Solo sabía que su nombre era "Irene". Solo sabía que tenía un nombre realmente precioso. Y si de algo estaba seguro era de que iba a venir.

CUATRO

¿Tal vez decepcionado? No, tan solo indiferente. ¿Por qué había de decepcionarme? Ni siquiera la conocía. ¿Puede decepcionarte una persona a quien no conoces y que no te conoce a ti? Si con alguien estaba enfadado era conmigo mismo, por creer en situaciones improbables, por perder el tiempo sin motivo racional, por ser demasiado poco realista.

Apretaba fuerte los puños contra el interior de los bolsillos queriendo atravesarlos. Era otra tarde melancólica más. Y se acercaba la navidad, una navidad que prometía ser más apagada que nunca. Mis ojos observaban el suelo, al caminar lentamente, quizá intentando encontrar algo más que colillas, papeles pisoteados o trocitos de vidrio. Siempre, desde que tengo uso de razón, me ha gustado mirar hacia abajo. A veces encuentras objetos valiosos que merecen ser recogidos. (También hay quien no encuentra nada aparte de, pasados algunos años, malformaciones en la columna vertebral).

De vez en cuando alzaba la vista. Veía el rostro de alguna persona y me preguntaba si esa misma imagen habría desfilado ante mis ojos en algún otro tiempo. Me asombraba a mí mismo pensando en la cantidad de individuos distintos que se pueden llegar a ver: un señor bien vestido por aquí, una viejecita enlutada por allá, dos novios besándose en un portal, uno de los cuales podía haber sido yo, de tener más suerte, un niño que por pocas me atropella con su bicicleta... Tal vez alguno de todos ellos, desconocido para mí en aquellos momentos, llegara a significar algo en mi vida algún tiempo después. Nunca se sabe.

"Pero... Irene... ¿qué debe estar haciendo y dónde? Irene... puede que no exista. Muchas veces piensa uno que nada existe excepto él. Sólo existo yo, y lo que se halla ante mi vista. Mi casa no existe hasta que no entro en ella. Cuando estoy en mi casa deja de existir la calle. Nada existe de lo que se halla a mi espalda. A mi espalda ya no hay nada".

Oscurecía: o sea, otro día monótono caminaba despacio hacia su fin. Pero era un día como tantos otros, solamente un día más. No. Un día es algo irrepetible, a pesar de lo que hoy o mañana nos pueda parecer.

CINCO

No se podía negar: era una voz bonita. A mi espalda había sonado ese tímido "hola" que yo tanto había esperado un par de días antes. Al girar hacia atrás encontré a una mujercita sonriente. Sí, vaya: era Irene. Si la hubiese descubierto algún día antes tal vez me hubiese alegrado, pero ya en esos momentos me resultó indiferente.

Saludé, sin embargo, y me senté junto a ella en un banco de mármol, frente a unos columpios en los que de pequeño había reído miles de veces.

—Siempre que te encuentro estás sentada.

—Sí –sonrió—, debo parecerte algo perezosa.

—Al menos hoy no estás triste.

—Aquel otro día que me viste estaba nostálgica. ¿No te ha pasado nunca?

Solté el cigarrillo y para que dejase de humear lo aplasté bien aplastadito.

—No –respondí—, porque solo echo de menos mis primeros años de vida. Después de esos primeros años no he hecho gran cosa.

Al oír aquello Noelia no pudo evitar sonreír. Cuando creí que íbamos a inundarnos de una trascendental y no breve conversación, Irene saludó a una amiga con la mano. Presentí que ya se iba a ir, y, entonces, ahora no recuerdo si sentí tristeza o simplemente la indiferencia de la que hablé anteriormente.

—Me voy, chico —dijo poniéndose de pie—. Ya nos veremos.

—Vale. Como quieras.

Creo que, en el fondo, me sentí algo triste viendo cómo iba alejándose.

—¿Cómo te llamas? —su voz la trajo el viento, acompañada de odiosas motas de polvo que se introdujeron bajo mis párpados. Recordé, durante un fragmento de segundo, que "quien bien te quiere te hará llorar", pero desterré aquel pensamiento automáticamente puesto que, por el momento, no tenía sentido.

—¿Qué más da?

—¡Ah, bueno! —pareció conformarse la chica mientras seguía caminando.

—¿Tú?

—¡Yo... Noelia!

¿Eh? "¡Noelia!". Había dicho "Noelia". Así que Irene entonces no se llamaba "Irene", sino "Noelia". Eso no podía ser. No pude comprenderlo. No era cierto. ¿Por qué había dicho "Noelia", si ella sabía tan bien como yo que tenía que llamarse "Irene"? Yo la creé. Yo escogí su nombre. La seguí con la mirada hasta que ella y su amiga se perdieron de vista. Dos o tres días más tarde me quise dar cuenta de que su nombre era realmente el que me había entregado en la distancia. Allí, sentado en aquel banco de mármol, decidí no dar más vueltas al asunto y cambiar mi intriga por otro cigarrillo. Me arrepentí, eso sí, de no haberle dado yo a ella mi nombre. Por dármelas de interesante tal vez hubiese quedado como un crío. Esperando que ella no le diese demasiada importancia por el momento pensé que lo arreglaría en cuanto me fuese posible.

SEIS

"Sé de sobra que éste no es mi lugar. Realmente no importa demasiado. Lo que he leído en este cuaderno me ha hecho pensar que, quizá, cada vez que escribes algo nuevo lo haces sin mirar lo escrito durante los días anteriores. Tal vez jamás llegues a leer esta página. Mi intención es esa, precisamente. O no. No sé hasta qué punto quiero o no que descubras este escrito. De todas formas, tanto si lees las hojas ya pasadas como si no lo haces, al escribir, te podrías dar pronto cuenta, al hojear un día distraídamente el cuaderno, de que ésta no es tu letra, por tanto, arrancaré esta hoja y la dejaré doblada al principio.

He abierto este "diario", llamémosle así, y lo he leído palabra por palabra, línea tras línea. Puede que eso sea indagar en tu intimidad. No sé si importa. Me interesa lo prohibido...o en todo caso me interesas tú.

Dicho "crimen" me ha ayudado a conocerte un poco mejor. Tal vez antes de ahora no te conocía en absoluto. Seré sincera: el conocerte un poco más me ha llevado a la conclusión de que no sé nada de ti. Sí: eso es cierto. No sé nada de ti, lo cual consigue atraerme. Siento un no sé qué estúpido en mi interior.

Supongo que si algún día lees esto pensarás que todo no es más que una tontería: que esa atracción, y, al mismo tiempo, miedo, que me inspiras son absurdos, sin sentido. Sí, eso pensarás, pero, ya te digo, realmente no importa demasiado".

Sí: tal vez si Noelia encuentra algún día este cuaderno escriba algo como esto. O tal vez, de algún modo, esto ya lo haya escrito ella.

Los dos chicos, Noelia y Nacio, estudiaban en el mismo instituto. Aquello fue una suerte, porque coincidirían en el Viaje de Fin de Curso. Ese año iban a ir a Londres. Aquel sería un viaje que difícilmente olvidarían. ¿Cómo no recordar eternamente aquel aventurero navegar en barca sobre el río Thamesis? ¿Cómo iban a olvidar el haber entrado en la Tate Gallery? Caminaron juntos, ya como una pareja, dentro del grupo escolar, por las calles del centro, de Picadilly Circus, por Trafalgar Square... No se separaron para hacer ninguno de los trayectos en metro. Hablaban el uno con el otro cuando encontraron aquella estatua de Peter Pan, con sus caracoles y ratoncitos incluidos, que se halla en el Hyde Park. Fue durante aquel viaje inolvidable cuando comenzaron a sentirse novios.

AVENTURARSE

Nacio se pone unas botas de agua que compró en Villa-templada. Esconde sus miedos en un abrigo grande y verde, y se protege la cabeza con una gorra.

—Es que me voy a llenar el carro de castañas —asegura.

—No te has de alejar. Seguro que llueve. Mira cómo está el cielo.

—Tía, estamos en noviembre.

—Por eso mismo, cariño. Seguro que llueve. Así que no tardes demasiado.

—Bien. Cogeré cien mil castañas, y un cervatillo.

Noelia ríe maternalmente, cogiendo de las manos a su héroe.

—¿Y cómo lo vas a cazar?

—Con mis propios dientes. A bocados. Pero no lo mataré, lo traeré para que nos haga compañía.

—Este es mi hombre. Dame un beso.

Nacio y Noelia se dan un beso en los labios. Es un beso suave, casi sin presión y sin ruido.

—Te quiero mucho guapísimo mío.

—Y que dure. Bien, saldré. No abras a nadie.

—Je. Haré que enseñen la patita por debajo de la puerta. Llévate un paraguas viejo y no te lo robarán.

—Jé. Bueno.

—Y, en cuanto empiece a hacerse de noche, aunque no llueva, te vienes. Esta noche lo más seguro es que casi no haya luz.

—Muy bien. ¿Algo más?

—Nada más, guapetón.

Noelia se queda pensando, mientras Nacio se aleja con su carrito caminando y tarareando algo.

"Cuando se va mi niño, que, la verdad, no ha mostrado ni el más leve indicio de desear que lo acompañara, a veces tengo miedo. Me preocupo. Imagino que vienen gentes malas, y cosas así. El caso es que tengo miedo si se ha hecho de noche y todavía no ha venido. Ahora no, y no me apetece tener miedo. Me pondré a dibujar.

Aquel día que se fue a pescar, me imaginaba que mientras cogía truchas, tres ninfas o hadas, no sé, salían de la ría, y le cogían. Eran tres seres femeninos. Lo desnudaban, le hacían múltiples caricias, y el muy bribón, e indecente, se dejaba hacer. Aquel día volvió a casa cuando era de noche, y llevaba con él una sonrisa muy misteriosa, como de secreta felicidad. Nada me explicaba la razón de su enigmática alegría.

Permanecí sin comentarle nada de nada, unos cuantos días, un poco irritada. Tampoco mi niño me preguntó el motivo de mis perceptibles sentimientos, y eso alimentó mis sospechas, que empezaron a derivar en celos. Son casualidades misteriosas que me hacen pensar. Bien, creo que me pondré a dibujar".

Y dibuja paisajes, algo surrealistas. Aunque su tema favorito son los árboles, desde hace algún tiempo. A veces también dibuja lobos, mares, pescadores junto a barcas...

Mientras tanto, Nacio camina solitario, como si fuese un pastor del norte, por un terreno gobernado por árboles, de tierras mojadas. Es seducido por el sonido que producen sus botas al caminar entre hojas que cubren el suelo, entre las verdes hierbas y los pequeños lagos que forma la lluvia. Cuando se mete en el bosque, lleva consigo un arma de protección: un palo fuerte, casi tan alto como sí mismo, con unas puntas injertadas que sobresalen del extremo superior, que se hizo para protegerse de lobos y jabalíes. Y si oye aullar a algún lobo, se detiene y agarra fuerte su bastón mágico.

ABRAZARSE

A Noelia le gusta quitar telarañas de las paredes.

—Pero, coño, tía —protesta Nacio—, si son guapas. Además, dice mi madre que traen buena suerte, ¿sabes?

Se quieren bastante. Y se dan muchos besos, muchos mimos. Se adornan el cuello con chupones. Sienten un amor joven y lleno de vida.

Hablan porque disfrutan hablando. Y acaban durmiendo abrazados, después de largas veladas de recuerdos y gracias, pequeños chistes espontáneos, en la cama, mirando, sonriendo, hacia el techo, y dándose besitos con las luces apagadas. Los ojitos brillan infantiles.

No son de los que se meten en la cama para dormirse enseguida. Han de coger el sueño hablando y pellizcándose mucho.

En el presente en que viven cautivos no se plantean demasiadas cosas respecto a los tiempos que vendrán. No les preocupa. Y es que el día a día suele resultar muy atrayente.

Planear futuros es absurdo. ¿Cómo puede alguien planear futuros? Es raro. Sólo hay algo que no cambia: el ritmo natural del tiempo: los días, los meses, las estaciones.

Cuando están juntos en la cama, medio dormidos, hablan de tantas cosas... El de qué no importa. Se inventan miles de historias y personajes, y situaciones teatrales, y hablan de películas y de aventuras que han vivido o les ha contado alguien. Ella le habla de cuando era pequeña, se sumerge en recuerdos e ilusiones que tiene, o busca en él una amplia penumbra cálida y protectora de sus miedos. A Nacio le gusta dormir abrazado a su mujercita mientras que ella le habla.

QUERERSE

Tal vez de aquí a un puñado de años, no estarán juntos, alguno de ellos se habrá ido a vivir a la ciudad, y puede que hasta tenga hijos... qué historia tan rara sería... Si es Noelia con algún hombre, o si es Nacio con alguna mujer... (y quién sabe si siguen juntos el uno con el otro hasta el fin). Pero ahora en el mágico presente en que respiran no les amarga pensar en eso.

¿Quién sabe? De aquí a unos cuantos años vivirán juntos, o puede que alguno de los dos viva en Villatemplada. Ahora es algo que no les obsesiona. Son pensamientos, casi imaginaciones, sobre un futuro probable que tal vez alguna vez llegue. Son felices viviendo donde y como viven.

Tienen su propio reino de gallinas y lechugas. Se levantan por las mañanas, y, con alma de "niños de la tierra", saludan a los gorriones, a los árboles, al viento, al sol.

No necesitan alimentarse de realidades domesticadas por el cristal del televisor. No atesoran joyas. No contemplan montañas de dinero, ni en sueños. Materialmente tienen poca cosa: lo necesario para vivir. Pueden alimentarse en un lugar semi-mágico, y les envuelve el amor, muchísimo amor.

Se puede decir que son relativamente felices, porque se sienten bien como están. Necesitan ser como son. No hay abrigos de lujo. No coleccionan carísimas y sofisticadas esculturas de arte postmoderno.

No les gusta perderse, sentirse desorientados, y es por ello que tienen algún reloj de pulsera, y calendarios. Y un regimiento de libros, toda una barricada moral de libros. Y además, escriben muchas historias. Y dibujan paisajes. Viajan a lugares extraños y bellos. No aprenden más filosofía que la que se desprende del ambiente donde viven.

Con el calor que se dan, y en que convierten las maderas del bosque, sobreviven a los tiempos fríos y húmedos, los tiempos del norte. A veces tienen pesadillas, pero difícilmente tienen pesadillas comunes. Así, normalmente se pueden consolar y apoyarse mutuamente. Les gusta pellizcarse y hacerse cosquillas. Si pudiesen, en muchas ocasiones se meterían enteros el uno dentro del otro, por puro amor y hambre. Y no lo consiguen, así que se han de conformar con hacer el amor salvajemente, de tanto en tanto.

Les gusta recoger agua de lluvia. Cogen agua que cae de las nubes con barreños y grandes cacerolas donde la hacen hervir, y la beben sin manías. Y así se sienten como más naturales y auténticos. Sólo es como una ilusión infantil, una de esas ilusiones infantiles de las que no quieren alejarse: beber el agua que cae del cielo.

PROTEGERSE

Inmensidad de árboles. Las hojas de los árboles se mueven notable y susurrantemente. Se han desatado unos cuantos vientos. Y huyen los pájaros, trazando dibujos móviles y variantes en el cielo. Emigran dirigiéndose a otros lugares. Hace viento, y se nota en el Poblado.

El Poblado consta de algunas construcciones en proceso de rehabilitación.

Noelia dibuja en un cuaderno de hojas blancas, sin cuadrículas ni renglones. Dibuja más enérgicamente para reflejar la oscuridad en los sombreados, y es suave cuando hace relieves o volumen, para plasmar la silueta de las hojas de los árboles, y para situar hierbas que crecen en los caminos. Noelia dibuja. No piensa: en esos momentos se deja llevar por imágenes, recuerdos, a veces tan sólo visuales, de la vida urbana. Noelia dibuja. Ha empezado a llover.

Caen gotas grandes, de las que se notan. Se oye el sonido producido por las hojas de los árboles, rozándose unas con otras, al ser removidas por el soplido juguetón del viento. Confeti grande y verdoso esparcido por un gracioso que anima a los demás en una fiesta. Un móvil que se mueve, en el techo se sujeta, en una habitación infantil, dejando girar los pequeños adornos clónicos que lo forman.

Se inicia una lluvia que durará unos cuantos días, y Nacio comienza a caminar hacia el encuentro de la casa y de su compañera. Abre el desastrado paraguas y tira del carrito con la mano, o las dos manos, cada vez que una rueda, o las dos, queda inmovilizada, encallada en el irregular terreno. Cuando llegue, las castañas estarán totalmente empapadas, gracias al agua caída de las nubes. Pero las castañas son impermeables. Y no le parece preocupar.

Tan solo ha podido llenar medio carrito. Es que empieza a llover cuando menos te lo esperas.

Llegará a la casa. Y Noelia estará dibujando, posiblemente.

Mostrará su no consolada preocupación, alimentada desde hacía rato, como suele ser cuando hay tormenta y está sola, esperando.

Nacio llega a un camino que está adecuando con Noelia, arrancando hierbas. Empezaron a hacerlo con Tomás, Leopoldo, Irene y Natalia, poco después de llegar al Poblado.

El Poblado está formado por tres casas, hechas de piedras grandes, piedras del tamaño de una Biblia, una antigua iglesia que existió en una construcción más pequeña, y una casita que hace las veces de excusado, aproximadamente de la altura y espacio de una cabina telefónica.

Una de las casas tiene un corral interno, donde hay dos carros antiguos de madera muy deteriorada, apoyados en ruedas muy grandes. Están muy viejos, y uno de ellos casi destrozado.

Las otras dos casas son más pequeñas, no de altura, sino de superficie.

Las tres casas tienen dos pisos, dos plantas comunicadas por escaleras, en bastante buena conservación.

La iglesia es una construcción más humilde. También está formada por piedras más pequeñas, que hacen los muros. Es, de las casas, la primera que empezaron a restaurar.

Se puede decir, de todas formas, que casi se pusieron a rehabilitar todo a la vez, todas las casas a un tiempo desde el principio.

Trabajaban restaurando casi todo a la vez, e iban haciendo según intuitivamente veían lo que podía hacerse con cada casa.

"Cuánta agua, joder. Hay agua por todas partes. Y los charcos, en los que te empapas, en los que es super-engorroso caerse. Pisas con las botas los charcos y, aunque no te mojes, notas el frío del agua en los pies. Es brutal el barro. Es como si todo el bosque se hubiese cagado, y estuviese todo lleno de diarrea, caca de elefante. Diarrea en la que vas hundiendo las botas". "Chaf, chaf, chaf". "Qué fuerte."

Nacio llega a Demiurgo, y sacude los pies. Da patadas al aire, riendo, y caen auténticas plastas, bloques, pequeñas plataformas, pegotes inmensos de barro medio solidificado.

Da patadas al aire, y caen plastas de tierra con hierba. Abre, entra, y deja el impermeable al lado de la chimenea, sobre el carrito con las castañas, el cual vaciarán más tarde. Se quita las botas. Se asoma al exterior de la casa y sacude las botas contra el muro protector.

—Llueve mucho, princesa —le dice, entrando de nuevo, a una chica que permanece sentada cerca del fuego, dibujando en un cuaderno.

Cierra la pesada puerta, después de comprobar que casi no queda barro en las suelas de goma de las botas, y así ya no hay peligro de que se esparza tierra por la casa.

—No me digas, príncipe del desastre. Ya me estaba preocupando.

—Eso he pensado. Y por eso he venido.

—Imagínate que te atacase un lobo, y todo estuviese lleno de barro. ¿Cómo podrías huir, eh? —sus propias palabras la hacen reír, tras plantear la situación límite, cuando ve la expresión de Nacio. No quiere adentrarse en pensamientos sádicos. Deja el cuaderno, después de levantarse, sobre la butaca, y camina hacia la mesa— Quítate todo eso, vamos —dice palpando la ropa del chico—. Está tan mojado...

—No veas lo que ha caído, o, mejor, la que está cayendo —informa el chico quitándose el abrigo.

Camina hacia el calor y deja la prenda protectora sobre el respaldo de una silla.

—Coge una toalla. Sécate bien secado. Te he hecho una tortilla de patatas.

—Qué habrás hecho, niña mía. ¿Qué habrás hecho que llueve tanto?

—Idiota —le dice, y le da un beso mientras le ayuda a secarse el pelo, frotándole con una toalla decorada por dibujos.

La lluvia es suave percusión sobre el tejado de la casa, y los pensamientos se relajan, y las ideas se aclaran, aunque el agua no las moje directamente. Llueve mucho. Noelia y Nacio comen, beben agua, y se deciden a comer castañas calentitas. Cuando hace frío es muy apetecible comer castañas calientes, recién hechas. Las manos quedan hechas un asco, muy ennegrecidas por el carboncillo, y el alma se agranda, alimentada de calor bueno. Se cuentan cosas buenas. El ambiente se va haciendo más acogedor, más agradable. Y hasta lo hostil se hace más humano.

Una manada de lobos corre por el bosque. Unos cuantos lobos aúllan y corren explorando. Uno de los lobos se separa de los otros y se dirige hacia un lugar determinado. Se aproxima, husmeando, a una casa de la que surge una humareda. Olisquea por allá durante un rato. Después se aleja. Vuelve a reunirse con sus compañeros.

Noelia y Nacio, ignorantes de ello, ríen juntos jugando a palabras encadenadas, y se cuentan chistes y hacen gracias frescas e improvisadas, según se les ocurren. Se tocan mucho, a la vez, la cara y las manos. Y se dicen cosas preciosas. Son sólo palabras, pero que, con el sentimiento que las une, la forma en que se dicen, y como vienen ordenadas, desprenden una mágica sensualidad deliciosa.

No se han de decir a nadie: perderían mucho. Han de surgir espontáneamente, entre niños enamorados, en esas noches que seducen y atrapan, convirtiendo en poetas ocasionales, a las gentes como ellos, con tanta intensidad que acaban siendo eso: noches de poesía.

Y arrojan, de vez en cuando, alguna ramita al fuego.

IMAGINAR

—¿Qué me está haciendo? —pregunta la voz sensual de una joven, que se revuelve, víctima de un salvaje ataque de cosquillas, que se ha llevado a cabo empleando el factor sorpresa.

—Oh, diosa mía. Estoy escribiendo un poema de amor con mi lengua sobre tu espalda.

—Muy bien... yo saldré al mundo disfrazada de ti. Así estaré yo también dentro de ti.

—Je, je. Muy bueno. Veo que me quieres mucho. Pues bien, yo te expulsaré de mi paraíso, de mi mundo particular. Te arrastrarás y correteearás como una ardilla miedosa, perdida entre las ruinas de una ciudad.

—Qué guapo. ¿Es tuyo?

—Depende. ¿Te gusta?

—Muchísimo. Eres un poeta. ¿Qué haces aquí, en este mundo maravilloso, dentro de este jardín de hadas?

—Vine para empezar de nuevo. El parnaso se deshacía con las burbujas de una bebida norteamericana.

—Pero, ¡estás tan sucio!... Llevas contigo las maldiciones de la civilización. Romperás, puede que sin quererlo, las suaves telarañas de la paz natural. Estáis llenos de contradicciones.

—Si acaso de contraindicaciones. O de efectos secundarios.

—¿A qué has venido?

—Buscaba una sirena.

—Je. Has sido tú el que ha dicho esa palabra, y, sin embargo, tu propio subconsciente lo asocia a sirenas policiales. Aquí no hay sirenas. En los bosques solamente te seduciremos las brujas.

—Vale, cállate. Me da miedo otra vez.

—Uuuh! He vuelto a ganar.

—Idiota.

A Noelia le da por vestirse, y Nacio se enciende un cigarrillo, metido debajo de una sábana que le llega hasta el pecho.

—Dicen que cada día se va haciendo más grande el agujero de la capa de ozono. Y también dicen que parece crecer el abismo generacional. Como mis ganas de amarte mucho, niño mío.

—Bien. Me gusta así. Y que dure. Me gustan tus reflexiones. Todo lo que viene propio de ti, princesa mía, me suele gustar. Y más todavía si hablas de lo mucho que me quieres, que me necesitas, que me deseas…

—Qué guapo es el amor.

Nacio decide vestirse también, y, ágilmente, se desprende de la sábana, que cae sobre la cama. Enseguida se ve acorralado por gastadas vestimentas.

—Sí –dice—. Realmente, si no fuese por nuestro amor celestial, nada tendríamos de especial.

—Depende, cariño. Tú eres un poco simple, incluso puedes parecer a veces algo desorientado, pero yo soy una diosa.

—Mola tu modestia, niña mía.

—Bien, un hada, al menos, sí que soy.

—Estás buena.

—Soy preciosa. Y no escasamente inteligente. Pienso mucho. Cocino super-bien. Nadie hace el amor como yo. Lo sabes de sobra. No imito modelos. Y no pienso dar clases.

—Eres un puto demoniete —Nacio se ríe, como si hubiese descubierto algo trascendental.

—En tal caso una bruja buena.

—Me estoy aburriendo de oírte.

—Voy a peinarme —es su salida de princesa orgullosa ante una ofensa.

Después bajan al hogar. Y Nacio sale a los alrededores del Poblado, a buscar una caña, para tallarse una pipa pequeña de fumar tabaco con un cuchillito.

Noelia, mientras, calienta algo de agua en una cacerola. El chico, mirando al cielo, y al reloj solar que hizo a unos cuantos metros de la casa, deduce que, aproximadamente, son las tres. Es un martes de primavera.

—Mira, un lepisma —avisa, de repente, ella.

—¿Dónde? —pregunta Nacio entrando corriendo en Demiurgo.

—Aquí, aquí. Lo he visto tras aquel libro.

Cuando ven un lepisma, todo se mueve en el Poblado. No sé si habéis oído hablar alguna vez, de los lepismas. Posiblemente no con este nombre. Los lepismas son conocidos como "bichitos de plata", o "pececillos de plata", aunque no sean marítimos, ni de plata. Surgen en los libros que tienen más olvidados algunas bibliotecas, los polvorientos. Pueden aparecer en las bañeras y lavabos cuando hace tiempo que no se abre el grifo. También se los puede ver en un rincón del techo de las habitaciones, a veces. Seguro que has visto alguna vez lepismas, pero es muy fácil que el nombre te despiste.

—Lo hemos perdido de vista.

EXPLORAR

—¿Nos vamos al bosque?

—Venga.

—Vamos.

Se adentran, caminando, en el gran almacén natural de misterios. Cuando lo hacen, nunca cierran el portal de la casa, aunque instalaron una cerradura. Tienen dos llaves grandes, de estilo antiguo. Una es de Noelia y la otra de Nacio. Las encargaron hacer a un cerrajero de Villatemplada. Pero el único que llega hasta allí es Kiko, el cartero, y no desconfían de él. Nunca se pondría robarles nada. Alguna vez se lo han encontrado poniendo alguna pieza al puzzle, o alimentando el fuego con ramitas y bebiendo vino.

En ocasiones se ha quedado a dormir con ellos, previa invitación, en un sofá que hay en la sala. Hablan, mientras comen alguna cosa. Kiko les hace enterarse de las noticias, los últimos hechos que han sucedido en el pueblo, o de cosas que ha visto en televisión, o que ha oído por la radio. Hablando de la tele, se ve que, según pasa el tiempo, cada vez van haciendo programas más malos, "más chorras", piensan Noelia y Nacio, según deducen de lo que les explica el joven cartero.

Caminan por el bosque con unos mixtos de madera, y unas velas en los bolsillos, por si se les hace de noche. Cuando oscurece la situación es peligrosa, porque podrían perderse, aunque empiezan a conocer, y a limpiar caminos. Además, con las velas las sombras danzan, y da más miedo.

A veces han de subir muy alto a un árbol, e intentar localizar el humo que se escapa desde el tejado de "Demiurgo".

Alguna vez que se habían alejado demasiado de "su reino", siguiendo aquellas señales aéreas han llegado a alguna aldeíta que no era el

Poblado. Y no se han acercado más, de todas formas, por el interés de permanecer al máximo en el anonimato.

Y, si no ha quedado más remedio, han acabado durmiendo en el bosque, después de buscarse un lugar seguro en una rama grande y fuerte de árbol, para protegerse de los lobos, que "haberlos haylos". Y han dormido, a duras penas, si han podido, muy abrazaditos, y con frío.

Caminan entre los árboles verdes, las hojas, hierbas totalmente mojadas. Y, de repente, ven corriendo a un conejo.

—¡Mira!

Lo persiguen, siguiendo la carrera de Iñaki, el perrito Yorkshire que tienen, hasta llegar a una madriguera por donde se acaba escabullendo el pequeño mamífero.

—¡Conejo, conejitoooo!

—Era guapo, ¿eh? —dice Nacio, girando la mirada hacia Noelia.

—Era blanco con manchas negras, como nuestra vaca.

—Sí, talmente, pero más pequeño.

—Sí.

Noelia y Nacio se cogen y besan. Nacio le mete las manos por debajo del jersey. Pero ella le empuja.

—Fuera, ¡bandido! Nada más que era un beso cariñoso.

—Y esto es amor.

—Para, bandido, que no estoy para rollos…

—Bah! —dice Nacio, sintiéndose como avergonzado.

Siguen caminando.

—"Bandido", "bandido" —repite burlonamente Nacio, y un rato después hace una observación—. Hoy no hay erizos a la vista.

—No tenemos suerte.

—¿Volvemos?

—Volvamos.

—No quiero que se nos haga de noche… bajo ningún concepto.

Nacio se ríe de su propia expresión de seguridad y firmeza, casi militar.

—¡Hala! ¡Cómo habla! —comenta, como si fuese para ella misma, la chica— Venga, pues. Vamos, entonces. Bajo ningún concepto discutiré tu idea.

Y comienzan el camino de regreso. Sólo han caminado media hora, pero no desean perderse. El camino de regreso viene a ser tan escasamente transitado como el de ida. Y sólo se encuentran gorriones. Hay muchos gorriones por aquellos territorios.

—Oh, míralo, nuestro Poblado adorado —pronuncia Nacio con cierta solemnidad—, que cada día es más maravilloso. Nuestra tierra prometida. Y de nuestros descendientes —dice orgulloso el chico, como si fuese un patriarca bíblico.

—¡Ah!, ¿es que vamos a poner un ascensor?

—Como siga diciendo estas tonterías, no le ascenderé.

—Bien. Callaré. Callaré.

—Así me gusta. "Más vale callar a tiempo que tener que lavar los platos, barrer y recoger la ropa, después de haber hecho una buena cena". Creo que hay un breve y sabio refrán que dice eso o algo muy parecido.

—No lo sé, cariño —dice Noelia distraída, abriendo el portón de Demiurgo.

COMERSE

Es un día de la semana, y pertenece a algún mes. Ella descansa recostada en un sofá. Mira por la ventana de "Demiurgo". Llueve silenciosamente. "Llamaré a mi hombrecito" —piensa—. "Diré algo precioso".

—Ven Nacio, a por mis pies.

—Y, ahora voy, amor mío —responde Nacio, después de pensar "seré gracioso. Responderé como el marido obediente y feliz que tiene contenta a su esposa". ¡Ya mismo, querida!

Noelia se desprende de las botas de piel suave con cordones. Y frotando con sus mismos pies se consigue quitar los calcetines de lana.

—Y tócame los pies, venga.

—Y… vale —imita Nacio la estructura de la frase de su Noelia.

—Me gusta tanto…

A Noelia le gusta mucho que Nacio le haga mimos, que le muerda todo el cuerpo, y le de besos, pero particularmente que le toque los pies, que juegue con sus deditos. Le gusta que separe sus dedos pequeños, pasando los dedos de la mano por en medio. Que le haga caricias suaves. Son juegos que suelen adquirir erotismo, porque Noelia enseguida empieza a excitarse, mientras Nacio disimula y controla su propia excitación, fingiendo profesionalidad masajística, como el "desinterés sexual médico", la seriedad superior de los terapeutas, o algo así por el estilo.

Normalmente Noelia acaba cogiendo a Nacio con los pies, como el animal inmoviliza a su presa con las garras, y lo lleva hacia ella. Se

133

besan, se lían. A veces Nacio amplía su masaje. Comienza a hacer caricias a Noelia en otras partes del cuerpo, lentamente, suavemente.

Se deja llevar por lo que siente en su interior, lo que le pide el cuerpo y lo que le pide el cuerpo de Noelia. Si ella lleva falda o vestido resulta mucho más fácil. Si lleva pantalones es algo menos natural, más forzado. Le hace masajes por encima de los pantalones y se los tiene que acabar desabotonando y bajando.

Nacio siente amor por las tetas de Noelia, admiración y devoción, y se las toca. Lo hace por debajo del jersey. Y eso entusiasma a ambos. Si finge interesarse por su ombligo, lo cual no es fingir nada, porque cada rinconcillo del cuerpo de Noelia, entusiasma, e incluso provoca exagerada adoración dentro del alma ardiente de Nacio, su interés desaparece con mucha prontitud, y sin casi darse cuenta: enseguida vuelve a encaminar sus viciosas manos masculinas hacia arriba. Noelia, entonces, se incorpora ligeramente: estaba recostada en el sofá. Moviéndose, y quitando de en medio, y con prisa, los calzoncillos de Nacio, se la coge, se la palpa, se la chupa un poquito y le pone los pies. La rodea con sus pies. Normalmente, cuando lo hace, su "polo caliente" ya estaba duro. No es una rigidez que, de manera extraña, aparezca más tarde.

A veces, con rozamientos de él contra las piernas femeninas, ya le había dado a entender su excitación. A Noelia le entusiasma tocárselo con los pies. Cogerlo con sus pies desnudos. E intentar masturbarle así. A Nacio le gusta más que a ella. Se desfoga mucho de esta forma. Y se deja hacer, cerrando los ojos.

JUGAR

Noelia y Nacio son gente muy sana, mental y físicamente. Tenemos que Noelia es más propensa al estreñimiento que Nacio, por hablar de algo. Pero tenía, padecía, con más frecuencia, ese tipo de problemas cuando vivía en la ciudad. Únicamente la regla le suele provocar fuertes dolores de cabeza, por lo que se pasa un día o dos hecha polvo, sin apenas salir de la habitación, con molestias del bajo vientre, en la región de los ovarios. Tomó la pastilla durante una temporada. Pero finalmente la dejó, ya hace años. A veces compran condones, que casi nunca utilizan.

Les hace ilusión tener un niño alguna vez. Pero sería demasiado complicado. Sería una situación probablemente difícil, tal y como están, o "no están" legalmente. Un poco problemático les podría resultar. Aunque no es una cuestión que les preocupe demasiado.

Se están toqueteando, medio vestidos. Hace bastante buen día. O, al menos hace buen día. Se encuentran recostados contra un árbol.

—Mucho cuidado con lo que haces. Juzgaré el comportamiento y la habilidad de tus dedos sobre mi piel.

—¿Por qué eres tan buena conmigo?

—Porque no tienes madre.

—Sí que tengo madre, mentirosa.

—Je. Ahora yo soy tu madre.

—A ti te encontré en la calle.

—¿Ves? Soy tu verdadera madre.

Se besan, se sienten seducidos por su locuacidad, y el jugueteo rápido, hábil y casi casual de sus propias palabras.

Empieza a soplar algo de viento, y se meten en la casa. Ahora están, otra vez, recostados sobre el sofá preferido para hacer el amor.

—Cuando sea primavera volverán "las oscuras golondrinas", tan famosas, por añadidura, en la cultura popular.

—Esas, te puedes olvidar, que no volverán.

—Pero tú siempre estarás a mi lado.

—Como Iñaki.

—¿Iñaki? ¿Es Iñaki, tal vez, un poeta?

—Iñaki es el único poeta que hay en esta santa casa. El único.

—Noeliilla mía, ¿por qué la lluvia se mete dentro de la tierra? Si es que huye, ¿de qué lo hace? ¿De qué huye?

—Cariñazo, hace mucho frío, y no sabes decir palabras de amor, para que la lluvia se quede a escuchar. La lluvia es solitaria, aunque sea tan abundante, y se esconde en la tierra, entre las hierbas. Y es porque tú no sabes las suficientes palabras de amor.

—¿No? Joder.

Nacio se pone en tensión.

—No, niño, no. No es suficiente con decir "te quiero". No basta con decir "te amo". A veces, la mayoría, es mejor no decirlo. No lo has de repetir cien veces al día. Parece un castigo, normalmente para el que lo escucha, que acaba odiándote. Puedes "bloquear", a alguien si lo haces. A veces, decir "te quiero", o "te amo" equivale a poner en el cuello un collar de piedras.

—Je, je, je. ¡Qué bestia!

—Te ríes divertido. Pero así también acaba yéndose la poesía.

—La poesía es un estorbo.

—¿Ves? ¡Impostor! ¡Tú no eres un poeta! ¡Y yo ya lo imaginaba!

—Nunca dije que lo fuese. Habíamos quedado en que el verdadero y único poeta aquí es Iñaki.

—Iñaki tan sólo es un pobre perro que depende de nosotros, y que no comprende ni flores de lo que decimos.

Iñaki mueve la cola, como agradecido, al entender que hablan de él, algo así le expresan las miradas de los chicos.

Dejan sus poéticos diálogos y se deciden a dejarse llevar por emociones y deseos carnales. Después vuelven a la carga, tras tocarse mucho el trasero. Se acarician el pandero, les gusta, es de las partes del cuerpo que más disfrutan agarrando. Son gente que ataca por sorpresa. Lo hacen cuando uno está lavando los platos, por ejemplo. Una voz suena por detrás: "Huy, ¡qué culito más sexy!", y ¡hala!, te toco el trasero. Serían tachados de acosadores si no fuese por su complicidad de amigos y pareja.

Les hace mucha gracia tocarse el trasero, y desde hace tiempo no paran de hacerlo casi a cada momento.

—¿Crees que las ciudades están destruyendo el amor, musa mía?

—Puede que las cosas muestren algo de eso, pero no creo que la cuestión sea tan fuerte. Tal vez tanta tecnología haya producido cambios sociales y nuevas "clases", o diferencias basadas en el conocimiento o no conocimiento de los medios modernos, y eso nos haya pillado a todos en pelotas y haya producido mucha depresión. A veces la historia actual tiene aspecto de "sálvese quien pueda", y "no me pidas ayuda, que si no encuentro otro camino voy a pisarte para seguir andando". Aunque tú puedes destruir el amor. Y, ¿qué es eso de "musa mía"? A ver si me entero. Parece una marca de mahonesa.

—Me salió del alma. ¿Te apetece que nos vayamos a dormir? Yo sí que tengo sueño.

—Bien, pero me tendrías que encender antes un cigarrillo. Quiero tener antes un cigarrillo entre mis labios.

—¿No prefieres un beso mío?

—No. Ahora no. Pero me podrías encender un cigarrillo, amor.

Noelia se siente atractiva fumando, mientras Nacio se pierde por la casa buscando alguna cosa, discretamente. Después la chica sube arriba, tras la pista de su chico.

—Hola.

—Hola –responde Nacio, intrigado, como preguntando: ¿qué te pica ahora?

—Pues nada —continúa Noelia—, que he venido, he bajado de mi nave nodriza, porque pasaba por aquí, como dice la canción de aquel, y he venido a verte. Tú eres humano, ¿no?

—Yo, para ti, soy lo que quieras, niña mía galáctica, Selene de mi corazón.

Nacio parece decidido a continuar con el juego.

—¿Es que puedes hacer algo por mí?

—¿Cómo podría explicártelo? Si quieres pegamos un "quiqui".

—No sé qué es eso. No me suena a nada. Tengo escasa información.

—Escasa información. Ajá. ¿Cómo te lo explico? Es lo más sano del mundo. ¡Sanísimo!

—¿Seguro? ¿Sano?, ¿sanísimo?, ¿saludable? ¿Quieres decir "bueno para el cuerpo y el equilibrio psicológico"?

—Individual y socialmente hablando. Tú déjate hacer.

—Muy bien, terrestre, tú me enseñas.

—Que sí. Te enseñaré, pero bien. Quítate la ropa. Veré qué puedo hacer por ti.

—¿Qué dices, terrestre?

—Mujer, ¡la ropa! No. Los cabellos no. No te arranques el pelo. La ropa. Esa piel de tela. La ro-pa.

—Ah, bien. "La ro-pa".

—Te ayudo.

Nacio le quita la ropa a Noelia. Y la hace tumbarse encima de la cama. Noelia se deja hacer, fingiéndose patosa e inexperta, como si realmente fuese de otro planeta.

El humano se quita también la ropa, y se acomoda excitado, junto al cuerpo de Noelia. Se ve enseguida seducido por el nuevo juego que ha recién empezado. Siente deseo y empieza a besar la suave piel del cuerpo femenino.

—¿Te gusta? —levanta Nacio la cabeza para preguntar, mirándola seductoramente.

—Es extraño, pero me proporciona una especie de placer. Es una cosa sensorial.

—Je, je. "Una cosa sensorial". Veo que te gusta. Ya verás. Aún no ha venido lo más bueno.

Nacio le levanta los brazos a la chica y le lame las axilas.

—Ji, ji, ji. Qué curioso —ríe la "Noelia espacial".

—Se llaman "cosquillas". "Cos-qui-llas".

—"Cos-qui-llas", ji, ji. Está bien —una mágica infantilidad se ha apoderado de ella, ha atrapado totalmente a Noelia. Nacio ríe y sigue haciendo. Le chupa las rodillas, los muslos y el ombligo... Es muy rápido y le chupa, le pasa la lengua suavemente, por muchas partes del cuerpo, abierto al placer, que se comienza a expresar mediante gemidos. También le acaricia suavemente con las manos. Le hace masajitos con los dedos.

El ser cósmico "Noelia" comienza a reaccionar, y dejándose llevar por instintos eróticos también se dedica a acariciar al "terrestre Nacio".

—Esto se llama "lengua" –dice el chico, tocándose la punta del húmedo órgano gustativo. Y se abre camino, suavemente, entre los labios de Noelia. Ella ríe a la vez que recibe el beso.

—Muy parecido a "cos-qui-llas", ji, ji.

A la extraterrestre la deja maravillada la cosa que se llama "lengua". Y comienza a aprender a utilizarla recorriendo el cuerpo del terrestre complacido, que se siente admirado del rápido aprendizaje erótico de la "niña del espacio". Descubre la chica que le gusta lamer las zonas que rodean lugares peludos: las axilas, el pubis, los pezones, aquella terminación tan dura…

—Y esto se llama "pene". Tiene otros nombres que apenas se emplean, supongo que porque hieren sensibilidades.

Después de abrir las piernas del sonriente ser, se la mete. El seudo-extraterrestre estaba húmedo, y entra sin esfuerzo. Nacio experimenta un fuerte placer que le sale de dentro hacia Noelia, como si su pene fuese una flecha de fuego que calentase suavemente toda su parte sexual y la de ella.

—¡No! ¡Ay! ¡Bestia terrestre!

Noelia, en principio, parece querer empujar el cuerpo de Nacio, pero enseguida se agarra de sus hombros lisos y suaves, sin apenas vello, y se unen en un íntimo movimiento.

Fuego, agua, sudor como agua. Cuerpos amándose. Cámara lenta. Retener los impulsos violentos con presión corporal y contracciones de músculos. Suavidad de piel. Sábanas ya no tan frías, que absorben sudores.

Dedos que se entrelazan con cabellos. Miradas infantiles en los adultos que se aman. Adultos que son niños, entre sombras. Melodías íntimas que se hacen melodías compartidas. Todo es sensualidad. Todo está desnudo. Todo quiere ser acariciado, besado y lamido. Orgasmos. Así soy y te lo hago saber desde dentro.

Un cigarrillo rubio encendido. Humo que entra desde la pequeña brasa rojiza atravesando un cilindro de papel, entre los labios secos y, tras recorrer tubos respiratorios, llega hasta los pulmones de Noelia. Es respirado algunos segundos y después expulsado de forma relajante.

—Así pues, me has puesto los cuernos con una puta "extraterrestre", ¿no? ¡Contesta! —Noelia es, de repente, una señora que se siente engañada por un marido que acaba de salir de juerga, o algo parecido, al que se supone, en la espontánea ficción teatral, que se ha pillado "in fraganti".

—Tú sueñas —dice la voz de alguien que ya ha encontrado satisfacción, y no necesita más, tranquilamente—. Déjame dormir.

Cae una lluvia suave que ayuda a refrescar simbólicamente las memorias relajadas de los que no duermen. Y es que no hay demasiado sueño. Sólo está el plácido cansancio confortable de quien acaba de hacer el amor y vuelve a ser libre. Dan ganas de hablar hasta quedarse sordos y mudos, atrapados por los duendes de la noche y la fantasía onírica. Se habla de algunos amigos, de algunas noches, en aquellos bares de hace años. De buena gente, y de buena gente que se colgaba mucho, tal vez demasiado. Y de cuando vino la policía a aquel piso donde hacíamos aquella fiesta, aquella madrugada de aquel mes tan intenso, tan repleto de locuras, en medio de aquel año algo lejano. Los recuerdos se agilizan, y se contrastan opiniones sobre gente diversa.

Aquella persona era algo así, con aquella forma de actuar, tan repelente, a veces. Aquella historia nunca la comprendí demasiado bien. Porque no sé quién hizo tal cosa, dijo no sé qué en aquel momento.

Qué guapos los niños que tuvieron "fulanito" y "menganita". Qué ricuras. Ojalá les vaya todo bien.

Y quién iba a decir que "pulgarcito" acabaría enganchado a las drogas, arruinándose la vida, totalmente perdido, enajenado de sí mismo, y sin amigos, sin brazos que le aguantasen, sin nadie que le cuidase, y en brutal soledad.

RECONSTRUIR

"El Poblado es nuestro refugio. Es un pueblo que un día se puso a dormir. Es una aldea con un pijama y ropa interior, nuevos, hechos a mano. Es una aldeíta, tenía sueño y quería dormir. Estaba durmiendo. Y, como el sueño lo había invadido, había mucha tranquilidad. No es un pueblo tranquilo de gentes tranquilas. No es un pueblo de creencias sencillas. Nada más era un pueblo abandonado".

Son palabras de Nacio escritas en un cuaderno. Era un pueblo abandonado. Unos jóvenes le pusieron nombre y lo empezaron a restaurar, partiendo de muebles viejos. E hicieron con las maderas, de muebles o de vigas, cosas nuevas, como "corralitos", vigas o "parches", con los que tapar los boquetes en los muros. Había agujeros en algunos techos y paredes. Se decidieron a hacer habitables las nuevas viviendas. Emplearon piedras, yesos, cemento y materiales que traían desde los pueblos más cercanos, como Villatemplada. Todo lentamente, con el día a día. Disfrutándolo y viviéndolo. Para ellos mismos. Con amor. Con la prisa de la necesidad. Con la prisa del ponerse a construir lo que ha de durar años. No había prisas. Sólo necesidad de alimentos y de elementos que les permitiesen vivir con algo de comodidad.

"Las ciudades nos robaban nuestros deseos, nuestros sueños. Las ciudades nos des-memorizaban, y nos impedían soñar, nos robaban la imaginación. Y llegábamos a odiarnos a nosotros mismos. Se destruían a sí mismas las ciudades, y consumíamos televisión. Nos educaban para que soñásemos con tener un piso propio y poder vivir una vida tranquila, sin que nadie nos molestase. ¿A qué aspirábamos? A tener un coche. ¿Con qué soñábamos? Con ser mayores. Ya no aspirábamos a

142

nada. ¿A qué esperamos? Vayámonos de aquí, emigremos. Busquemos otros lugares. Busquemos un lugar en la vida, que es lo que deberíamos hacer".

Y recorrieron kilómetros, y visitaron ciudades y pueblos. Y llegaron a un pueblo abandonado, una antigua aldea abandonada en medio del bosque, cuatro o cinco casas.

La hicieron suya, o, más bien, se hicieron ellos de la aldea. Se dejaron enamorar por lo que acabaron convirtiendo en Poblado.

"¿Cuál es el camino?" Se preguntaron un día. Descubrieron que no había camino. Ningún camino. Tenían que hacer su propio camino. "No nos queda más remedio. Eso o integrarnos, desintegrarnos, cambiar, anularnos. Distanciarnos totalmente de nuestras ilusiones".

Dejar de vivir en la ciudad es dar un paso muy grande. Se hace o no se hace. Se ha de saber que se comenzará a vivir una vida diferente, aunque domésticamente siga siendo todo muy similar.

Intento que sepáis algunas de las cosas que pensaron Irene, Natalia, Tomás, Leopoldo, Noelia y Nacio, antes de dejar la vida urbana. Posiblemente, alguno de ellos, que se conocieron en ambientes muy diversos: bares, institutos o puestos de trabajo, pensaron cosas así, o muy parecidas, mientras preparaban sus mochilas, dispuestos a abandonar las calles, tan muertecitas. Otros no pensaron en nada en concreto, sólo se prepararon como si se fuesen a ir de vacaciones, como quien se dispone a vivir una aventura. Era el decir: "bien, empecemos a vivir, que es lo que se ha de hacer". Se decidieron y se dispusieron a caminar. Y adoptaron el buen vicio de hacer autostop.

El poblado está al norte. Es un terreno de piedras y barro. Tres casas grandes y una caseta que fue rehabilitada para hacer un cuarto de baño. Y también hay una iglesia y terrenos cultivados.

Es el sueño materializado de unos cuantos adolescentes. Ahora es el sueño en que viven, la realidad en que viven, que para muchos resultaría parecida a un sueño, dos jóvenes que empiezan a ser veinteañeros. Es una cuna y una cura.

Es como una cuna que cura. Pero sólo es una aldeíta, perdida en medio del bosque, en un lugar, en una región donde llueve mucho.

DECORAR

Hace una hora, aproximadamente, que Noelia y Nacio se han despertado. Ya han desayunado y ahora están tomando el aire.

—Si fuésemos unos típicos capullos horteras, podríamos ir a un árbol, y, con la punta de una navaja, grabar un corazón con nuestros nombres: "Noelia quiere a Nacio", "Nacio quiere a Noelia", o algo así —dice Nacio inspirado y sonriente.

—Sí, ¿para qué? Prefiero no rascar nada. Eso se hace cuando vas a un lugar, y después te las piras, y, si quieres, de algún modo, dejar constancia de tu vulgaridad. Es decir, cuando se está de viaje, o de "dominguero" más bien. Además, no tienes por qué rascar árboles ya que yo sé que tú me quieres, aunque no sepa hacer mermelada de manzana, y me lave poquísimo los dientes, dicho sea de paso.

—Yo sé que tú me quieres a mí, aunque sea un pésimo pescador.

—Yo sé que tú me quieres, aunque no tenga voz para cantar, y desafine tanto. Y yo también te quiero a ti aunque seas un pobre tonto —se comienzan a embalar, como inspirados. Cogen velocidad, y tono algo insultante y desafiante.

—Yo te quiero a ti aunque seas algo bajita y fea, como una hormiga.

—Y, ¿ves? Yo sé que me quieres, aunque desees hacerme rabiar. Y no quiero oír nada más. Voy a peinarme.

Noelia se mueve graciosamente, con altivez, como una princesa ofendida.

144

—Esto se podría llamar "Canción Del Amor Aunque" —se dice a sí mismo Nacio. Y se queda solito, tirando piedras muy duras que golpean a un árbol y caen en la hierba.

Nacio clava un clavo en la pared. Quiere colgar un cuadro pintado por Noelia. Es un cuadro muy trabajado, que representa una sirena jugando en un lago de aguas casi transparentes. Ya ha agujereado notablemente la pared, pero, al tercer intento, parece ser que podrá fijar la pequeña obra de arte.

Y mira hacia arriba. En un rincón hay una telaraña confeccionada con una gran precisión matemática. Al menos, esa es la sensación que produce. Hace sorprenderse de algunas cosas. "Por lo menos las arañas hacen bien las cosas". Se enciende un cigarrillo de los que hace días les trajo el cartero.

—¡Mira! Hay quien trabaja con estilo —dice Nacio bajito, soltando una bocanada de humo que parece surgida de un personaje de película de adolescentes traviesos. Le dan ganas de deshacer el casi inmaterial pañuelo, pero decide no ser malo. Pone el colgador del cuadro alrededor de la cabeza del clavo, y se asegura de que el cuadro está recto. Y sale de "Demiurgo" para fumarse el cigarrillo.

Noelia, medio desnuda, se palpa los pechos cerca de la chimenea, imagen que, en principio, desagrada, provoca cierta repulsión, reconocible exteriormente, en el chico, pero que opta por admitir con madurez.

Nacio camina nuevamente hacia el interior de la casa. Ha empezado a llover a cántaros, y las aguas empiezan a bajar por las paredes exteriores en amplios torrentes, y bajan dichos torrentes, hijos de la lluvia, también por los árboles.

HACER EL AMOR

"¿Qué haría yo solo sin ti?", se pregunta Nacio un día como tantos otros días, mirando a Noelia, su compañera, mientras ella lava los platos. Los pasa de un barreño a otro barreño, ambos llenos hasta su mitad con agua. En el primero los enjabona, y en el segundo los aclara, cantando una cancioncilla de las que se inventa sin apenas pensar en ello.

"¿Qué haría yo solo sin ti?" —se pregunta Nacio una y otra vez. Y siente eso del amor. Y se acerca a Noelia, y la besa repetidas veces, hasta hacerla reír.

"Qué precioso tener a alguien a quien tocar, a quien acariciar. Tener alguien que te escucha, que te espera cuando te vas, alguien con quien hablar. Qué bueno es estar con alguien, aunque a veces lleguemos todos a odiarnos tanto. Tener alguien con quien pasar veladas en torno a juegos de mesa. Una compañera, con quien hacer un puzle gigante, aburrido e interminable, mientras se comen castañas calentitas. Y al final, sentir juntos que habéis vencido una batalla contra vuestra propia impaciencia".

—¡Huy, que culillo más guapo! —dice cogiendo a la protagonista de sus pensamientos por las posaderas.

—¡Déjame, ostia! —dice ella, pegándole un golpe de codo, y salpicando agua con espuma al suelo—, ¡que siempre estás igual!

Está lloviendo, en el exterior de la casa, y sobre la casa. Es por la mañana, y llueve mucho. Es un día muy húmedo, uno de esos días en los que la gente se constipa. Pero Noelia y Nacio no se constipan nunca o casi nunca.

—Si te portas bien, después haremos cositas —dice Noelia—. Con que te portes bien, y nos pongamos a limpiar y ordenar un poco todo, para acabar antes, me basta.

—Vale, venga. Vamos.

Cogen la ropa desperdigada de toda la casa, y la ponen en un barril, donde acumulan las prendas para lavar. Barren cerca de la chimenea, porque hay ceniza que se ha deshecho en mucho polvo. Terminan de lavar los platos, barren un poco el suelo. Cogen cáscaras de castañas que había sobre la mesa, y las ponen junto al hogar para alimentar el fuego cuando vuelvan a encenderlo. Se miran y sonríen. Suben a las habitaciones de arriba. Nacio hace la cama con sábanas limpias. Noelia se mete en la "biblioteca de los juegos", y ordena los libros, los juegos, y coloca herramientas que había por doquier en una caja de cartón de la estantería.

—Mira, ven —dice Noelia—, ¿a que está quedando súper bien el vaso que estoy haciendo?

Ha hecho un vaso de barro, y lo decora pintándolo. Posiblemente no lo utilizará para líquidos, como vaso. No será recipiente para beber. Con casi total seguridad se rompería enseguida. Tal vez sirva para guardar pequeños objetos. También puede ir bien para poner velas.

—Sí, Bien. Ya está todo muy limpio. ¿Y ahora?

—Ven aquí –dice Noelia. Deja el vaso sobre el mantel que hicieron uniendo muchos trocitos de tela diferente y cosiéndolos, que cubre la mesa de aquella habitación. Se quita los zapatos y el jersey. Tanteando con sus dedos en la espalda se desabrocha el sujetador. Se desprende luego de los ajustados pantalones vaqueros, y se queda en bragas.

—¿Y las bragas?

—Las bragas me las vas a quitar tú con los dientes.

¡Uy! A Nacio le empieza a pegar un subidón cosa sana. No se desnuda. Sólo se quita la camisa y la camiseta. Es decir: se queda con el torso desnudo, descubierto, al aire. Se quita las botas, los calcetines y va hacia Noelia, y Noelia se mete en el dormitorio. Ella se queda delante de la cama mirando sonriente a Nacio. Nacio camina hacia ella, se arrodilla obediente y coge las bragas de su chica con los dientes. Intenta bajarlas.

—Cierra las piernas. Si no, no podré.

Noelia obedece. Y se deja hacer, acariciando a su "amor lisiado", al que "le faltan los brazos". Le da muchos besitos en la cabeza, cogiéndolo con ternura, con las manos. Él la acaricia con muchas partes de su cuerpo, pero no utiliza para nada ni los brazos ni las manos. Y consigue comunicarle mucho calor, mucha excitación.

—Me estoy encendiendo mucho Noelita mía. Y reventaré.

—Bien. Es igual. No has de utilizar tus brazos, ni tus manos. De ninguna manera.

Noelia, suavemente, se desliza encima de la cama, y se pone mirando hacia arriba, sin bragas, quedando al aire su pubis, esperando junto a ella el cuerpo de Nacio.

—Es algo sádico por mi parte. Espera —le dice—, te quitaré los pantalones. Noelia, con suavidad, le quita los pantalones a su novio, pero no le baja los calzoncillos, y vuelve a dejarse caer encima de la cama, sonriendo.

—Vale —acepta el chico—. Pero no muevas los pies.

Nacio, deslizándose muy cerca de ella, y frotando a partir de su bajo vientre contra el pie de Noelia, consigue deshacerse de sus calzoncillos. Tiene una erección pero que muy intensa. Se arrastra sobre la cama, y, causando algo de decepción en el alma infantil de Noelia, comienza a acariciar con su cosa una parte muy sensible del cuerpo de la chica.

—¡Qué poco juegas! —dice ella como con asco y algo de rencor, sin abrir los ojos.

—No hemos dicho que tenga que jugar. Sólo me has puesto una regla: que no utilizase las manos.

—¿No podrías haber explorado más acerca de tu cuerpo y el mío?

—Yo voy a lo seguro.

—Cállate. Eres un salvaje.

Y comienzan a moverse los cuerpos jóvenes, abrazados. Noelia coge muy fuerte a Nacio. Separa más las piernas... Las mantiene dobladas, las plantas de los pies apretadas contra el colchón. Nacio le hace algo de daño. Y ella está en una posición extraña, como si estuviese pariendo. Se coge fuerte de la cintura de Nacio, ayudándole a apretar hacia su propio cuerpo. E, incorporándose todo lo que puede, levanta la cabeza para encontrarse, cara a cara, con su novio.

Noelia se incorpora. Nacio se acuesta. Noelia se sienta encima de Nacio. Juegan con las lenguas. Había mucho fuego concentrado. Y la danza de lenguas, y los movimientos pélvicos de Nacio, enseguida se hacen más enérgicos.

Hasta el primer orgasmo, Nacio no había empleado las manos. Enseguida se olvidan de dicha regla, sin pensar: placer y comodidad obligan. Y acaban amándose con plenitud, sin trabas. Noelia se detiene, se da la vuelta sobre la cama, al estilo animal, clava las rodillas y las manos en el colchón. Y su pandero se mueve muy cerca del chico.

Ella le mira por encima del hombro.

—Ven —le dice.

Nacio se aproxima a ella, por detrás, se encuentra con la piel de su espalda. Coge sus pechos y comienza a indagar con su miembro en la vagina de Noelia. Entra dentro de ella progresivamente, procurando no

149

hacerle daño. Y empieza un ritmo suave. Enseguida más violento. A Noelia le gusta así. Está un buen rato, disfrutando.

Llega el calor. Y los poros de la piel sudan. Sensaciones de estar muy abiertos. Noelia se gira. Y se besan. Se lamen las lenguas. Siguen moviéndose rápido. Sudan y disfrutan. Hacía frío. Ya no hace frío.

Caen agotados. Se han corrido. Están mojados, empapaditos. Hacía frío. Ya no hace frío. Nacio dentro de Noelia. Hacía frío.

—Buff —sopla Noelia, acariciando la frente del sudoroso hombrecillo, y llevándolo hacia ella. Le da muchos besos. Se deja, la chica, caer boca arriba, sobre las sábanas, escenario de la amorosa batalla. Y abraza la cabeza de Nacio contra su pecho.

—¡Total! —dice el joven, algo cansado, y sintiéndose muy bien— Me ha gustado mucho. No sé. Me siento bien, muy bien –habla con una vocecita que se va haciendo pequeña.

—Nos han parido de nuevo —dice la mujercita, cerrando los ojos—. Se dice así, creo.

DESCANSAR

Cae la lluvia sobre el Poblado. Es una mañana gris, nublada. Se sienten las filtraciones entre las tejas de Demiurgo. Noelia y Nacio están en la cama, en el dormitorio, muy tapaditos, disfrutando de no hacer nada, descansando, tal vez. Hablan fumando un cigarrillo.

—Cariño, me da mucha, pero que muchísima, o sea, una pereza espantosa, una pereza muy humana, e incluso hasta cierto punto comprensible, levantarme, despabilarme. Mira —expresa Nacio moviendo los dedos de los pies, que asoman desnudos por debajo de la manta—, ¿no da una enorme lástima el simple hecho de pensar en tener que encerrar estos tesorillos, obligándonos a soportar una enorme carga, producto de costumbres civilizatorias?

—A mí también me da palo —asegura solidariamente Noelia—. Si quieres pasamos de levantarnos, y nos quedamos todo el día en la cama.

—Sí, niña mía. Mejor será que no nos levantemos. Nada nos obliga a eso. Podríamos desperdiciar una velada hermosísimamente erótica.

—Decidido —decide Noelia—, hoy no nos levantamos.

—Vale. Chachi. Hoy nos quedamos todo el día en la cama.

—Bien. Lo que sí podríamos hacer es un chocolate, más tarde. Y nos quedamos hablando y contándonos cosas.

—Bien, estimada mía. Yo haré el chocolate.

—Tú haces el chocolate. Y, mientras, yo dormiré un ratito más.

Noelia es un oso mimoso.

—Te cagas. Tienes sueño, ¿preciosa?

—Tengo muchísimo sueño, machote.

—Pero el chocolate lo hacemos más tarde.

—Sí. Ahora podríamos dormir un ratito más, o yo al menos, si me dejas. Venga, va. Tú también, duérmete.

Noelia pide cariñosamente, pero sabe de sobra que es una de esas mañanas en que Nacio no le dejará dormir, y empezará a tirarla del vello de la axila, y esas historias. Le tirará de los cabellos, le acariciará, y entre chorraditas, no la dejará dormir. Suele ocurrir.

—Je, je, je —es risa de Nacio.

En efecto, Nacio está molestando a Noelia.

—Aaaaay! —el quejido rabioso, y el puñetazo de la pequeña y cerrada mano femenina es recibido por Nacio, que ríe todavía más.

Se inicia una batalla, y Nacio pellizca un pezón a la mujer con la que le ha tocado vivir.

—¡Que me dejes! –protesta ella.

Noelia le pega unos cuantos puñetazos. Pero ni caso. Finalmente se lían y empiezan a besarse.

—¡Pero no me apetece hacer nada! –dice Noelia a su chico, separándose bruscamente.

—Yo no he dicho nada referente a hacer el amor, ni he sugerido que nos comencemos a besar apasionadamente, y con desenfreno.

—Desenfreno. De-sen-fre-no. Desen freno.

—Nada he mencionado relativo a meternos mano.

—Desen freno.

—Ya, ya: que se den freno de una vez. Muy bueno.

—Va. Ves a hacer chocolate, y me dejas dormir un rato más, ¿eh? –pide poniéndole un dedo cariñoso sobre los labios como hacen muchas mujeres en películas. Ella tiene una carita de sueño muy guapa y graciosa.

—Bien. Muá. ¡Mmm! —soltándole un beso-lamedor que le pilla media cara.

Nacio mete los pies dentro de unos calcetines azules de lana de su novia, y estos, como aquello de las cajas chinas, unas dentro de otras, se ven envueltos por unas botas enseguida. Se pone un jersey ancho y de lana, también, y baja las escaleras hacia la sala-cocina de la casa. La parte de sala, o salita, es donde está la chimenea, donde hacen la comida.

Coge una cazuela pequeña de metal. Pone el contenido de dos vasos de leche, y un poquito de chocolate en polvo a calentar. Canturrea bajito, para no molestar a Noelia. Se lía un cigarrillo con papel y el contenido de algunas colillas, y lo enciende con una ramita a la que ha imprimido fuego por un extremo. Coge dos vasos y vierte la leche caliente con chocolate. Añade más chocolate instantáneo y, con una cucharita, remueve con ganas. Los vasos son de los que regalan como recipiente de la crema de cacao. Cuando se ha disuelto bien lo que era polvo, y ha quedado una mezcla espesilla, con los vasos en las manos comienza a subir las viejas escaleras hacia el dormitorio donde se cocinan sus sueños.

—¡Dianaaa! —grita Nacio con un grito estridente que, a esas horas de la mañana, tan temprano, dan ganas de pegarle un sopapo. Y más todavía después de una noche transcurrida en compañía de Baco y sus poéticos placeres.

—¡Ostia, tío! —protesta Noelia, incorporándose sobresaltada y muy furiosa.

—¡Qué mal "hablá"! —dice Nacio pronunciando cual casada andaluza.

Noelia, muy enfadada, tira a un lado la almohada.

—Pero cariño, si te he traído un chocolate buenísimo...

—Lo que tú digas, alma mía. Pero no tienes porque venir con esos gritos. Sabes que no me gusta.

—Ala, tía exagerada... ¡qué gritos más fuertes!, ¿eh? Toma —le pasa un vaso—. No tenemos vecinos.

—¡Coño! Siempre respondes igual. ¡Ya estoy harta! ¿Me oyes? —Noelia hace un amago de tirar el vaso con el chocolate caliente. Después sonríe brevemente— Si crees que tiraré el chocolate, vas mal. Antes caes tú por la ventana. Pero me gusta la paz, niño. Y no los gritos de recluta repelente que se meten hasta por dentro. ¡Ay! Esto quema mucho.

—Espera un poquito.

—Bien.

—Dame un beso.

—Bien. ¡Mmmm!

Nacio se quita las botas cortas, y se vuelve a meter bajo las mantas, pone su chocolate sobre la mesita de noche.

—Yo también esperaré un poquillo.

Los vasos de chocolate reposan, humeando, sobre la mesa pequeña, mientras que los chicos se van quedando dormidos, después de cerrar los ojos. Los pequeños dedos de Noelia están descansando sobre la espalda de Nacio.

Un gorrión entra por la chimenea, aprovechando que el calorcito que sale de las brasas del hogar, y se proyecta hacia arriba es agradable y no quema. Y, revoloteando llega hacia el dormitorio. Dando saltitos avanza por la cama de los chicos. Pero no se dan cuenta. Y se escapa empezando a volar, por una esquina de la ventana.

Un gorrión entró volando por la chimenea. Una araña se desliza suavemente, soltando hilo, casi invisible para la mirada humana, desde aquella piedra del techo de la iglesia. Unos escarabajos negros caminan en procesión hacia un agujero que hay cerca de algún árbol. Una cigüeña pasa volando lentamente o puede que no vuele lentamente, sino que es el efecto que produce, al ser un ave grande, delgada, de amplias alas.

Noelia y Nacio respiran. Se ve como si engordasen un poco al tomar aire, y como si volviesen a adelgazar cuando lo sueltan, más calentito. Apenas hacen ruido, pero, a veces, mueven alguna parte del cuerpo:

sacude un pie alguno de los dos, contrae una pierna rápidamente... como si le hiciesen cosquillas.

El chocolate ya se ha enfriado. Se ha enfriado hace un rato sin que siquiera hayan bebido un sorbo. Duerme. No opusieron resistencia al aire acogedor producido por el batir de las alas del sueño. Así es que están dormidos. Y puede que estén soñando algo agradable.

El día es muy tranquilo en Villa-templada. No pasan coches por las calles. Alguna persona circula en bicicleta. También hay encantadoras parejas paseando. Puede que sean las cuatro. Puede que sean las cinco de la tarde. Es un día de primavera. Puede que sea sábado. Fuera de un bar, en la terraza, hay algunos viejecitos, de los de boina y bastón, jugando al dominó.

Unos niños juegan a las canicas en un descampado. Juegan al "gua".

Noelia es una gran poetisa. A veces se deja llevar, sin miedo, por las palabras. Piensa que, por mucho que se eleve su pensamiento, nada de malo habrá nunca en ello. Y que, jugando con el lenguaje, se hace más conocedora de la esencia de las cosas.

—Seré un pájaro —dice de repente—. Y volaré. Seré un pájaro, y volaré. Desplegaré mis alas. Volaré sobre los bosques. Seré un pájaro. Volaré. Escaparé de las redes sociales. Volaré, y, de algún modo, te llevaré conmigo, Nacio.

—Te cagas —respuesta directa de Nacio—. Las "redes sociales". Te cagas.

—Admiro tu falta de corrección.

—Me he expresado muy correctamente: "te cagas". ¿Quieres que rime? Te cagas en las bragas.

—Ah! ¿Te reafirmas?

—No. Pero me fumaré un cigarrillo a tu salud, pajarraco mío.

—Pájaro de nadie. Totalmente independiente, que, si acaso, favoreciéndote, te lleva consigo. Porque no tiene alas.

—Yo sí que tengo alas. Dicen que las alas, aquellas alas imaginarias que llevamos a la espalda, son metáfora, el símbolo de la libertad. Pero mis alas son de barro, y se deshacen cuando intento volar. Y me las he de volver a construir continuamente. Me las he de coser muchas veces. Mis caídas son estrepitosas, aunque nunca, por ahora, las heridas han llegado a ser mortales.

Noelia no habla, como hipnotizada por la poesía del chico.

—Y te advertiré, además, si es verdad que quieres llevarme contigo —avisa Nacio amenazante— que mis pies hacen una peste terrorífica. Una barbaridad oyes.

—Algo me habrá de proteger de los malos espíritus. Te quiero conmigo.

Conversaciones así de guapas tiene a veces.

Pero ahora están durmiendo.

CULTURA

Recuerdos y sueños confusos sobre gente diversa. Canciones de las que se sabe muy poca letra. Haber conocido diferentes estilos de vida, diferentes costumbres. Objetos que se conservan por puro fetichismo, porque los recuerdos se asocian a objetos determinados que formaban parte de vidas determinadas con las que se ha tenido algún contacto, y con las que se quiere tener algún tipo de conexión. Objetos que, en dicho sentido, tienen algo de sagrado.

Saber cocinar algunos platos, recetas aprendidas en los primeros años de madurez, que acaban formando parte básica de la dieta que se va llevando de modo casi espontáneo. Paredes de piedra. Diferentes sensaciones. Humedad. Algunas mañanas soleadas. El calor de los animales. El barro, la suciedad. El verdor, la frescura de la vegetación.

Las dos o tres posturas básicas que se siguen cuando se hace el amor, y la improvisación, la magia, las posturas y los gestos sin nombre. El amor, la sensualidad, la sexualidad sin nombres.

Mi cuerpo, su cuerpo. Nuestro amor.

Saberse con alguien. Saber que existe la compañía: la otra persona. Que alguien estará contigo y para ti, y tú estarás con alguien para todo. Que no te van a abandonar, que no volverán a dejarte en el infierno de la soledad, de la miseria. Que saldréis adelante juntos.

Canciones de las que se conoce apenas un estribillo pero que son cantadas como quien agarra fuerte sus creencias, porque forman parte de las oraciones personales, sin ser oraciones, siendo sólo trocitos de canciones.

Canciones que se repiten una y otra vez, porque forman parte de uno mismo, de una misma, de la vida.

CRECER

Tacto de sábanas debajo de la piel, y sobre la piel. Alguien encima. Pero ahí... Alguien te tiene cogido. Alguien te está chupando. Y estás bien. Alguien encima. Es un placer extraño. Es un placer cálido, húmedo. Es prohibidamente hermoso. Es increíble que esto pueda suceder. Qué bien. Estoy soñando. No. No sueño.

Nacio siente un placer muy cálido. Se siente muy bien, como si estuviese haciendo el amor. Ah, magia. Hay mucho amor en ello. Es placer caliente y te contraes, como con el jugo de limón. Pero aquella boca le tiene cogido, y aquella mano... Siente los cabellos de Noelia. Es cálido. Es suave y hay saliva alrededor.

Siente unos cabellos sobre su vientre. Abre los ojos. Y toca con las manos la cabeza de Noelia, y Noelia suelta lo que estaba chupando, y mira a los ojos ya casi abiertos de su chico, que todavía está muy dormido, aunque ha despertado sorprendido, y bastante satisfecho y feliz. Ella sonríe.

—No he podido contenerme.

—Qué traviesa eres, ¿no?

La coge de los brazos y la sube, la incorpora hacia él. Comienzan a darse muchos besitos por todo el cuerpo, embalándose, se besan mucho en la boca. Y juegan con las lenguas húmedas.

Y dejan de pensar. Y se acarician frenéticos. Y más besos, mucho cariño. Y sabores ácidos. Y Noelia despega sus labios de los labios de Nacio. Y se queda mirándole a los ojos.

—Estoy embarazada.

HACER RECUERDOS

Kiko es un buen amigo. Y la verdad es que les enseña secretos sobre la vida en el campo que ellos desconocían. Les enseña saberes sobre cultivos que van aprendiendo con admiración y aplicando según van viviendo.

Kiko estuvo casado. Y como llegó a llevarse fatal con su mujer, se separaron, después de romper algunos platos, como sucede en muchos hogares, y recibir algún que otro aviso y quejas de los vecinos. Y es que eran bastante escandalosos.

Su mujer era inglesa. Se llamaba Annie Smith, y no se consiguió desenvolver, pero que nada bien, en el pueblo de Villa-templada, lo cual mucho la llegó a enfurecer. Entre otras cosas eso hacía que se sintiese muy aislada, y sin apenas complicidad con otras mujeres. Tan solo era amiga de una aprendiz de la carnicería del pueblo, que desde que empezaron las discusiones, ponía muy mala cara a Kiko cuando lo veía pasar montado en la bicicleta repartiendo la correspondencia.

Así pues, lo que, en principio, parecía un amor eterno duró dos años y algunos meses, y "la Señorita Smith", como la llamaban alegremente nuestros chicos, regresó finalmente al Reino Unido. Para Noelia y Nacio es un personaje neurótico, insoportable y repelente que aparece frecuentemente en sus chistes y al que tienen, por eso, algo de aprecio.

"No me seas Señorita Smith", se dicen a veces el uno al otro.